엄마의 동생

엄마의 동생

발행일   2021년 10월 29일

지은이   한상용
펴낸이   손형국
펴낸곳   (주)북랩
편집인   선일영   편집   정두철, 배진용, 김현아, 박준, 장하영
디자인   이현수, 한수희, 김윤주, 허지혜   제작   박기성, 황동현, 구성우, 권태련
마케팅   김회란, 박진관
출판등록 2004. 12. 1(제2012-000051호)
주소   서울특별시 금천구 가산디지털 1로 168, 우림라이온스밸리 B동 B113~114호, C동 B101호
홈페이지 www.book.co.kr
전화번호 (02)2026-5777   팩스   (02)2026-5747

ISBN   979-11-6539-990-0 03810 (종이책)   979-11-6539-991-7 05810 (전자책)

잘못된 책은 구입한 곳에서 교환해드립니다.
이 책은 저작권법에 따라 보호받는 저작물이므로 무단 전재와 복제를 금합니다.

(주)북랩 성공출판의 파트너

북랩 홈페이지와 패밀리 사이트에서 다양한 출판 솔루션을 만나 보세요!

홈페이지 book.co.kr   •   **블로그** blog.naver.com/essaybook   •   **출판문의** book@book.co.kr

작가 연락처 문의 ▸ ask.book.co.kr

작가의 연락처는 개인정보이므로 북랩에서 알려드릴 수가 없습니다.

한상용 장편소설

엄마의 동생

치매 걸린 어머니와 보호자가 된 아들의
아프지만 따뜻한 母子 이야기

북랩 book Lab

차례

1장

아가야! 엄마 여기 있다.

유난히도 추웠던 그해의 겨울. 몇 가구 안 되는 아주 작은 산골 마을의 졸참나무 잡목으로 우거진 가파른 계곡에는 겨우내 쌓인 눈으로 사방이 온통 꽁꽁 얼어붙어 있었다. 해 질 녘의 매서운 칼 바람에 다 쓰러져가는 오두막집에 볏짚으로 엮어 매달아 놓은 부 엌문의 바람막이가 힘없이 펄럭였다.

찬바람이 굴뚝으로 몰려들어 매캐한 솔가지 연기가 아궁이로 몰 려나오자 쪼그려 앉아 잔기침을 하던 시어머니가 몸을 뒤로 저치 며 "푸우" 하고 눈살을 찌푸렸다.

탱자나무 울타리로 둘러싸인 이 집의 며느리는 아직도 솜털이 보송한 앳된 모습으로 어린 나이에 아이를 갖은 터라 뭐가 뭔지도 모르고 초산의 산통을 느끼면서도, 만삭인 배를 하고 동네 가운데 있는 우물에서 오지물동이에 하나 가득 찰랑찰랑 머리에 이고 오는 것을 본 시어머니의 성화에 못 이겨 방에 들어가 자리를 깔고 누웠다.

뱃 속의 아이는 더욱 심한 발길질을 해대며 금방이라도 박차고 세상으로 나올듯한 기세였다. 순간 시골 장터 한구석에 팔러 나온 낡은 바구니 속의 꼬물거리는 강아지와 친정 외양간에 매어있는 만삭인 암소 배 속의 송아지가 발길질로 배가 불룩거리던 모습도 생각났다.

시어머니는 집 뒤란에 부지런한 남편이 겨우내 나무를 해다가 쌓아놓은 장작을 한 아름씩 가져다가 아낌없이 불을 지펴 구들장 방바닥은 절절 끓었고, 갈라진 틈으로 새어 들어온 매캐한 연기는 마치 사람을 훈제라도 하려는 듯 방 안에 하나 가득했다. 그러나 살을 에는 듯이 추운 엄동설한에 방바닥이 따뜻하니 갈라진 방바닥 틈으로 조금씩 새어 들어오는 연기쯤은 문제가 되지 않았다.

바가지 무당인 시어머니는 어린아이가 부정 타면 안 된다고, 며칠 전부터 귀신이 범접하지 못하도록 빨간 황토를 양쪽으로 한 삽씩 네 군데다 삽짝문밖에 부어 놓았다. 남편을 시켜 왼새끼를 꼬아 새끼줄에 숯과 빨간 마른 고추와 솔가지 등을 꽂아 삽짝문밖에 걸어놓을 금줄도 만들어 놓는 등, 온갖 방도라는 방도는 다 취해 놓았다. 그리고는 봉당과 부엌을 분주하게 드나들며 안방의 내게 촉각을 곤두세우며, 미역국은 이미 다 끓여 놓았고, 아이가 태어나면 씻길 물까지 가마솥으로 한 솥 펄펄 끓여 놓았다.

찬바람이 세차게 불어 문설주 밖으로 삐죽 나온 문풍지가 우우 하고 울어댄다. 꼼꼼한 성격의 남편이 산모와 아기가 추울까봐 틈 이라는 틈은 전부 틀어막았는데도, 바람이 어디서 들어왔는지, 밝 게 켜 놓은 석유 등잔불이 가끔 일렁이고 있었다.

지난가을에 메주를 쑤어 윗목 천장 시렁에 매달아 놓은 먼지 앉 은 메줏덩어리가 금방이라도 떨어질 듯 흙벽돌처럼 가지런히 매달 려있다. 애를 갖고는 별것이 다 먹고 싶었다. 바싹 마른 돌덩이 같 은 저 구린내 나는 메주도 갈라진 틈에 손가락을 넣어 조금씩 떼어 먹어 보았고, 시동생이 개울가에서 잡아 온 비린내 나는 구구락지 도 대강 씻어서, 고추장에 찍어 산채로 머리 쪽부터 아작아작 달게 씹어 먹은 적도 있었다.

날이 어둑어둑해지자 문밖 뒤란의 탱자나무 울타리에는 온종일 사방에 흩어졌던 참새들이 잠자리에 들려고 떼 지어 모여들어 푸 득푸득 날면서, 온종일 자기들에게 있었던 일들을 서로 이야기라 도 하듯 시끄러울 정도로 재잘거리는 모습이 쪽문 문창호지에 마 지막으로 지는 석양에 고스란히 비치고 있었다. 참새들이 마치 나 이 어린 내가 오늘 첫애를 낳는다는 소식을 전해 듣고는 나를 이야 깃거리 삼아 시끄러울 정도로 떠들어 대고 있는 것 같기도 했다.

그래도 내게는 시어머니보다는 남편이 가까이 있기를 기대했으 나, 멋대가리 없는 남편은 나를 들여다볼 생각은 않고 시어머니를 도와 물도 끓이고 장작도 나르는 등 어쩔 줄을 모르고 왔다 갔다만 하지, 정작 산고를 겪는 내게는 아무런 도움이 되지 않았다.

암튼 진통의 주기가 점점 빨라지는 것이 출산이 임박한 듯싶었고, 힘든 진통을 겪으면서도 어차피 낳을 거라면 빨리 낳고 싶었다. 산월이 가까워지면서 친정어머니의 당부대로 힘주는 연습이나 자세를 연습해가며, 나름 힘도 주어보고 자세도 취해 보았으나, 힘을 쓰거나 자세만으로 되는 일이 아니었다.

한편으로는 유난히도 머리숱이 많아 빨간 리본으로 긴 댕기 머리를 하고 다니던, 방앗간 집의 언니뻘 되는 지순이가 시집가서 애 낳다가 죽었으므로 '혹시 나도 애를 낳다가 죽지나 않을까?' 하고 두려워할 때마다 친정어머니는, "한동네에 사는 금수 어머니는 암탉이 알 낳듯 순풍순풍 아홉 남매씩이나 낳아서, 하나도 죽이지 않고 잘 키웠다."는 이야기로 나를 안심 시켜 주었다. 어떻게 닭이나 개돼지도 아니고 그 많은 애를 다 낳았을까? 하는 생각도 들었다. 그 사람은 그렇게 많은 애를 낳고도 팔십 가까이 노망도 없이 오래도 살고 있다며, 내가 애 낳는 걱정을 할 때마다 내 손을 꼭 잡고 안심시켜주던 친정어머니 모습도 떠올랐고, 어린 시절 내가 다니던 소학교 운동장에서 고무줄놀이하던 생각, 친구들과 오자미(형겊에 팥이나 콩 등을 넣어 바늘로 꿰매어 만든 주머니)놀이 하던 생각, 나를 좋아하던 남자아이가 고무줄을 끊고 도망가면, 고무신짝을 벗어들고 끝까지 쫓아가 등짝을 때려주고 나서야 직성이 풀리던 억척스러운 생각 등, 애 낳는 일과는 전혀 상관없는 안 해도 될 일들이 그냥 생각나곤 했다.

방바닥이 뜨거워 몸을 이리저리 뒤척이면서도 불을 때도 좀처럼 뜨겁지 않던 매캐한 방바닥이 뜨거워 땀이 나지만, 추운 것보다는 낫다는 생각에 참고 있었다. 시계가 없는 시절이라 정확한 시간은 모르겠으나 나중에 들은 바로는 어림잡아 자시子時라고 운운하는 것으로 보아, 아마도 밤 자정 무렵인 듯싶었다.

그런데 갑자기 눈알이 튀어나올 정도로 사력을 다해 용이 써지며 저절로 아랫배에 힘을 주게 되면서, 양쪽 눈이 튀어나올 듯 실핏줄이 툭툭 터질 때마다 눈이 따끔거렸고, 온몸이 땀으로 뒤범벅이 된 채로 사지가 전부 찢어지고, 뼈마디가 전부 흩어져 무너져 내려앉는 듯이 사경을 헤매는 고통을 느끼며 천 길 낭떠러지 절벽으로 한참 떨어지며 지순이처럼 죽는가 싶었는데, 배 속에 있는 모든 내장이 한꺼번에 아랫배로 쏟아지는 것 같은 느낌에 차라리 시원하고 상쾌한 느낌도 잠시, 우렁찬 아기 울음소리를 듣고서야 나도 모르게 고통을 이기려고 어금니로 한입 가득 물고 있던 이불자락을 놓아버리고 아기와 함께 울어버리고 말았다.

요즘 같지 않아서 낳아봐야 아들인지 딸인지 알 수 있었던 시절이었으므로, 믿거나 말거나 임신 중 아들딸 구별법을 굳이 미리 알 방법이라면, 시어머니나 친정어머니가 "얘야!" 하고 임산부를 뒤에서 불러서 왼쪽으로 돌아보면 아들이고, 오른쪽으로 돌아보면 딸이라고 하여, 아들을 낳으려고 일부러 왼쪽으로 돌아보려고 애를 썼던 해프닝도 있었다. 출산의 고통 속에서도 아들인지 딸인지가 궁금했는데, 시어머니가 "어미야 애썼다, 고추다."라고 좋아하는 바람에 산고로 울다가 금방 그치고 고개를 들어 아래쪽을 쳐다보니, 희미한 등잔 불빛에 잘 보이지는 않았지만 그야말로 핏덩어리 그 자체였다. 나는 울고 있는 아기를 향해 소리쳤다. "아가야! 엄마 여기 있다."라고 하자 아기는 내 목소리에 거짓말처럼 울음을 그치고 조용해졌다. 참으로 신기한 일이었다.

그때까지도 밖에서 서성거리던 남편의 기척이 들렸다. 앞으로 농사지을 일꾼으로 아들을 낳았다고 좋아했다. 나는 그 뒤로 어금니가 부러지도록 이불자락을 잔뜩 물고 사 년, 팔 년 터울로 아들 셋을 더 낳아 아들만 넷을 낳았다.

암튼 나는 겨우 눈만 떴다 감았다 하며 투명하리만큼 보드라운 예쁜 양손을 앙증맞게 꼭 쥐고 있는, 그 핏덩어리를 남편의 소망대로 일 잘하는 농사꾼으로 만들기 위해 나도 열심히 키웠다. 엉금엉금 기기 시작할 때부터, 농사일할 때 집에 혼자 놔두고 다닐 수가 없어서, 온 집안 식구가 조밭을 매거나 담배이파리를 따러 들에 나갈 때도 데리고 다녀야 했다. 칡넝쿨을 끊어 어린아이가 멀리 못 기어가도록 허리를 묶어 뙤약볕을 피해 밭머리의 나무 그늘에 매어 놓고는, 가끔 고개를 돌려 칡넝쿨이 끊어져 멀리 도망가지 않았는지, 뱀에 물리지 않고 잘 놀고 있는지를 살피곤 했다. 지금 생각해보면 그때는 뱀은 물론 들짐승들도 지금보다 훨씬 더 많을 때이었는데 안 물려 죽고 용하게 살아있는 것이 참으로 기적이었다. 나는 봄이면 풀 섶에서 연한 칡 순과 찔레나무순, 갈 대순 뻠 비기도 뽑아 먹이고, 도랑가 풀 섶에서 금 벌레도 잡아 먹이고, 메뚜기와 개구리도 닥치는 대로 잡아 먹여가며 키웠다. 얼마지 않아 아이는 일부러 가르쳐 주지 않았는데도, 원숭이 새끼처럼 내가 하는 대로 저도 따라 하며 제 손으로 뜯어 먹고, 잡아먹으며, 잘 자라고 있었다. 이제야 출생신고를 해도 될 것 같았다. 요즈음처럼 바로 출생신고를 해 놓았다가는, 그 당시의 홍역이나 천연두에 걸려 죽는 아이들이 많기 때문에, 사망신고를 하려면 절차도 복잡하고 번거로우니까 기어 다니며 제 손으로 주워 먹고, 뜯어먹고, 잡아먹고, 퍼먹고 해서, 죽지 않고 살겠다 싶어야 출생신고를 했기 때문이다.

한편 남편은 자기 자식인데도 아이를 마치 자기의 경쟁자인 양 귀여워하지 않았다. 그뿐만 아니라 어린 마누라마저도 예뻐하지 않았다. 어린아이에게 퉁퉁 불은 젖이라도 물리고 있을라치면, 홀쭉하게 꺼진 아이의 배가 일어나기도 전에 "네미 일은 안 하고 젖만 물리고 있다."고 타박하기 일쑤였다. 젖꼭지를 물고 있던 아이는 무슨 영문인지도 모르고 해맑은 동그란 눈으로 나와 그를 힐끔힐끔 쳐다보며 부지런히 꺼진 배를 채우고 있었다.

아직도 기억이 생생한 여름 장마철이었다. 대낮인데도 먹구름으로 칠흑같이 어두워 천둥과 번개가 번쩍거릴 때마다 그 불빛에 마당의 바지랑대와 빨랫줄의 그림자가 선명하게 보였다. 여름 장맛비가 장대같이 쏟아지는 흙 마당에, 서너 살밖에 되지 않은 아이가 안질에 걸려 징징거린다는 이유로 방바닥에 깔고 남아 마당가 담벼락에 기대놓은 구들 짝으로 아이를 눌러놓는 그런 비정한 아버지였다. 자식에게 그리해도 나는 말리지도 못 하고, 그대로 보고 발만 동동 구르고 있었다. 그다음의 분풀이 대상이 내가 되기 때문이었다. 아이가 자지러지게 우는 울음소리는 더 큰 천둥소리와 빗소리에 파묻혀 아예 들리지도 않았다. 저러다 아이가 죽는 게 아닌가 싶어 쫓아 나가서 아이의 팔을 잡아채서 뒷방으로 들어왔다.

아이가 점점 커가면서 달라졌다. 농사꾼으로 키우려는 남편과 다툼이 일기 시작했다. 제 자식이 일은 안 하고 공부만 한다고 쥐 잡듯이 미워했다. 이제 겨우 초등학교 들어간 아이가 일을 제대로 할 나이도 아니었다.

"네미 일을 해야 처먹고 살지 공부만 하면 돈이 나와? 밥이 나와?"라며 "일 안 하는 놈은 밥도 처먹지 말라."라는 밥상머리 남편의 불호령으로 거의 울면서, 반찬도 없는 감자 덩어리를 눈물에 섞어 꾸역꾸역 고문이라도 당하는 것처럼 먹어야 했다.

아이는 아버지가 무서워, 저보다도 큰 지게를 질질 끌고 다니며 일을 하면서도 손에서 책을 놓지 않는 무서운 아이였다. 남편이 농사일의 중독자였다면, 아이는 공부의 중독자였다.

일을 안 하고 공부하다가 들키기라도 하면, 무서워 도망가는 어린 자식에게 분을 참지 못하고 지겟작대기며, 빨랫방망이며, 닥치는 대로 휘둘렀고, 도망가는 자식에게 낫을 던져 부메랑의 날개처럼 머리 위에서 돌다가 빗나가 언덕에 꽂히는 아찔한 순간도 있었다.

남편이 저리된 것은 자기가 두 살 되던 해에 자신을 버리고 가출하여 장돌뱅이가 된 시아버지 대신 소년가장이 되어 가정을 돌보았기 때문이었다.

어린 나이에 가정을 돌보며 소년가장으로 살아남기 위해 남의 집 머슴으로부터 안 해본 일 없이 고생을 밥 먹듯 하면서 살아왔기 때문에 그에 대한 분노로 일밖에 모르는 삶을 살아온 탓이라는 생각도 들었다.

모두가 쉬는 즐거운 명절날에도, 오랜만에 가족들과 오순도순 덕담을 나누며 윷놀이를 하거나 다른 방법으로라도 가족이 화합하여 즐거운 명절을 보내기는커녕, 명절 차례를 지내고 식사를 하자마자 지게를 짊어지고 일하러 나가는 이해하기 어려운 일의 중독자이었다.

아이는 아버지가 일뿐이 모르고, 가족들 간의 화목함이나 사랑과는 거리가 멀고, 언제 불호령이 떨어질지 모르는 불안한 집안 환경이 무서워, 늘 아버지와 마주치지 않으려고 애썼고, 항상 불안에 떨어야 했다.

아이는 그가 자기의 친아버지가 아니라고 생각했다. 평생을 아들의 이름 한번 다정히 불러주거나, 사랑하는 마음으로 포근히 한번 안아주거나, 귀엽다고 머리 한번 쓰다듬어 주거나, 어떤 방법으로든 사랑을 표현하는 어린아이 대접을 한 번도 받아 본 적이 없었다.

　어떻게든 가난에서 벗어나야 한다며 공부만 하라며 생전 빗자루 들고 마당 한번 못 쓸게 하는 이웃집 과수댁 박물장수의 아들과는 달리, "일하라" 소리는 들었어도 "공부하라" 소리는 평생 단 한마디도 듣지 못했기 때문이었다.

　아이는 집보다 오히려 학교를 더 좋아했다. 집에서는 일을 못 한다고 아버지에게 늘 구박만 받는 반면에 오히려 학교에서는 여러 교사로부터 칭찬받고, 심부름도 빈틈없이 잘하는 모범적인 아이였다. 아이는 이른 아침 남편의 성화에 새벽같이 일어나, 잠이 덜 깬 뻑뻑한 눈을 비비며, 논으로 나가 장에서 사 온 두 말 짜리 사각 양철통 네모서리에 새끼줄을 달아 삼촌과 양쪽에서 잡고, 밤새 고인 어른의 키 높이보다 깊은 웅덩이의 물을, 학교에 늦을까 봐 허리 한번 제대로 펴지 못하고 다 퍼 올려, 바싹 마른 못자리 논에 물을 가득 채우고는, 집으로 부리나케 돌아와 시원한 샘물에 아무 반찬도 없는 감자밥을 물 말아 단숨에 꾸역꾸역 입에 집어넣고는, 학교에 늦을까 봐 십 리가 넘는 거리를 뛰어가다가, 하늘이 노래지면서 반찬 없이 먹은 감자밥을 길가에 다 토해놓기도 여러 번이었다.

　매번 빠지지 않고 몇 안 되는 수업료 미납자 명단에 올라있는 이 아이의 가정환경을 가정방문을 통해 알게 된 인자한 담임교사는, 방과 후에 교실 청소를 마친 아이들을 집으로 돌려보내기 전 수업료 미납자를 독촉 호명할 때도, 이 아이의 이름은 가장 마지막에 작은 소리로 불러 주었다. 이러한 담임교사의 인자함에 자기 아버지로부터도 받지 못한 사랑을 담임교사에게서 듬뿍 느끼곤 했다.

수학전공인 담임교사가 자전거를 타고 예고 없이 이 아이의 가정을 방문했다.

푹푹 찌는 무더운 여름날 학교에서 돌아온 아이는 온 식구들과 함께 남의 집 담배이파리를 따러 들에 나가고 집에는 아무도 없었다. 인적이라고는 아예 찾아볼 수 없었다.

이명耳鳴처럼 사방에서 울어대는 매미 소리 외에는 사람들이 전부 들에 나가 온 동네가 조용하다 못해 차라리 쥐 죽은 듯이 고요했다.

수탉을 따라다니는 암탉 서너 마리가 턱밑의 빨간 벼슬을 찰랑거리며 외지인의 방문을 맞았다. 뜨거운 여름에 그늘을 찾아 울타리 밑의 흙을 헤집고 다니던 바로 그때, 느닷없이 붉은빛의 깃털을 한 크고 잘생긴 장 닭이 한쪽 날개를 방패처럼 내려 옆걸음으로 암탉의 앞을 가로막았다. 그러자 미리 약속이라도 한 듯이 암탉은 주저앉았고, 주저앉은 암탉의 등 위로 올라가 날개를 퍼덕이며 자지러지듯 화끈한 교미를 치르고 내려와서는 의기양양하여 날개를 치며 큰소리로 우렁차게 울었다. 암탉은 교미로 흐트러진 털을 고르느라 온몸을 부르르 털어 몸 매무새를 가다듬고는, 별일 아니라는 듯, 이내 아무 일도 없었다는 듯이 수탉을 따라가며 '꼬꼬 꼬'하는 소리가 온 동네 사람들이 전부 들에 나가 텅 비어있는 시골마을의 뜨거운 여름의 적막을 깨는 풍경의 전부였다.

　담임은 다 쓰러져가는 아이의 집 안 구석구석을 둘러보고, 아무도 없는 열린 방문으로 안을 들여다보았다. 방안에는 공판할 가마니를 짜다가 놓아둔 가마니틀을 윗목으로 대강 밀어놓고 먹고 자는 듯이 보였다. 먼지투성이인 비좁은 방이나, 여기저기를 아무리 둘러보아도 아이가 공부를 할 수 있는 환경이 전혀 아니었다. 아이가 공부하는 책상은 더군다나 보이지 않았다. 윗목에 던져놓고 간 책가방과 교모, 그리고 가마니틀 위에 아무렇게나 급히 벗어 걸쳐놓고 나간 낡은 교복으로 보아 거기가 이 아이가 가족과 함께 기거하는 방인가 싶었다.

　담임선생이 놀란 것은, 자기가 전교에서 공부 꽤나 하는 아이들을 모아 과외 수업을 시키고 있는데, 정작 자기 담당 과목인 수학 일제고사 성적이 나왔을 때는 자기에게 별도의 과외 수업을 받는 아이들보다도, 과외수업도 받지 못하고 머슴처럼 일만 하는 이 아이가 일등을 하였기 때문이었다.

　그 뒤로 아버지의 학대를 견디다 못한 아이는 아무 바람막이가 되어 주지 못하는 나와, 늘 머슴처럼 일만하기를 바라는 비정한 아버지를 뒤로하고, 산으로 둘러싸인 옴팍한 동네가 온통 솔가지 연기로 자욱한 어둠이 깔린 어느 날 저녁, 평소에 눈여겨보아 두었던 동네 이장네 담배이파리를 건조할 석탄을 부려놓고 나가는 빈 덤프트럭의 시커먼 화물칸에 몰래 올라 가출하고 말았다.

그 뒤로 남은 형제들도 모두 아버지의 학대에 견디지 못하고 슬금슬금 모두 가출하고, 결국은 어른들만 남았다. 자식들이 가출하고 어른들만 남아있으면 자기 잘못을 뉘우칠 만한데도 담배쌈지에 곰방대를 꾹꾹 눌러 뻐끔거리며 "이놈의 새끼들 기어들어 오기만 해봐라. 다리몽둥이를 분질러 놓을 테다."라며 오히려 "아이들이 가출한 것은 당신이 교육을 잘못시켜서 그렇다."라고 틈만 나면 내게 욕지거리를 하며 눈을 부라리곤 했다.

바가지 무당인 시어머니는 집안이 이렇게 시끄럽고 아이들이 집을 나간 것은 모두가 조왕신이 노해서 그러니 조왕신을 달래려면 굿을 해야 한다고 했다. 없는 살림에도 그 귀한 쌀로 시루떡을 찌고, 과일과 명태를 사다가 상다리 부러지도록 차려놓고, 용하다는 무당을 불러서 연 이틀씩 온 동네 사람들이 보는 가운데 밤새도록 뚱땅거리며 굿을 했다. 없는 살림에 많은 돈을 들여 굿판을 벌여도 곤소금처럼 짜디짜고 괴팍한 성질의 남편이 아무런 반응을 보이지 않는 것을 보면 참으로 신기할 뿐이었다.

나는 예나 지금이나 미신을 믿지 않았다. 시어머니는 임신 후 못 먹어서 영양실조로 앓아누워있는 내게 닭이라도 한 마리 고아줄 생각은 않고 귀신이 붙었다며, 깜깜한 밤중에 바가지에 물을 담아 누워있는 내 머리맡에 앉아서 무슨 말인지도 알아듣지도 못하는 소리를 혼잣말로 중얼거렸다. 정확하게 알아들을 수 있는 말은 "썩 물러가거라!" 뿐이었다. 내 머리카락을 부엌칼로 서너 번씩 우직우

직 뜯어서 물바가지에 담는 시늉을 하고 등잔불을 끄고는 밖으로 나가서 부엌칼로 촘촘한 방 문살을 드르륵드르륵 대각선으로 서너 번 긁고 나서는 동네 어귀 삼거리에 가져다 바가지째로 내동댕이쳐 깨어버렸다. 귀신 붙은 바가지를 땅바닥에 깨버리고는 뒤돌아보면 귀신이 다시 쫓아온다며 뒤도 안 돌아보고 집으로 쏜살같이 오곤 하였다. 그때만 해도 지금처럼 그릇이 흔하지 않아, 들에 나가 모내기를 하거나 큰일을 할 때, 여러 개의 바가지에다 일꾼들이 국수도 말아먹고 막걸리도 따라 먹고, 밥도 비벼 먹는 아주 귀한 그릇이었는데, 툭하면 그 짓을 하여 집 안에 있는 바가지라는 바가지는 전부 시어머니가 깨버려서, 그 귀한 바가지가 하나도 남아나지 않을 정도이었다. 그러고는 며칠간 누워서 휴식으로 몸이 저절로 회복된 것을 보고는 자기가 귀신을 쫓아내서 나은 거라고 믿으며 자신감에 넘쳐 있었다. 참으로 어처구니없는 일이었다.

역마살이 낀 시아버지는 남편이 두 살 때 처자식을 저버리고 가출하여, 껍질 벗겨 말린 하얀 싸리가지 나무를 창칼로 일일이 네 가닥으로 쪼개어 사기 대접에 불을 피워 녹인 유황을 양쪽 끝에다 묻혀 성냥을 만들어 궤짝에 짊어지고 이장저장을 다니며 성냥을 팔아 장돌뱅이로 떠돌며 그날그날 장에서 번 돈은 모두 투전과 유흥비로 다 탕진하고 허송세월만 하고 있을 때 갖은 고생을 해가며 훌쩍 커버린 얼굴도 모르는 자식에게 십 구년 만에 '봉화 장터'에서 억지로 끌려와서는, 그간의 잘못을 뉘우치고 열심히 일할 생각은 안 하고, 그간 떠돌던 전국 방방곡곡의 장날만 꿰차고 앉아 마음은 항상 닷새에 한 번 열리는 콩밭(오일장)에 가 있었다. 매사가 손에 잡히지 않아 농사일도 거들지 않고, 또 나가고 싶어 인근 장날만 되면 좀이 쑤셔서 안달하곤 했다.

남들은 못된 인간이나 주태배기라도 군에 다녀오면 군인정신이 들어 온전한 사람이 되어서 돌아온다던데, 십 구년 만에 얼굴도 모르는 훌쩍 커버린 자식의 손에 마지못해 끌려 들어온 시아버지가 뒤늦게 낳은 착하디착했던 시동생은, 군에 다녀온 후로는 군인정신이 들기는 고사하고 오히려 군기가 빠져 주태배기로 변해 와서는 술병을 차고 살았다. 평소 색시처럼 말도 잘 안 하는 아주 얌전한 사람이었던 시동생이 술만 한잔 들어갔다 하면 게슴츠레한 초점도 영혼도 없는 구렁이 눈을 해가지고, 온 동네를 휩쓸고 돌아다니며 밑도 끝도 없는 "공~작새 날~개~를~" 하며 노래를 부르고 비틀거리며 온 동네를 누비고 다녔다. 술만 취하면 평소와는 달리 형수인 내게도 이년 저년 하기 일쑤였고, 동네 가운데 우물에서 물을 길어가는 동네 아낙들의 엉덩이를 만져서 머리에 이고 가던 물동이를 깨트리게 하는 등 동네 사람들에게 손가락질의 대상이 되기도 했다.

평생을 이런저런 고생으로 활짝 기 한번 펴볼 새도 없이, 기다리면 호강 한번 시켜 주겠다던 자식 놈들은 전부 도시로 나가서 살고, 말만 자식이지 그 어느 한 놈도 내게는 아무 소용도 없는 차라리 매일 보는 이웃사촌만도 못한 자식들이었다.

　장돌뱅이였던 시아버지와 바가지 무당이었던 시어머니는 고령으로, 군에서 주태배기가 되어 돌아온 시동생은 술병으로, 일의 중독자였던 남편은 교통사고로 오랜 세월을 병석에 있다가 세상을 떠나 모두가 저세상 사람들이 되었고 팔십이 가까운 나 혼자 덩그러니 이 세상에 외로이 남아 병이 들게 되었다.

2장

엄마! 이러면 안 돼!

아버지로부터 늘 구박만 받으며 불안에 떨다가 기어이 시커먼 석탄 차 화물칸에 몰래 올라 가출한 아이가 환갑이 되던 해의 어느 봄날이었다.

아직 잠에서 깨지도 않는데, 새벽녘에 전화벨이 요란하게 울렸다. 시간을 보니 아직도 어둠이 짙게 깔린 먼동트기 전의 어두운 새벽에 고향 친구 민구였다.

고향의 어머니가 사는 집과 넓은 공 마당을 사이에 두고, 마주보고 있는 거리의 수돗가에서, 목에 수건을 걸고 양치질하는 이가 누구인지도 알아볼 수 있는 가까운 거리에 사는 민구였다. 그는 이장도 여러 해 동안 하다가 군 의원에 당선되었던 적이 있어 평소 "이 의원"이라 불렀고, 그렇게 부르면 좋아하는 친구였다. 구의원도, 군의원도, 시의원도, 도의원도, 국회의원도, 의원이라고 통칭하니 아마 국회의원쯤으로 불리는 듯 기분이 좋았던 모양이었다.

"내가 군의원에 당선되면, 나는 먹고살 만하니 매월 받는 보수 전액을 성적이 좋으면서도 가정형편이 어려워 대학에 진학하지 못하는 학생들을 위해 군 장학회에 장학금으로 기부하겠다."라고 선거 공약을 내걸어 군민들로부터 적극적인 호응과 지지를 얻어, 큰 표 차이로 군의원에 당선되었다.

그는 군의회 의원이 되고 나서는 보수 전액을 장학회에 기부하겠다는 선거공약을 지키지 않았다. 여러 명의 후보자가 선거 때만 되면 지키지도 못 할 공약까지도 그저 생각나는 대로 남발하여 내걸고, 당선되면 지키지 않아도 된다고 생각하는 것처럼 그도 그렇게 생각했던 모양이었다. 글자 그대로 빌 공空자字 공약空約이었다.

그는 임기가 지나 그다음 차기에도 출마했지만 당연히 낙선되었다. 사실 그 친구는 대대로 내려오는 큰 부자였으므로 군의원의 월 보수를 반납하더라도 먹고사는 데 지장이 없었다.

그가 약속한 대로 초심을 잃지 않고 군 장학회 명의로 통장을 만들어 전액이 부담스러웠다면 사 년 동안 매월 받는 보수의 절반이라도 입금하고, 차기 선거에 매월 입금한 내역서를 대문짝만하게 확대 인쇄하여 내걸고 다니며 선거 유세를 하였다면, 이번은 물론이고, 차기에도 여러 번 연임도 하였을 것이다. 이장하던 사람이 장관, 국회의원을 하고 대권에도 도전하는 〈이장과 대통령〉이라는 영화처럼 이민구도 정계로 나갈 좋은 기회였는데… 라며 본인은 물론이고, 나를 비롯해 그를 아끼는 사람들은 모두 아쉬워했다.

사실은 그는 나보다 한 살 위이고, 항상 한 학년 위였다. 그뿐만 아니라, 그 친구는 어려서부터 잘사는 부잣집 아들로 태어나 초등학교만 시골서 다녔지, 중학교부터 대학교까지 줄곧 도시에서 다녔으므로 나와는 접촉할 기회가 별로 없었다.

그는 대학을 졸업 후 도시에서 큰 사업을 하거나, 좋은 직장에서 직장생활을 잘하고 있겠거니 생각했는데, 어느 날 슬그머니 고향에 내려와서 농사를 짓기 시작했다.

그즈음 나는 도시에서 직장생활하고 있었으므로 명절 때나, 아니면 고향 친구들의 애경사에서 만나면 자연스레 어릴 적 친구들과 어울려 대면을 하게 되었다. 평상시에 자주 소통하는 사이는 아니었으나, 고향의 부모님이 어려울 때 잘 부탁한다는 마음으로 내가 일부러 그에게 다가가는 편이었지, 그가 그리 살갑게 나를 대하는 사람은 아니었다.

나는 고향의 부모를 도시로 모시지 못하고, 고향에 두 분만 덩그러니 살게 하는 것이 부모를 방치하여 불효하고 있으므로 항상 죄송스러운 마음에 자책하고 있었고, 군의원인 이 민구를 비롯해 동네 사람들의 시선을 따갑게 느끼고 있었다.

얼마 전에 아버지가 소천하기 전에는 두 분이 서로 의지하고 살고 있다는 명분이라도 있었지만, 아버지가 소천한 후부터는 더욱 명분이 없어졌다.

고령인 어머니만 시골에 덩그러니 홀로 남겨 놓아, 그야말로 방치

한 것이나 다름이 없어 남의 눈은 고사하고라도 어머니에게 늘 죄송스러웠고, 언제나 마음이 불안한 상태이었던 터라 전화를 받는 순간 불길한 예감이 들었다. 웬만한 일로는 이렇게 이른 새벽부터 전화할 사람이 아니었으므로, 어머니에게 무슨 일이 생겼다는 것을 직감 할 수 있었다.

"이 의원 웬일이야?" 하자 민구는 말을 하지 않고 "아니 그냥 할 말이 있어. 내려오면 이야기할게."라며 그 특유의 자상한 마음으로 "내가 너의 어머니가 치매가 와서 온 동네를 정신없이 맨발로 누비고 다닌다."고 말을 하면 네가 심하게 놀랄 것이고, 네가 충격을 받으면 안 될 것이니, "네가 직접 내려와서 네 눈으로 보고 상황을 판단하라." 는 식의 전형적인 남을 배려하는 말투였다.

어머니를 혼자 고향에 방치하였으므로, 자나 깨나 근심과 걱정으로 하루도 마음 편 할 날이 없던 터라 더욱 궁금해서 못 견디는 판국이었다. "이 의원 무슨 일이야? 이야기 좀 해봐, 궁금해 죽겠어…"라고 보채자 그제서야 "다름이 아니고 친구 어머니가 좀 이상한 것 같아…" 나는 그 소리를 듣자마자 금방 그 자리에 털썩 주저앉고 말았다. 이어서 하는 말이 자기 부인이 시키지도 않았는데 "장독대 항아리를 고인다고 돌멩이를 주워 오랬다!"며 동네 고샅에 있는 기왓장 부스러기하고 돌멩이를 잔뜩 주워서, 자기 부인에게 가져왔다는 이야기이었다. 다시 말해서 어머니에게 치매가 왔다는 것이다. 차라리 낙상사고나 가벼운 교통사고라면 시간이 흐르면 치료가 되겠지만, 하필이면 시간이 흐르면 흐를수록 점점 더 나빠지는 치매라니….

하필이면 우리 어머니에게 어째 이런 일이….

어머니는 어린 나이에 어려운 가정으로 시집와서, 남들처럼 좋은 옷 한번 못 입어보고, 좋은 음식 한번 못 먹어보고, 평생을 좋은 꼴 한번 못 보고, 그 숱한 세월을 힘든 농사일로 남편과 자식들의 뒷바라지로 고생만 하며 살았다.

노년에는 남들처럼 좀 더 편안한 삶을 살 수 있기를 바랐으나, 이태 전까지 교통사고로 병석에 누워있던 완고한 성격의 아버지를 병간호하느라 거의 십여 년 동안 말 못 할 고생을 하다가, 말년에 치매라니…. 어머니의 삶이 너무도 가혹하고 억울하다는 생각뿐이었다.

어머니는 평상시, 남편이 생전에 있을 때도 자식들은 도시로 나가 살기 때문에 어려운 일이 생기면 늘 민구를 아들처럼 의지하고 찾아가서 도움을 청하였다. 민구는 사람이 착해서 농협이나 면사무소 일을 아주 친절하게 자기 부모 일처럼 도와주었다. 어머니뿐만이 아니고 심지어는 웬만한 동네 노인들을 대신하여 은행 일까지 돌보아주느라 온 동네 사람들의 통장 비밀번호까지 다 알고 있을 정도이었다고 했다.

이런저런 일로 나는 그에 대한 감사한 마음을 항상 가진 터였고, 한편으론 그 친구에게 늘 고맙고 미안한 마음뿐이었다. 늙은 부모를 보라는 듯이 도시로 모시지 못하는 내 처지가 늘 그에게 부끄러웠고, 속상한 일이었다. 그뿐만 아니라, 그의 부인도 본래 인품이 훌륭하고 좋은 사람이라서, 우리 어머니에게 장독대를 고일 돌멩이를 주워오라는 그런 심부름을 시킬 리가 만무한 인격을 가지고 있다는 것을 잘 알기 때문이었다.

"아니 어째서 이런 일이 내게 닥친단 말인가?"

"이제까지 남의 일로만 여겨졌던 일이 현실로 내게 닥치다니…"

나는 이 일이 있기 전, 치매 걸린 부모를 모시던 직장 선배의 경험담을 술자리에서 여러 번 들은 적이 있어, 치매가 어떤 병이라는 것을 익히 잘 알고 있었다.

그때는 재미로 웃어가면서 부담 없이 들었고 나와는 전혀 상관없는 남의 일로만 여겼지, 내게 이런 일이 닥칠 것이라고는 전혀 생각해보지 않았기 때문이었다. 치매를 앓는 부모를 모시는 일로 인해 병간호하는 보호자가 더 죽을 지경이라는 것이다.

치매든 부모를 모시다가 가정이 파경에 이르고, 직장을 그만두고, 부모를 간호하다 보니 생계도 엉망이고, 심지어는 보호자가 우울증에 시달려 죽고만 싶은 때가 한두 번이 아니었다고 했다.

그런가 하면, 요즈음은 우울증에 시달리다가 치매 환자와 보호자가 동반 자살하는 사건까지도 종종 매스컴에서도 보도되지 않던가? 그래서 치매는 보호자 병이라고도 하였다.

자신들은 장남이라서 치매 걸린 부모를 불쌍히 여겨 최선을 다해서 모시고 있으나, 일가친척이 가끔 인사차 방문하면 그들에게 엉뚱한 소리로 거짓말을 하여 자식 며느리를 험담하고 심한 욕을 한다는 것이다.

평소 자기를 열심히 병간호하며 고생하는 아들 내외에 대하여, 온갖 말도 되지 않는 소리를 해가며 엄청난 욕을 한다는 것이다. '내가 똥을 쌀까 봐서, 저 년놈들이 나를 밥도 안 주고 굶겨 죽이려 한다.', '내가 장판 밑에 모아둔 돈을 저 년놈들이 전부 훔쳐 가고 빼앗아갔다.'라며 배고파죽겠으니 밥이라도 좀 실컷 먹게 해달라고 애원을 한다는 것이다.

처음 보는 사람들은, 병들기 전 그들의 인품을 잘 아는지라 그것이 사실이 아니라는 것이 믿기지 않으면서도 정색을 하고 이야기를 실감 나게 하고 있어, 그것이 마치 기정사실로 아주 정말처럼 들리므로 보호자를 보는 눈이 의아해하는 눈빛이고, 자기가 옆에서 들어보아도 듣기 민망할 정도였다고 했다. 아무리 부모라 할지라도 그럴 때는 미운 마음이 절절하여 병간호고 뭐고, 하고 싶지 않고, 서로를 위해서라도 하루라도 빨리 죽었으면 하는 악하고, 미운 마음마저 든다고 했다. 그만해도 자기는 아들이라서 그렇지만, 며느리인 자기 부인이 그 이야기를 듣고서는, 처음에는 그 소리가 서운하다며 울고불고하여 부부가 다툰 적이 한두 번이 아니었다고 했다. 안 그래도 나는 아버지가 소천한 후 어머니를 어떻게 모셔야 할 것인지를 매일 혼자 고민고민하던 차였고, 또한 자나 깨나 그 문제가 내겐 지상지고의 과제였다.

어머니는 평생을 농촌의 아낙으로, 찢어지게 가난한 어려운 환경에서도 나를 비롯하여 여러 형제를 항상 흙이 묻어 거칠어진 손끝으로 애지중지 훌륭하게 길러내었다. 매일같이 농사일에 흙과 싸워가며 농사를 짓느라, 성한 손가락 하나 없는 무디고 무딘 손의 어머니였다. 말년에라도 도시로 간 자식들을 따라가 며느리가 해주는 따뜻한 밥상이라도 받아 가며 손자들 자라는 것도 보고, 도시 구경도 실컷 하고 싶었을 게다. 백화점은 아니더라도 당신 맘에 쏙 드는 옷도 맘대로 골라서 사주는 대로 얻어 입고, 가끔 고향으로 내려가 친구들에게 자랑도 하고 싶었을 것이다.

하지만 명절 때나 생일 때면 자식, 며느리들이 사다 주는 옷이 마음에 들 때도 있고, 안 들 때도 있는 법이고, 옷이란 본래 입을 사람이 옷의 색상이며, 디자인이며, 품이며, 모든 게 잘 어울리는 옷으로 골라서 사 입도록 선택권이 부여되어야 한다.

하지만 어머니의 현실은 입는 사람의 의사와는 상관이 없었다. 겨우 명절이나 생일에 자식 며느리들이 오랜만에 올 적마다 옷을 사다 주기도 한다.

그러나 아무리 시골에서 농사를 짓고 살아도, 보는 눈은 있었을 것이다. 어머니의 마음은 어느 것이 좋고, 안 좋고를 떠나서"뭘 이런 걸 다 사오니, 아이들하고 먹고살기도 어려운데…"라면서 사다 주는 마음이 고마워서 반갑게 받아놓는 성품이었다.

나이가 들면 살이 빠져 체구도 작아지고 신장도 줄어들어 가볍고 따스하고 한 치수 작은 게 좋았으나 "노인네는 옷이 좀 커야 한다."라는 지론은 어디서 나왔는지, 한 치 수 큰옷으로 사다 주어 옷이 대부분 헐렁하게 큰 것이어서 입고 나가면 남의 옷을 빌려 입은 것 같은 옷이 한둘이 아니었다.

동네 사람들이나 친인척의 도시에서 있는 혼사에 참석하러 전세버스에 오르려고, 한 번도 입지 않고 받아서 장롱에 걸어 놓은 상표도 떼지 않은 여러 벌의 옷이 있기는 하나, 마땅히 마음에 드는 옷이 없어 이것저것 입어보지만, 어느 것은 색깔이 안 맞고, 어떤 것은 옷이 커서 남의 옷을 빌려 입은 것 같았다.

이것저것 고르다가, 뒷산 높다란 아카시아 나무 가지에 매달린 확성기에서 "어느 혼주"의 예식장으로 가는 관광버스가 곧 출발한다고, 속히 관광버스에 오르라고, 재촉하는 동네 이장 목소리의 방송이 나와서, 그냥 헐렁한 옷을 입고 버스에 오르기 일쑤였던 어머니….

암튼 이런 어머니에게 치매가 오다니…. 나는 눈앞이 캄캄했다. 치매는 이미 예견되어 있었는지도 모를 일이었다. 자식들이 저희만 먹고사는 데 급급하여, 어머니가 얼마나 외롭고 무섭고 우울하고 힘든 환경에서 생활했는지를 아무도 주의 깊게 보지 않았던 것이다.

아버지가 여러 해 전에 읍내에 농약을 사러 나갔다가 교통사고를 당해서, 대퇴부 및 고관절 복잡골절로 고향의 병원에서는 수술을 못 한다고 하여, 자식들이 있는 도시로 후송하여 수술 치료했던 일이 있었다.

큰 병원에서 약 삼십 센티가 미처 안 되는 잣대와도 같은 스테인리스 쇳조각 두 개를 마주대고, 나사로 조여 겨우 복잡골절로 조각난 뼛조각을 고정한 후 봉합하였다.

결국은 그게 원인이 되어 꼼짝도 못 하고 장기간 병석에 누워 고생만 하다가, 심해진 등에 난 욕창으로 균이 침투하여, 결국은 패혈증으로 소천할 때까지 여러 해 동안을 병석에 누운 남편의 병간호를 어머니 혼자 하느라 엄청난 고생을 했다.

남편을 먼저 보내고 허전함과 시원섭섭한 마음으로 우울해도, 자식들은 물론이고 누구에게 하소연 할 데도 없었고, 누구에게 하소연을 하더라도 그 하소연을 들어주거나 같이 아파해주거나 도움을 줄 사람도 없었다.

설령 그 하소연을 들어주더라도 그것이 치유되기는커녕, 오히려 흉이 되어 온 동네에 이상한 소문만 날 것이 불 보듯 뻔한 일이라는 것을 너무도 잘 아는 어머니는 혼자 가슴에 담고 속을 끓이다가 저렇게 큰 병이 났을 것이다.

그래도 이쯤 될 때라도, 아니면 이리되기 전, 자식 중 제대로 된 자식이 하나라도 있었더라면, 홀로된 어머니쯤은 도시로 모시어 편케 해드릴 수도 있었건만, 저희만 먹고사는 데만 급급하였고, 이것저것 자식들의 속사정을 다 아는 어머니는 과연 무슨 생각을 하다가 저리 병이 났을까?

노인정을 가도 예전 같지 않았다. 밤이 되면 별 쓸모도 없는 넓디넓은 촌가의 컴컴한 집에, 거기다가 귀촌한다며 타곳에서 이사 온 사람이 어머니가 혼자 사는 집에 바싹 붙여 창고를 지어서, 인삼 차광막(검은색 나일론 끈으로 짠 햇빛 가리개)을 지게차를 이용하여 어머니의 지붕보다도 더 높다랗게 천정까지 붙여서 쌓아 놓아, 밤이면 가로등 불빛마저 차단되어 암흑처럼 캄캄해서, 누가 와서 소를 잡아먹고 가도 모를 정도로 적막하고 외진 곳으로 변했다.

때마침 세기의 살인범이 검거되어, 텔레비전 뉴스에 여자들이 혼자 사는 집만 골라서 잔혹하게 살해한 살인 범인을 검거하여 경찰관들이 범행 동선을 따라 일일이 돌아다니며 현장검증을 하고 다녔다. 모자를 눌러쓰고 마스크에 포승결박하고 수갑을 채워 형사들에게 이끌려 다니는 범인의 모습에 소름 끼치는 사건의 뉴스가 매시간 방영되는 등, 적막한 밤이 무섭기 이를 데 없는 집에서 어머니는 얼마나 외롭고 무섭고 오싹했을까?

어머니는 이제까지 온갖 정성으로 자식 넷을 길러 나름대로 최선을 다하여 도시로 내보냈건만, 큰놈은 벌써 환갑이 지난 나이인데도 여편네 눈치 보느라고, 마음은 있으나 어머니를 도시로 모시지 못하는 형편없이 못난 놈이었고, 그 밑에 작은놈이나, 막내 놈이나, 여러 자식 중 누구 하나 선뜻 나서서 어머니를 모셔가려는 자식은 하나도 없었다.

나는 정년퇴직을 하고 아버지가 소천한 후, 처음에는 자주 내려가서 청소며 집안 치우는 일 등으로 어머니를 돌보다가 그것도 잠시, 다시 도시로 와서는 하는 일 없이 빈둥대었다. 그리 빈둥대느니 아예 고향으로 내려가 어머니를 모시며 살 걸 그랬다는, 때늦은 후회를 하고 있었다.

평생을 바쁜 직장생활로 맘 놓고 하루라도 제대로 쉬어보지 못한 나는 정년퇴직을 하고는 약 일 년이 넘도록 아무 일도 하지 않고 놀아도 보았다. 그러나 논다는 것도 생각만큼 그리 쉬운 일이 아니었다. 맥없이 그러고 지내는 것이 그리도 익숙해지지 않았다. 그뿐만이 아니라 경제적인 측면도 그러했다. 퇴직 후에도 평생을 출근하던 버릇이 있어 집에 있지 못하고, 어디든 가야 한다는 마음에 무작정 집을 나서기는 했으나, 막상 나서보면 어디로 가야 할지가 걱정이었고, 갈 데가 딱히 없었다. 퇴직 전에는 오라는데도 많았고 갈 데도 많은듯했으나, 퇴직 후에 얼마지 않아 거의 전부 가보고, 다 만나보았으나, 신통한 곳은 한 군데도 없었고, 갈 데도, 오라는 이도, 아무도 없었다. 대부분의 사람이 그러하겠지만 평생을 매일같이 출근하여 일하다가 갑자기 하는 일 없이 노닐다니 여간 힘든 일이 아니었다.

말하기 좋아 여행도 하고, 등산도 하고, 운동도 한다지만, 여행도, 등산도, 운동도 모두가 한계가 있었다. 이리저리 방황 아닌 방황을 하다가, 마침내 비슷한 처지의 학교 동창들 서너 명이 모여서 잘하지 못하는 당구도 처보고, 고스톱도 해보고, 못 두는 바둑과 장기도 두어보고, 이것저것하고 놀면서도 요즘 유행어인 삼식이는 면하고 싶어서 아침저녁은 집에서 먹고 점심은 밖에서 먹으며 친구들과 반주라도 한잔하다 보면, 돈도 더 많이 쓰는 듯했다. 크게 쓰는 것이 없어 보이는데도, 아이들의 혼사를 치른 지가 얼마 되지 않았으므로, 애경사비며, 교통비, 식사대 등 만만치 않게 돈을 쓰게 되었다.

퇴직하기 전 아이들의 학자금 대출 중 잔금을 퇴직하는 달 급여일에 맞추어, 좀 과하다 싶을 정도로 분납하여 전액을 변제하여 공무원 퇴직연금에서 축내지 않으려고 애를 썼다. 월수입이 퇴직 전 수령액의 절반도 안 될 것이 불 보듯 뻔한 일이라서, "미리 쓰임새를 줄이라."라고 가족에게 여러 차례 경고했으나, 귀담아듣지 않더니 우려가 현실로 닥치니 매우 힘들어하는 모습이 역력했다.

다행히도 학교 동창 중에 건축업을 크게 하며 잘나가는 친구가 있었다. 그 친구는 "내가 너희들에게 용돈은 못 줘도 점심은 먹여 줄 터이니, 뒤쪽의 작은 사무실에 와서 내가 없더라도 마음 놓고 놀기도 하고, 때가 되면 직원들이 대놓고 먹는 지정된 식당에서 식사도 하라."라며 족히 놀 수 있는 사무실 하나를 선뜻 내어주었다. 처음에는 건성인 줄 알고 식사를 하고, 식대를 지불하려 하자, 식당 주인은 이미 계산됐다며 한사코 돈을 받지 않았다. 서너 명이 제육볶음 한 접시에, 우거지 된장국과 공기 밥과 반주로 소주 한두 잔하니까 점심으로는 흡족히 먹을 수 있는, 실속 있고 저렴하면서도 가성비 넘치는 알찬 식당이었다. 매일같이 먹다시피 하니 월말에 한꺼번에 그 친구가 계산할 때는 어림짐작으로도 적잖은 돈을 경리를 통해 지불해야 했다. 그런 통 크고 멋진 친구도 요즘 같은 세상에는 보기 드문 일이었는데, 약 두어 달 그리하고는 나중에는 미안해서 그 사무실에도 놀러 가지 않았다.

사회 물정을 전혀 알지 못하던 현직 시절에는, 퇴직하더라도 "나가보면 어떤 일을 하더라도 한 달에 그까짓 돈 백만 원쯤이야 못벌어 쓸까?"라고 큰소리도 쳐보고 자신만만하였다. 하지만 현실은 생각과는 매우 거리가 멀었다. 막상 나와 보니 백만 원은 고사하고, 단돈 만 원짜리 한 장도 남의 돈을 만져보기가 쉽지 않은 것이 현실이었다. 심지어는 무슨 일이든지 성실히 해보겠다고 '직장 구함'이라는 유인물도 만들어서 많은 사람이 북적이는 유통 상가에 돌아다니며 뿌려보기도 하였으나 모두가 웃음거리만 될 뿐 현실은 너무도 각박했다. 유인물에 적어놓은 전화번호로 연락이 와서 혹시 싶어서 찾아가면 다단계회사였고 그런가 하면 어디인가 "외딴섬에 가서 돌짐 지는 일이 있는데 힘들어도 같이 해 보지 않겠느냐?" 하는 등의 섬뜩한 제의만 들어올 뿐 아무 소용없는 짓이었다. 평생을 한 가지 일에만 몰두했던 내게는 아주 심한 가시밭길이나 살얼음판 같은 냉엄한 사회현실을 직감 할 수 있었다.

나를 농사꾼으로 키우려다 실패했던 완고한 성격의 아버지마저 교통사고로, 오랫동안 병석에서 고생하다가 소천하고, 쓸모없이 넓고 어둡기만 한 시골집에 이미 팔십이 가까운 늙은 어머니 혼자 남게 되었다.

어머니는 외딴집이나 다름없는 동네 산자락에 붙은 집에 혼자 들어가는 것이 너무 무서웠고 집에 들어가기가 점점 싫어졌다. 날이 갈수록 머리끝이 쭈뼛거리고 등골이 오싹하는 날이 지속되자, 집이 무서워지고 헛것이 보이기 시작했다. 즉 환시 치매가 시작되고 있었다.

어머니 혼자 덩그러니 남아서 살고 있으니, 밥도 반찬도 아무것도 하기 싫었다. 밥통을 열어보니, 밥이 오래되어 누렇다 못해 약밥처럼 검은색으로 변하고 있었다.

어머니는 몇 날 며칠을 아무것도 먹지 않았어도 배도 고프지 않았고, 아무것도 먹고 싶지도 않았다. 농한기라 동네 사람들이 모인 마을회관으로 갔다.

몇몇 사람만 빼고는 전부가 노인뿐인 동네 노인정에서, 간단하게 다시마와 멸치를 울인 국물에 국수나 삶아서 묵은 김장김치를 잘게 썰어 고명으로 얹어 한 그릇씩 나누어 먹고, 점심으로 때우는 게 하루 식사의 전부였다.

화투 놀이도 점점 재미가 없어졌다. 어머니는 남이야 치던 말던, 자기 순서가 아닌데도 마음에 드는 패를 짝 맞추어 자기 앞에 수북하게 갖다 놓자 "자기 차례도 아닌데 또 치고 있다."고 늘 친하게 지내던 민구 엄마가 한 소리 했다. 어머니는 "내 차례에 내가 쳤는데 왜 시비냐?"며 단단히 화가 나서 말다툼하다가 홧김에 화투판대기를 뒤집어엎고, 갖은 욕설을 하면서 엉망이 되어버린 화투판대기를 저벅저벅 밟고 밖으로 나왔다. 생전 안 하던 행동을 하는 어머니를 의아한 눈으로 바라보던 사람들이, 눈이 휘둥그레져 어머니의 뒤꼭지에 대고 수군거렸다. "평소에는 절대 저럴 사람이 아닌데 이상해졌다."라고 수군거렸다.

평소 같으면 엄두도 못 낼 일이었지만, 어머니는 거침없이 남자 노인들이 모여 노는 남자들 방으로 갔다. 다짜고짜 "어떤 놈이 내 뒤에 대고 욕을 했느냐?"며 남자들 화투판도 뒤집어엎고, "남자 놈들도 다 똑같은 놈들이다!"라며 있는 욕 없는 욕을 하며 밖으로 나왔다. 남자 노인들도 화들짝 놀라며 육십여 년을 넘게 한동네에 살면서도, 언제나 남과 다투거나 싫은 소리 한번 한 적이 없는 후덕하고 경오 바른 인품을 가진 어머니가 이상해졌다고 수군대고 있었다.

어머니는 화가 나서 신발도 신지 않은 채 씩씩거리며 집으로 왔다. 지금쯤이면 장에 가서 이제 막 어미젖을 뗀 잘생긴 수송아지를 사서 끌고 집에 왔을 법한 언제나 자기편인 아버지에게, 동네 사람들이 어머니를 업신여기고 어머니에게 욕을 한다고 분함을 일러주기 위해서였다. 이미 아버지는 육십여 년 가까이 같이 살던 중 교통사고로 병석에서, 십여 년을 어머니의 병간호를 받다가 십 오 개월 전에 소천 했는데도, 장에 갔다가 지금쯤 막 집에 와 있을 것으로 착각하고 있었다.

어머니가 대문간에 들어서자 남편은 보이지 않고 웬 당고바지를 입고 어깨엔 기다란 총을 멘 일본 순사, 어깨에 빨간 계급장의 헐렁한 인민군복을 입은 인민군, 남자, 여자, 어른, 아이 할 것 없이 수십 명이 마당으로 하나 가득한 사람들이 "밀주항아리를 감춘 곳을 대라!"며 어머니를 붙잡으러 우르르 달려들었다. 어머니는 "나는 요즈음은 소나무도 꺾어 오지 않았고, 술도 몰래 담그지 않았다. 나는 아무 잘못이 없다."며 살려 달라고 애원했지만, 소용이 없었다. 그 사람들은 곧이듣지 않았다. 무서웠다.

그 사람들을 피해 소외양간 옆에 붙어있는 뒷간으로 도망을 갔다. 그전에 뒷간 잿더미 속에 숨겨 두었던 밀주 항아리를 일본 순사가 찾지 못하고 돌아갔기 때문이었다. 그러자 거기서도 긴 총을 든 일본 순사 여러 명이, 고약한 인분 냄새가 나는 뒷간 컴컴한 구석에 숨어 있다가 어머니를 잡으러 튀어나왔다. 어머니는 또다시 도망 쳐서, 평소에 아껴먹고 남은 제사 때 썼던 위아래가 깎인 사과, 배, 곶감이나 대추 등 제사음식을 광주리에 담아 올려놓아, 언제나 달콤하고 쾨쾨한 사과 냄새가 배어있는 벽장으로 몸을 숨겼다. 그러나 그것도 허사였다. 이미 인민군들이 총을 들고 숨어 있다가 어머니를 붙잡으려 했다. 이들을 피해 다시 마루 밑에 숨으려고, 마루 밑으로 들어가려 했다. 그러나 그것도 허사였다. 이미 인민군과 일본 순사들이 그 속에 땅을 파고 아예 진지를 구축하고 숨어서 총부리를 내밀고 잠복을 하고 있다가, 어머니를 보자 그리 들어오라고 손짓을 하고 있었다. 어머니는 무서워서 또 뒤란으로 도망을 갔다.

뒤란의 장독대 뒤에도 검은 갓을 쓰고 검은 두루마기를 입은, 창백한 얼굴에 눈썹이 굵고 시커먼 키가 크고 건장한 저승사자들이 어머니를 잡으러 달려들었다.

어머니는 무서워서 있는 힘을 다해 도망을 나와, 조금 전에 화투판을 뒤엎고 나온 마을 회관 경로당으로 달려갔다. 문을 열어젖히고 숨을 헐떡거리며 "나 좀 살려줘요. 우리 집에 경찰과 군인들이 나를 잡으러 왔으니 나 좀 살려줘요!"라며 소리쳤다. 동네 사람들이 처음에는 어머니의 말을 듣고 의아해하면서도 평소 거짓말할 사람이 아니란 것을 알고는, 어머니를 데리고 집으로 와서 온 집안을 샅샅이 뒤지고 살펴보았지만, 아무리 둘러보아도 군인 경찰은 고사하고 개미 새끼 한 마리보이지 않는데도, 어머니가 똑같은 이야기를 반복하자 서로 수군거리며 어머니를 혼자 놓아두고 뿔뿔이 흩어졌다.

어머니의 행동이 이상하다는 고향 친구의 연락을 받고, 쏜살같이 달려온 나의 형제들은, 온종일 맨발로 온 동네를 누비고 다녀 흙투성이가 된 양말을 머리맡에 벗어놓고, 우리가 올 때까지 보호 중인 집안 조카네 집에서 정신없이 잠이든 어머니를 흔들어 깨웠다. 몰골이 말이 아니었다. 얼굴도 반쪽이었고 옷매무새도 엉망이었다. 이럴 어머니가 아니었다. "엄마! 벌써 이러면 안 돼! 엄마가 이러면 우린 어떻게 해! 아직은…. 아직은 안 된다고! 어머니를 살아생전 호강 한번 시켜드리겠다고 한 약속을 아직 못 지켰다고요!"

라며 울부짖었다. 어머니는 선잠에서 깨어나 오랜만에 만난 우리 형제를 둘러보고도 반가워하기는커녕, 소가 닭을 보듯 무표정하게 둘러보고는 말 한마디 없이 하품만 계속하고 있었다. 평소 남의 집에서는 이처럼 절대로 잠을 자지 않는 정갈한 성품의 어머니는 내 집 인양 다시 한번 우리를 둘러보고는, 다시 드러누워 눈을 감았다. 보통 일이 아니었다.

멘붕 상태인 어머니를 깨워 집으로 향했다. 이미 어두워진 집은 언제나 그러하듯, 캄캄하고 적막하기 이를 데 없었다. 문이 있는 대로 전부 열려 있고, 사방이 온통 난장판이 되어있는 것으로 보아, 대낮에 어머니가 어떠했는지 그 상황을 대변해주고 있었다. 나의 형제들은 우선 마루 찬장 안에 있는 손전등을 켜서 마당이며, 뒷간이며, 뒤란이며, 헛간이며, 옛날에 기르던 빈 돼지우리며, 캄캄한 사방을 다 둘러보았다.

우리 형제들이 어려서부터 자라온 집인데도, 오늘따라 더욱더 구석구석이 낯설고 섬뜩하고 오싹하게 느껴졌다. 내가 어렸을 때, 달 밝은 밤이면 불과 오십여 미터도 안 되는 울타리 넘어 뒷산에서 늑대가 '우·우 우' 하고 우는 소리를 듣고는, 골질하며 울다가도 울음을 그치고 따스한 할머니의 젖가슴을 만지작거리다가 그대로 품 안에서 잠든 적이 한두 번이 아니었다. 그런 오랜 세월 정든 집인데도, 가는 곳마다 섬뜩하고 무섭기가 이를 데 없었다. 그 순간 어머니가 이렇게 된 것은 너무도 당연한 일이라고, 우리 형제들은 입을 모았다. 만일 우리가 이런 적막한 집에서 혼자 잠을 자라고 했다면, 아마도 어머니보다도 더 못 버티고 벌써 병이 났을 것이라며, 뒤늦게 어머니를 이해하고 있었다.

　부지런하다 못해, 명절에도 편히 쉰 적이 없는 일 중독자인 아버지가 생전에 그리도 아끼던 고추를 말리던 녹슨 기계와, 그 앞에 덩그러니 흙 마당에 놓인 삐딱한 돌절구 하나, 뒤란의 높은 담을 바치고 있는 경사진 흙벽의 흙더미가 무너지지 않게, 촘촘히 박아 놓은 비스듬한 흙벽이 오래되어 다 썩어 버린 이끼 낀 나무 말뚝을 밀어내고, 금방이라도 무너져 내려 장독을 모두 쓸어버릴 것만 같았다. 헛간으로 들어서자 커다란 쥐 두 마리가, 서로 싸우는 건지 교미를 하는 건지 '찌지 직 찍찍' 소리를 내며 후다닥거리고 있었다. 헛간 벽에는 몇십 년을 그 자리에 있었는지, 소가 일을 할 때 곡식을 뜯어 먹지 못하도록 소의 입에 씌우는 가느다란 새끼줄로 엮어 만든, 그물 같은 입 망이 회색으로 퇴색되어 찌그러진 브래지어처럼 아무렇게나 걸려 있었고, 다 자라지 않은 중소가 끌고 다니며 비탈진 따비밭을 갈던 극쟁이의 손잡이가 본래 나무였는데, 부러진 곳에 아무렇게나 생긴 쇠파이프 조각을 대신 끼워 사용하던 손잡이가 빨갛게 녹슬어있었다. 그 옆에는 아궁이의 재를 긁어 담아 퇴비 더미에 버리던, 빛바랜 삼태기도 온통 먼지와 거미줄로 드리워져 있었다.
　장독대를 지나자 머리에 흰 수건을 쓰고 광목 치마저고리를 입은 어머니가 끓인 팥죽이나, 삶은 보리쌀을 대소쿠리에 담아 베보자기로 덮어 감나무로 그늘진 장독대에서 식히거나, 하루에도 몇 번씩 장을 뜨러 부지런히 드나들던 어머니의 젊은 시절의 모습과 바가지 무당인 할머니가 하얀 사기 대접에 물을 떠 놓고, 역마살이 끼어 집을 나간 장돌뱅이 남편을 하루속히 돌아오게 해달라고, 양손을 모아 비비면서 "그저, 그저…" 소리만 반복하며 들릴 듯 말 듯한 목소리로, 매일같이 정성드려 기도하던 기억도 되살아났다.

온 집안을 모두 둘러보고 어머니와 방으로 들어간 우리 형제들은 궁리 끝에, 집을 비워두고 일단 어머니를 도시로 모시기로 때늦은 결정을 하고, 중요한 물건이 있을 만한 곳은 전부 뒤지기로 했다. 마치 수사관이 압수수색영장을 집행이라도 하듯, 어머니가 잘 간수해놓은 마을금고 통장이며, 논밭전지 땅문서며, 어머니를 부양할 수 있는 자금을 찾아내는 것이 목적이었으므로, 샅샅이 뒤지기로 한 것이다. 솔직히 말해 알뜰하기 이를 데 없던 어머니와 아버지가 그동안 자식들을 위해 다 쓰고, 현금이 농촌에서 있으면 얼마나 있겠는가 싶기도 했다.

치매든 어머니를 옆에 앉혀놓고 이것저것 뒤지고 있는데, 구멍난 양말을 만지작거리던 어머니는 누가 시키지도 않았는데도,

"해당화 피고지이는 서 엄 마을에~"

라며 노래를 부르고 있었다. 갑작스러운 어머니의 노랫소리에 우리 형제들은, 평소와 확 달라진 어머니의 모습이 너무도 안타까워

갑자기 눈시울이 붉어졌다.

한참을 찾다 보니 농협 통장을 비롯한 조금씩 들어 있는 통장이 있었는데, 그중에는 다 찾아 쓴 빈 통장도 있었고, 단돈 천 원만 입금된 통장도 있었다. 그뿐 아니라, 누구 혼사 때인지 예물로 들어온 듯한, 은수저 두벌도 노란색 금보자기에 꼭꼭 단단하게도 싸여 있었다. 또한 내가 어릴 때 일은 안 하고 공부만 한다고, 심할 정도로 엄하던 아버지가 자식들 모르게 쓸 것 안 쓰고, 입을 것 안 입고, 일만 하느라 닳고 닳은 투박한 손으로 악착같이 모아 자식들 각자 명의로 해 놓은 여러 건의 논밭전지 땅문서도 발견되었다. "아니 이럴 수가?" 아버지가 소천 했을 때도 마음대로 뒤져 볼 수가 없었고, 어머니도 아무 말도 안 해서 모르고 있었다.

땅문서를 발견한 우리 형제는 깜짝 놀라 그저 서로의 얼굴만 바라볼 뿐, 벌린 입을 다물지 못한 채 아무 말도 못 하고 감격해 하고 있었다. 아무리 시골 땅이라 하더라도 이제까지 우리 형제들이 벌어 크게 모은 것도 없지만, 그것과는 비교조차 할 수 없는 큰돈이었다. 우리 형제들은 그제 서야 악착같이 일만하고 곤소금처럼 인색하고 엄했던 아버지를 이해할 수가 있었다. "아! 아버지가 그래서 그랬구나!" 순간, 그 숱한 세월을 그토록 미워했던, 이미 소천 한 아버지에게 어떻게 용서를 빌어야 한단 말인가? 아버지가 내게 단 한 번도 다정히 이름을 부르며 "사랑한다."고 안아주지 못했던 것처럼, 나도 아버지에게 "아버지! 고맙습니다. 사랑합니다. 이제는 아버지를 이해 할 수 있습니다. 그동안 아버지를 그토록 미워했던 저를 용서해주세요."라고 어디를 향해 부르짖어야 한단 말인가? 가슴이 먹먹해지는 순간이었다.

또한, 약 오십여 년 전에 이 집을 매수할 때 작성한 매매계약서가 아직도 있었다. 거기에 쓰인 필체가 예사롭지 않은 것으로 보아 평소에 학식도 있고, 타고난 필체가 좋아 온 동네 논밭전지나 집터를 사고팔 때는 으레 불려 다니던 아주 점잖은 사람인 내 친구의 큰형이 작성한 것으로 보이는 매매계약서가 있었다.

오랜 세월로 누렇게 퇴색되어 모서리가 이리저리 구겨진 채로 여러 서류 속에 접혀있었다. 그 계약서를 들여다보던 나는 또 한 번 깜짝 놀랐다. 아니 어찌 이럴 수가 있단 말인가?

그 계약서는 요즘의 계약서와는 달리, 줄이 쳐진 아주 얇은 미농지(닥나무껍질로 만든 썩 질기고 얇은 종이)에 세로로 직접 세필 붓으로 작성한 계약서였다.

매매대금은 현금이 아닌 백미 일곱 가마 반이고, 그 계약서에 좌측 상단에 '果實樹과실수 貳이 그루 포함'이라고 가로로 쓰여 있었다. 내가 놀란 것은 바로 '果實樹과실수 貳이 그루 포함'이라는 대목이었다.

내가 어렸을 적에 우리 집은 감나무 집으로 통했다. 그도 그럴 것이 우리 집 뒤란 대■ 위에는, 요즈음도 보기 드문 어른 두 사람이 맞잡아야 겨우 손끝이 닿을 정도로 아주 큰 감나무 두 그루가 있었다. 그중에는 큰 감나무 한그루와 그보다는 약간 작은 감나무

한그루 등 두 그루가 있었는데, 큰 감나무에는 대접감이라 하여, 감이 크고 넓적하며 씨도 적을 뿐 아니라, 맛도 달달했고, 그보다 약간 작은 감나무는 일명 뾰루지 감나무라 하여 감이 작고 떫으며 팽이처럼 끝이 뾰족하고, 씨가 많아서 먹을 것이 별로 없는 그런 감나무였다.

그런데 중요한 것은 이 집의 매매계약서에 '果實樹과실수 貳이 그루 포함'이라고 명확히 작성하여 감나무까지 포함하여 집터를 팔아먹고도, 해 걸이를 해가며 가지가 찢어지도록 열리는 감이 발갛고 먹음직스럽게 붉게 익을 즈음이면, 동네에서 구두쇠로 소문난 이 집의 전 소유자 최 씨 영감의 아들들이, 매년 추석 전으로 날을 잡아서 어김없이 감을 다 따 가는 것이었다. 나는 어린 마음에 매년 그들이 감 따가는 날이면 슬픈 날이 되어 멀리 서서, 우리 집 안에 있는 감을 남이 따가는 것을 코를 훌쩍거리며 멍하니 구경만 하고 있었다.

저 사람들은 왜? 우리 집 안에 있는 감을 따가는 것일까? 더군다나 지금 "해당화 피고지이는 섬마을에~" 하고 노래를 부르고 있는 어머니는 "우리 뒤란에 있지만 남의 감나무라서 남의 감을 따 먹어서는 절대로 안 된다."고 했다.

그래도 나는 어린 마음에 발갛게 잘 익은 감이 먹고 싶어 무거운 바지랑대를 들고 힘에 부친 까치발을 하고, 뒤란에 있는 잘 떨어지지 않는 높게 매달린 감나무 가지를 탁탁 칠라치면, 정직함을 자식에게 바로 가르치며, 남의 물건에 절대로 손을 대거나 탐하면 안 된다는 교훈으로 머리를 쇠뇌화 시킨 장본인이었다.

문제는 이 집을 매수할 당시 계약서를 작성할 때 아버지는 '果實 樹과실수 貳이 그루 포함'을 읽지 못해서였다. 아버지는 그럴 수밖에 없었다. 겨우 두 돌 지난 어린 자기를 두고 가출하여 장돌뱅이가 된 할아버지 대신, 먹고 살기 위해 어린 나이에 가장 노릇을 하느라 학교라고는 근처에도 가보지 못했다. 겨우 땅바닥이나 삼태기에 모래를 담아놓고, 그 위에다가 어머니로부터 배운 가, 나, 다를 나뭇가지로 정성스레 써보거나, 회 포댓자루 종이 위에 자기 이름 석자를 연필에 침을 발라가며 겨우 꼭꼭 눌러서 천천히 쓸 수 있는 것 외에는 글자를 모르기 때문이었다. 한문으로 쓰인 '果實樹과실수 貳이 그루 포함'은 더욱더 그러했다.

그건 그렇다고 치더라도, 집과 토지와 감나무를 팔아먹어 이미 소유권이 이전되었는데도, 마치 자기 감나무인 양 남의 집에 들어와서 남의 집 뒤란에 있는 감을 따가는 구두쇠 영감은 어떤 성격의 소유자이고, 또한 감을 따러 감나무에 올라가 있는 자식들은 도대체 어떤 사람들일까? 이 행위는 분명한 범법행위임에 틀림이 없었다.

나는 어린 시절 그 감나무를 무척이나 좋아했다. 봄이면 아주 연한 연두색의 예쁘고 보드라운 감나무 이파리를, 다른 나무들보다 먼저 파릇파릇 피워내어 봄을 먼저 알렸고, 그 잎이 어우러질 때쯤이면 시골에선 한 참 바쁜 농번기가 시작되었다.

그때쯤 감꽃이 노르스름하면서도 하얗고 예쁘게 피었다. 그 꽃이 밤새 떨어지면 아침에 일어나, 그 꽃을 주워 먹으려고 저녁에 마사토가 깔린 감나무 밑을 빗자루로 땅바닥을 깨끗하게 쓸어 놓았다. 다음 날 아침 일찍 일어나 땅바닥에 떨어진 달달하고 약간 떫은맛의 이슬이 살짝 묻은 감꽃을 깨끗한 상태로 주워 먹을 수 있기 때문이었다.

감꽃은 두 가지 종류로서, 하나는 열매가 열리는 암꽃과 다른 하나는 열매가 열리지 않는 수꽃으로 구분되었다. 열매가 열리는 암꽃은 호롱불 모양으로, 꽃의 크기가 열매가 안 열리는 수꽃보다 더 크고, 꼭지가 열매에서 빠져나왔으므로, 가운데 구멍이 뚫려있었다. 감꽃을 실에 꿰어서 목에 걸면 예쁜 모양의 목걸이도 되어, 먹고 남은 꽃은 스님의 염주처럼 실에 길게 꿰어 장난삼아 목에 걸고 다니기도 했다.

나는 언제부터인가 감나무를 그렇게 좋아하면서도, 동네를 돌아다니다가 길에서 주워온 녹슨 대못을 아버지나 어머니, 삼촌도 모르게 감나무에다 때려 박았다. 그 감나무를 죽이기 위해서였다. 어린 마음에 그 감나무가 죽어야 그 사람들이 우리 집에 들어와서 감을 안 따갈 것이라는 판단에서였다. 그러나 동네 고샅에서 주워온 한 두 개의 녹슨 못을 박는다고, 그 큰 감나무가 죽을 리는 만무했다. 이미 오십여 년이 넘은 계약서에서 새로운 사실을 발견한 이 시점에, 그 감나무는 내가 어려서 한두 개의 못을 박은 것이 원인이 되어 죽었는지, 아니면 수령이 다 되어 죽었는지는 사망진단서가 없어서 알 수 없는 노릇이었다. 언제인지도 죽은 원인이 무엇인지도 알 수 없는, 그 '果實樹과실수 貳이 그루'가 그렇게 오래전에 죽어 없어진 것은 사실이었다.

어제 밤늦도록 압수수색 영장을 집행한 수사관들처럼, 온통 어머니의 장롱 속의 쓸 만한 물건 등을 뒤지고, 어머니에 대해이런저런 의논을 하느라, 우리 형제들은 새벽녘이 돼서야 겨우 잠이 들었다. 누가 먼저라 할 것도 없이 옷을 입은 채로 윷가락처럼 이리저리 아무렇게나 누웠다가 아침 일찍 일어났다.

어제 어머니 소식을 듣고 나서, 평소 술자리에서 자기 장모가 치매가 걸려서 치매 전문병원에 여러 해 입원해있는데, 시설도 좋을 뿐더러 환자에 대한 대우도 아주 좋다고 입에 침이 마르도록 자랑을 하던 병만이가 생각이 나서, 그 친구를 온종일 수배하여 그의 장모가 입원해있다는 병원의 주소와 위치까지 소상하게 알아놓았으므로, 오늘은 어머니와 함께 그곳으로 가보기로 한 것이다.

그가 알려준 치매 전문병원이란 곳은, 도시로 가는 중간쯤 위치한 곳으로 찾아가기가 그리 어렵지는 않았으나, 산속 깊숙이 있는 그런 곳이었다.

아주 깊은 산속에 있었으므로 환자의 지인들은 찾아서 문병할 엄두조차 내지 못하고, 가족도 한번 맡겨 놓으면 좀처럼 다시 찾아가기가 어려울 정도의, 깊숙한 첩첩산중에 꼬불꼬불 산길로 이어지고 있었다.

나는 그 친구가 알려준 대로 상세히도 물어 약도까지 그려 그대로 찾아가자, 병원으로 가는 중간 중간에 세워둔 화살표 안내 표지판이 나왔다. 그 표지판을 따라 한참을 더 들어가자 문제의 병원이 눈앞에 나타났다. 그 병원은 일견 보기에도 대지가 엄청 넓어 보였고, 외견상으로는 큰 종합병원 규모였다. 외장 대형유리가 짙은 잉크 빛을 띤, 아주 중후하고 멋스러운 건물로 건축한 지 얼마 안 된 것으로 보였다. 내부는 층층이 군대 막사처럼 가운데 통로를 중심으로 양쪽으로 침대를 세로로 줄줄이 놓아, 약 이 삼십여 명의 환자 대부분이 머리를 벽 쪽으로 두고 누워있었다. 마치 덕망 있는 군대의 주번사령이 고된 훈련을 마치고 돌아온 병사들에게 취침 점호의 특혜를 주는 것처럼 보였다.

환자들 대부분이 유동식 콧줄을 끼고 있었고, 콧줄을 잡아당겨 빼지 못하도록, 손발이 철 침대 난간 쇠파이프에 압박붕대 끈으로 묶여 있는 상태에서 소리를 고래고래 지르는 이도 있었고, 죽은 듯이 움직이지 않고 가만히 있는 이도 있었다. 아주 중증 와상 환자들만 수용하는 일 층에서 적어도 십층쯤 되어 보이는 꼭대기 층까지, 전부가 그런 환자들이 입원한 대형 요양병원이었다.

나는 그런 요양병원인 줄도 모르고 치매 전문 치료병원으로 알고 들어서자마자, 친구가 친히 알려준 병원장 이름을 대며 원장을 대면 시켜 줄 것을 요청하자, 잠시 후 원장이라는 사람이 나왔다. 그 럴듯한 흰 가운의 의사 복장이었으나 어딘지 모르게 허술하고, 의사라고 보기에는 살아있는 눈빛이 아닌, 전형적인 마약 환자의 불그스레한 충혈 된 눈빛 그 자체였다.

내가 현직에 있을 때 변사사건이 발생하면 사인을 규명하기 위하여 입증할만한 증거물이 있는지와 전반적인 사체를 검안檢眼하고, 사진 촬영을 하는 등으로 현장의 초동수사를 마친 후, 더 이상의 현장을 보존할 가치가 없으면 그 시신을 영안실로 옮길 때, 그 뒷일(시신 옮기기)을 처리 하는 의사가 아닌 사람(속어 : 대도)들이 입고 있는 흰 가운의 모습을 연상시키는 그런 이미지였다.

나는 친구 '병만이'의 소개로 왔으므로, 어머니에 대한 정밀 진단과 치매 치료 방법 등을 의사로부터 소상히 듣고 싶어서 "친구 누구누구의 소개로 왔다."며 살갑게 접근하려 하였으나 그는 대수롭지 않은 듯 "알았다."며 잠깐 기다리라고 하였다.

그는 곧바로 어머니에 대한 치매 진단 인지검사를 시작하였다. 오각형 겹쳐서 그리기, 몇 시 몇 분 시계 그리기, 동그라미 따라 그리기, 말 따라하기, 계산(암산)하기. 예를 들면 일반인도 계산하기 어려운 100 - 7 - 7 - 7 - 7 + 5 = 77 등을 묻고 따라 하게 하였다.

밀폐된 곳에서 어머니 혼자 검사받는 것이 아니므로, 옆에서 내가 지켜봐도 어머니는 믿기지 않을 정도로 너무도 인지검사에 정상인과 다름없이 대답도 잘하고, 그들이 시키는 대로 그림도 정확하게 척척 그려내는 것이었다. 특히 어머니는 젊어서부터 암산을 기막히게 잘하는 등, 숫자에 남다른 총기를 가지고 있었다. 그 유전자를 닮은 나도 현재 그러했다.

어머니에 대한 인지검사 결과를 보고 받은 원장이라는 아까 그 사람이 어머니를 잠깐 옆방으로 들여보내어 분리시키고, 병원 직원들이 행한 인지검사 결과를 우리 형제에게 내보였다.

"지금은 어머니 상태가 좋아 보이나, 치매라고 하는 병은 하룻밤만 자고 나면 아주 급격히 인지력이 급강하하여 나빠지게 되어 있음으로, 나중에 또 모시고 오느라고 고생하지 말고 아예 온 김에 어머니를 맡겨놓고 가라."고 했다. 그러면서 아주 급격히 쏟아지는 나이아가라 폭포에서 세차게 떨어지는 물줄기처럼 절벽 같은 'ㄱ자' 모양의 하향곡선을 종이 위에 볼펜으로 그려 보였다.

나는 그제야 이 사람이 자칭 원장일 뿐, 치매 전문 의사가 아니라는 걸 금방 알아차릴 수 있었다. 원장은 자리에 있지 아니하고, 이 사람은 아마도 자질구레한 업무를 총괄하는 일명 사무장쯤 되는가 싶었다. 이곳은 본래 치매 환자를 치료하는 곳이 아니어서 무슨 위급한 환자의 수술이나 응급환자를 돌봐야 하는 것도 아니었다. 양의사면허나 한의사면허나 관계없이 면허가 있는 의사면 족한 것이고, 허가조건으로 치매 전문 의사가 상주하는 것이 필수요건은 아니라는 사실이었다. 여기는 손발이 묶이고, 유동식으로 연명하며 죽을 날만 기다리는 노인들이 대부분이라서, 그중 사망자가 나오면 이미 나와 있는 병명의 코드를 특정하여 사망진단서를 발부할 정도만 되면 그만이엇다. 분명한 것은 유명한 치매 전문의가 상주하여 치매 환자를 전문적으로 치료하는 곳은 절대 아니라는 사실을 뒤늦게 깨달았다.

암튼 원장이라고 자처한 사람이 의료인이 아닌 사무장으로서 직원을 시켜서 어머니에 대해 인지검사를 하는 등의 진찰을 하고 그 검사 결과를 보고 받고 환자를 판단하였다면, 당연히 이 사람은 문진도 진료행위이므로 불법의료행위를 한 것이다.

그 상황을 눈으로 보니, 더러는 정신이 멀쩡한 자기 부모를 그냥 놔두고 가게 하여 환자만 많이 확보하여, 병원 관계자들이 돈벌이 하는 데만 급급해서 눈이 벌게져 있는 그런 사람들로밖에는 보이지 않았다. 두 눈을 멀쩡히 뜨고 있는 치매 초기로서, 가끔 정신이 깜빡거릴 뿐 현재는 자식들을 다 알아보며 정상소견을 보이는 어머니를, 어떻게 여기에다가 떼어 놓고 간단 말인가? 말도 안 되는 소리를 하는 것이다.

내가 단독주택에 살 때의 일이었다. 나는 평소에 개는 별로 좋아하지 않으나, 그전에 집에서 기르던 힘도 세고, 아주 영리한 '진돗개'를 방범 견으로 기를 때의 일이었다.

그때도 마당에 감나무가 있었는데, 그 감나무에 매어놓고 기르면서, 저녁을 먹고 들어올 때 가끔 음식점에서 먹다 남은 뼈다귀 등을 비닐봉지에 싸 와서 '두루 룩' 하고 개 앞에 쏟아주면, 아주 맛나게 먹었다.

그뿐만 아니라, 본능적으로 화단의 흙을 앞발로 파고 뼈다귀를 물어다가 그 속에 넣고, 돼지처럼 콧잔등으로 흙으로 덮어 땅속에 묻어 두었다가, 나중에 꺼내어 먹기도 하는 등, 신기한 행동도 하였다. 개는 후각이 예민하여 먹을 것을 종종 가져다주는 내가 멀리서 걸어오거나, 차를 타고 와도 내 발걸음 소리나, 또는 차량의 엔진소리도 용케도 구별할 줄 알아 미리 알아차리고, 끙끙대는 아주 영리한 개였다. 그 바람에 개가 식구 중 나를 가장 좋아했다.

하지만 큰 개라서 많이 먹기도 하고, 똥을 너무 많이 싸서, 비 오는 날이면 비리고 역한 냄새가 말도 못 하게 역겨워, 기를지 말지를 고민하던 중 때마침 그 개를 기르기를 원하는 지인이 있어 그에게 준 적이 있었다.

나중에 안 일이지만, 진돗개는 아주 영리하여 어린 새끼 때부터 먹이를 주고 길러주며 같이 생활한 주인만 주인으로 여기고 잘 따르며 순종하지만, 일반 개들처럼 중간에 데려다 기르면 주인으로 여기지 않아 절대로 복종을 하지 않는다는 점이었다.

며칠이 지나 잊고 있었는데 개를 가져간 사람에게서 연락이 왔다. 기르던 우리 집에서 그리 멀지 않은 지인의 집에서, 개를 데려간 지 일주일이 지났는데도, 물도 한 모금 안 먹고 계속 끙끙대고 온종일 울기만 하여, 도저히 못 기르겠으니 다시 데려가라는 것이었다. 그 말을 전해 들은 나는 개가 실제로 그러한지를 알아보기 위해서 밤중에 몰래 걸어서 그쪽으로 가보았다. 아주 가까이 간 것도 아닌데도 어떻게 알았는지, 나를 알아보고 낑낑거리며 반가워서 이리 뛰고, 저리 뛰고 좋아서 어쩔 줄 몰라 했다. 내가기를 때 제게 줄 먹이를 가져다줄 때의 반가움, 그 자체였다.

평소 눈물이 많지 않은 나는 나도 모르게 눈물이 팍 쏟아졌다.

'저를 기르다가 매정하게 남에게 넘겨주고 정을 뗀 인간을 미워하지 않고 저리도 못 잊는 것일까?' 눈물이 앞을 가려 더 가까이 갈 수가 없었다. 곧바로 돌아서서, 집으로 돌아오는 내내 얼마나 많은 눈물을 흘리었는지 모른다. 결국은 그 후로, 개를 가져간 사람이 더는 못 키우겠다고 다시 돌려보내온 적도 있었지만….

하물며 인지검사에 지극히 정상으로 나타난 어머니를 놔두고 가라니, 말이나 될 소리인가? 정신이 멀쩡한 어머니에게 뭐라고 이야기를 하며 "어머니가 여기 꼭 있어야 한다."고, 무슨 말로 변명을 늘어 놓아가며 어머니를 설득 할 수 있단 말인가?

혹시 일정한 기간이 지나면 완치되어 다시 돌아올 수 있는 골절 환자라면 몰라도….

멀쩡한 어머니를 놔두고 여기서 어떻게 마지막 발걸음을 돌릴 것인가? 집에서 기르던 개도 주인을 못 잊어 일주일 동안을 물 한 모금 안 먹고, 울부짖다가 결국은 돌아왔는데….

우리 형제를 낳아서 등에 업고 걸리며 진자리, 마른자리 갈아 뉘시며, 손발이 다 닳도록 고생하신 어머니를 심심산중의 산속 요양병원에 가둬(고려장)놓고 돌아설 수는 없는 일이었다. 어머니를 이곳에 두고 어떻게 발길이 떨어진단 말인가, 어머니는 그 안에 갇혀서 무슨 생각을 할 것인가? 어머니를 남겨 두고 자식들이 돌아서서 간다면 자식들과 헤어지기 싫어 자식들을 따라가려다가 억센 병원 관계자들의 손에 강제로 이끌려 들어가면서, 아마도 악몽을 꿀 것이었다.

이제까지 살면서 악몽을 안 꾸어 본 사람은 한 사람도 없을 것이다. 어머니가 당한 현실은 너무도 꿈만 같을 것이다. 어머니는 아버지가 생전에 장기간 병석에 누워 입맛이 없는 아버지를 위해, 텃밭에 상추를 뜯으러 간 적이 있었다. 때마침 끈 풀린 이웃집의 개가 달려들어 한쪽 팔을 물고 늘어져 뼈가 보이도록 심하게 다친 적이 있었다. 아마 목을 물렸으면 그때 바로 죽었을 것이다. 그 당시 어머니의 심정은 "죽는 게 이런 것이구나. 이제는 꼼짝없이 죽었구나!" 싶은 마지막 순간, 어머니는 기지를 발휘했다. 기를 놓치면 기절하여 죽는다는 생각에 밭에 쓰러진 상태에서 한쪽 팔을 물고 늘어지는 개의 앞다리를 한쪽 손으로 사력을 다해 잡아당겨 개의 발가락을 어금니가 부러지도록 깨물자 그제서야 그 큰 개가 깨갱거리며 물었던 어머니의 팔을 놓고 정신없이 도망간 후로 어머니만보면 개가 심하게 다리를 절며 꼬리를 내리고 제집으로 황급히 숨더라는 후문도 있었는데, 그때 그 개의 발가락 하나가 잘리어 어머니의 입에 남아 있었을 정도이었으니 그 개가 겁을 먹을 만도 하였다.

아마도 어머니를 여기에 두고 간다면, 그때의 공포심이나 맞먹을 정도의 그런 기분은 아닐까 하는 생각도 해본다. 나는 어머니가 그때의 그 일의 쇼크 때문에 이리된 것은 아닌가? 하고 여러 번 생각했다.

멀쩡한 어머니를 여기다 놔두고 가라니 상상하기조차 싫은 슬픈 일이었다. 암튼 우리 형제들은 어머니를 동행하여 도시로 향했다. 벌써 사방이 어둑어둑해지기 시작했다.

도시로 향하면서도, 또 다른 큰 장벽이 코앞에 놓여 있었다. 어머니의 거처가 마련되지 않았기 때문이었다. 갑자기 도시로 가기는 가는데 '어머니를 어디에 기거하게 할 것인가?'가 남은 숙제였다.

나는 이래서 안 되고, 너는 저래서 안 되고, 또 막내는 그래서 안 되고, 도시는 가까워져 오는데 걱정이 태산이었다. 미끄러지듯 고속으로 달리는 차 속의 뒷자리에, 어머니와 나란히 앉아서 어머니는 내 손을 꼭 쥐고, 몇날며칠을 어머니를 잡으러 온 인민군, 일본 순사, 어른, 아이, 남자, 여자들을 피해 쫓겨 다니는 환상으로 잠을 못 자서인지, 계속 끄덕끄덕 졸고 있었다. 과연 이 문제를 어떻게 풀어가야 할 것인가? 하루 이틀에 끝날 일도 아니었다. 혹은 몇 년 아니 몇십 년이 걸릴 수도 있을 터였으므로 아주 중요한 사안이었다.

밉든 곱든 남편의 부모이자 시부모인데, 그토록 모른 척하고 비인간적으로 나 몰라라 하면 안 된다는 생각에, 괘씸해서 그리 미울 수가 없었다. 어찌했거나, 전부가 어머니를 모시기를 부담스러워하는 사람들뿐이니, 앞으로가 더 큰 문제임엔 틀림이 없었다. 급기야는 내 집도, 둘째 집도, 셋째 집도, 막내 집도, 아닌 거실 겸 주방과, 방이 두 개 있는 작은 아파트를 얻어서 장남인 내가 어머니와 함께 생활하기로 결정이 난 후, 아파트로 이사를 한 것이다. 이때만 해도 어머니가 비교적 증세가 심하지 않았으므로, 자식들의 돌아가는 눈치를 훤히 들여다보고 있는 어머니의 심정이 어떠했을까?

엄마의 도시 생활

나는 어머니가 생전 듣지도 보지도 못했던, 엄청나게 높고 많은 아파트 숲속에다가 방 두 칸짜리 아파트를 얻어 어머니를 가두어 놓았다. 나는 어머니가 도시 생활이 편하리라 생각했으나, 어머니는 내 기대와는 달리 도시 생활이 답답해하기 이를 데 없어 갇힌 것이나 다름없다고 생각했다. 오히려 정신이 더 혼란스럽기만 했다. 앞을 보아도, 뒤를 보아도, 어디를 보아도 전부가 아파트뿐이었고 하늘도 볼 수가 없었다. 하늘이 삼천 평 아파트가 칠천 평이었다. 어지럽고 목도 아팠다. 먹는 것도 마찬가지였다. 무엇을 하던 전부가 돈을 주고 사 먹어야 했다.

그도 그럴 것이 도시로 이사 오기 전 시골에서는 넓은 마당과 넓은 앞 뒤뜰 텃밭에 익숙했었다. 얼큰한 걸 좋아하는 아버지를 위해 응달에서도 잘 자라는 돼지 울 옆 대공이 튼실하게 잘 자란 아욱을 한 움큼 베어다가 된장을 풀어 아욱국을 끓였다.

맛이 밋밋하다 싶어 매콤한 양념이 필요할 때면 마당가 텃밭에 주렁주렁 열려있는 청양고추 대공에서 두어 개 뚝 따다가 숭숭 썰어 넣으면, 얼큰하고 구수한 아욱국이 되었다. 파 양념이 필요하면 마당가에 심어진 씨앗 주머니를 머리에 이고 올라오는 대파를 한 뿌리 쑥 뽑아다가 숭숭 썰어 넣으면 맛깔스러운 맛이 났다. 담으로 이어진 언덕에는 일부러 관리하지 않아도 잡초가 보이지 않을 정도로 정구지가 소담스럽게 잘 자라서 아무 때나 베어다가 여러 가지 반찬을 해먹을 수 있었고, 오이가 필요하면 오이를, 가지가 필요하면 가지를, 호박이 필요하면 담벼락에 주렁주렁 매달린 애호박을 뚝 따다가 숭숭 썰어 넣었다. 완두콩과 호랑이 콩은 울타리에 넝쿨을 뻗어 지천으로 열리어 있었다.

비 오는 날 매콤하고 맛난 호박전도 제격이었고, 칼국수에 애호박을 숭숭 썰어 넣거나 기름에 볶아 고명으로 얹으면 완벽하리만큼의 맛있는 엄마표 칼국수가 되었으므로, 텃밭이 엄마의 시장이었고 슈퍼마켓이었다. 조그만 틈만 보여도 고추 한 포기나 옥수수 한 대공이라도 더 심었고, 심기만 하면 흙은 거짓말하지 않고 잘 크고 잘 열리게 해주었다.

그리고 간혹 읍내나 나가야 겨우 볼 수 있는 나지막한 걸어서 오르내리는 한 두 동짜리, 나 홀로 아파트를 본 것이 전부였는데, 도시로 이사 온 후로는 전후좌우 사방이 온통 전부 똑같은 아파트촌이었다.

그전에 비오는 날 길을 가다가 급한 볼일을 보러 지나가는 사람들에게 안 보일 때까지 한참을 들어갔다가 길을 잃어 헤매었던 대나무 숲속이나 매한가지였다. 때로는 젊은 사람들도 혼동될 정도여서 어디가 어딘지, 거기가 저기 같고, 저기가 거기 같아 구분하기가 어려웠고, 한번 집을 나서면 아파트로 들어가는 입구가 어쩌면 그렇게 똑같이 생겼는지, 눈여겨 보아두지 않으면 방향감각을 잃어 집을 찾아 들어가기도 쉽지 않았다.

교통 또한 그러했다.

고향에 살 때는 읍내 장날이 되면 손잡이가 빠지거나 모가지가 부러진 호미나, 이가 빠진 낫을 벼르러, 혹은 배추밭에 줄 진딧물 농약을 사러 장에 나갈 때나 겨우 버스를 타고 오가거나 혹은 동네 사람 중 도시에서 혼사가 있거나, 아니면 봄가을에 혹여 관광차를 대절해서 단체관광을 나설 때나 간혹 타보던 버스가 전부였다.

그러나 도시의 시내버스 정류장은 달랐다. 여러 대의 시내버스가 잠시도 쉬지 않고, 줄줄이 와서 버스 정류장에 사람을 버글버글하게 한 차를 내려놓고, 또 기다렸던 사람들 일부를 태우고 가면, 또 다른 차가 와서 또 내려놓고, 기다렸던 사람들을 또 태워 가기를 온종일 쉴 새 없이 반복했다. 마치 살아있는 어린 논 게를 한 바가지 땅바닥에 쏟아 놓은 것처럼 뿔뿔이 흩어져 제각기 다른 길로 가는 것만 같았다. 도대체 저 많은 사람이 어디에서 무엇을 하며 어떻게 먹고 사는지 도무지 알 수가 없었다.

옛날부터 눈 감으면 코 베어간다는 데가 서울이 아니었던가? 사람도 많은 것은 물론이고, 도로에 나가기만 하면 큰 차, 작은 차, 파란 차, 까만 차, 흰 차 등등, 차량이 쉴 새 없이 오가고 있었다. 배달 오토바이는 왜 그리도 많은지, 지나다니는 사람은 전혀 생각지도 않고, 시끄러운 굉음을 내며 마치 사람에게 달려들기라도 하듯이 사정없이 사람들의 옆구리를 치고 지나가듯이 어지럽도록 쌩쌩 달리고 있었다. 그뿐이 아니었다.

우선으로 대화 상대가 없는 것이 더 큰 외로움이었다. 더군다나 도시의 아파트 숲속에 혼자 데려다 놓았으니 아는 사람도 없고, 노인정을 가봤자 어린아이들처럼 늙은이들의 텃세도 만만치 않았다. 매일같이 밥만 먹으면 들에 나가서 농사하던 사람이 아무것도 안 하고, 온종일 남의 흉이나 보며 노닥거리고 무작정 앉아 있는 도시 노인정의 환경도 생리에 맞지 않았다. 낯설었다.

그나마 다행인 것은 이곳에서 오래 살고 있다는 옆집의 경상도 할머니가 동갑내기라고 살갑게 대해주고 잘 챙겨주어 고마웠다. 동네 노인들과도 잘 어울려 아파트 내의 쉼터인 팔각정에 모여 이런저런 이야기도하고, 같이 앉아 옆집의 짱아(반려 견 이름)네 마늘도 까주고, 콩도 까주고 하였다. 옆집 경상도 할머니가 고향에서 가져온 감을 쪼갠 감말랭이도 햇빛에 같이 널어주기도 하였다. 그런 가운데도 어머니가 사교성이 좋아 잘 적응하고 있는 것이 다행스러웠다.

그러던 어느 봄날, 나는 어머니의 손을 잡고 산책을 나왔다. 꽃길로 조경이 잘 조성된 산책길을 따라 거닐었다. 초봄의 날씨가 참으로 좋았다. 오늘따라 새파란 하늘도 아름다웠고, 햇살마저도 부드럽고 어찌나 예쁜지, 춥지도 덥지도 않은 구름 한 점 없는 파란 하늘에 정말 쾌청한 날씨였다. 밖으로는 올림픽 대로를 가로지르는 오버브리지를 넘으면, 잔잔히 흐르는 시원한 바다 같은 한강을 바라보며 강변을 따라 얼마든지 산책할 수 있는 인도가 자전거도로를 따라 잘 조성되어있었다. 안쪽으로는 올림픽대로의 방음벽을 따라 길고도 쾌적한 산책로가 이어져 있어, 아파트단지 뒤쪽으로 마음만 먹으면 몇 킬로 미터라도 왕복으로 산책을 할 수 있는 산책길이 잘 조성이 되어있기 때문이었다.

간혹 조깅 나온 외국인들까지도 환경이 아름답고 좋다고 찬사를 아끼지 않았다. 봄에는 진달래, 철쭉꽃, 연산 홍 등, 오색찬란한 꽃들이 길 양쪽으로 부드러운 양탄자처럼 군락을 이루고 피어 있고, 그 외에 이름 모를 예쁘고 잔잔한 보라색 잔디꽃과 여러 종류의 나무도 많았다.

아름드리 벗나무가 길 양옆으로 하늘을 가리고 벚꽃 터널을 드리워 흐드러지게 피어있고, 여름엔 느티나무 벗나무 등이 어우러져 시원한 그늘을 만들어주고, 가을엔 화려한 단풍이, 겨울엔 나뭇가지에 함박눈이 쌓여 곧게 뻗은 산책로 양쪽으로 철철이 절경이다.

길바닥도 적색 고무 우레탄으로 깔아 맨발로 다녀도 좋을 만큼 폭신하고, 깨끗한 그림 같은 산책길이 잘 조성되어 있었다. 한강을 끼고 있어 공기도 맑아 보였다. 사람들도 많았다. 남녀노소 할 것

없이, 온 동네 사람들이 다 나온 듯했다.

심지어 살이 너무 쪄서 뒤뚱거리며 걷기 힘들어 멈추어 서서 안 아달라고 고집을 부리는 혓바닥을 옆으로 물고 있는 무식하게 못생긴 개까지 끌어안고 나왔다.

지금쯤은 시골에서는 가래질이며 못자리를 하고, 고추 묘를 심고, 상추며, 파를 이식하고, 마늘밭을 매며 보리밭을 긁고, 인삼 씨를 뿌리고, 차광막을 설치하고, 눈코 뜰 사이 없이 농사일로 허리 한번 펼 시간 없는 한창 바쁜 흔히 말하는 농번기다.

농사일로 바쁜 시기 임에도 서울 사람들은 일도 안 하고 이렇게 길바닥으로 하나 가득 많은 사람이 나와 놀러 돌아다녀도 밥을 먹고 산다는 것이 몹시도 궁금하여 어머니가 보기에는 그저 신기할 뿐이었다.

그리고 어머니는 또 하나 신기하고 궁금한 것이 있다고 했다. 저 높은 건물을 지을 때 층수가 수 십층을 올라가면서, 그 무겁고 긴 타워크레인이 그 높이를 따라 어떻게 계속 올라가는 것인지 도무지 알 수가 없다고 하였다.

특히 가까이 보이는 제 이 롯데월드 오백오십오 미터의 그 꼭대기까지, 그 길고 큰 타워크레인이 마치 성냥개비처럼 작게 보일 정도로 높이 올라갔는데 어떻게 올라가 있으며 또 나중에는 어떻게 철거를 하여 땅바닥으로 내려올지가 아직도 궁금하다고 했다.

어머니는 또 내게 물었다.

"서울 사람들은 일도 안 하고 이리 놀면서도 어떻게 밥을 먹고 사냐?" 나는 웃었다. "그러게요. 다 직장이 있어서 거기서 벌어먹고 살겠지요." 연이어 "이 사람들은 왜 이렇게 분주히 돌아다니니?", "운동하러 나온 게지요.", "아! 운동은 부지런히 일하면 운동은 저절로 될 터인데 일부러 나와서 싸 댕겨?" 하며 나를 쳐다보고는 씩 웃었다.

공기도 맑아 보이는 파란 하늘을 향해 숨을 크게 들이마시며 "엄마! 이제는 마음 편히 건강하게 저랑 행복하게 이렇게 오래오래 사셔야 해요!"라고 하자 "아 그래야지!"라고 했다.

평생을 저 멀리 고향에서 고생만 하던 어머니를 모시지 못하고, 늘 죄송스럽기만 하던 어머니를 모셔 함께 하는 것이 숙원이었던 내가, 이렇게나마 어머니 손을 잡고 매일 걸을 수 있다는 게 꼭 꿈만 같았다. 이제부터라도 늦지 않았으니 최선을 다해 어머니를 모셔야겠다는 마음으로 잡은 손을 꼭 쥐자, 어머니도 이에 대답이라도 하듯 내 손을 꼭 잡고 걸으며 마냥 행복해했다.

어머니가 소변을 가리지 못하는 것을 발견한 것은 도시로 이사한 지 이 년 반이 될 초여름 무렵이었다. 그날따라 아주 진하고 독한 역겨운 냄새가 어디서 나는지 알 수가 없었다. 나중에 알고 보니 어머니가 앉았던 자리마다 진하고 역한 냄새는 청소하지 않아 찌든 수산시장의 공중화장실의 냄새와도 흡사한 역한 소변 냄새였다.

그 냄새는 지인의 혼사에 참석 후 연회장에서 식사할 때나, 전철 안이나 버스 안에서나 어디든지 내가 가는 곳마다 내 코에는 어머니의 오줌 냄새가 배어서 따라다니었다.

어머니를 동행하여 인근 용하다는 비뇨기과를 찾았다. 진찰 결과 요실금이 있고 방광염이 있어 냄새가 그리 심한 것이라고 하였다. 나중에 안 일이지만 방광염은 모르되 요실금은 아니었다.

처음에 의사는 요실금이 있는 것으로 판단했으나, 요실금이 아니고 소변을 가리지 못하는 것이었다. 나는 글을 쓰는 지금, 이 순간에도, 어머니의 바지만 생각하면 어머니의 그 특유의 오줌 냄새가 코를 찌르듯이 내 코를 자극하는듯하다. 일반 오줌도 지린내가 나는데 하물며 방광염까지 있으니 역한 냄새는 이루 말할 수 없었다.

비뇨기과 의사 말로는 "연세도 있고 하여 완치는 어렵겠지만 여하튼 치료해봅시다."라며 약 처방을 해주었다. 어머니는 치매 초기인 데다가 어쩌자고 소변까지 가리지 못하는 것일까? 소변을 못 가리면 다음순서는 대변을 가리지 못할 것이니, 치매 환자의 조건을 한 가지씩 더 갖추어가는 셈이었다.

어떤 때는 출입문을 열고 들어서면 소변 냄새가 집안 가득 온통 진동할 때가 있다. 처음에는 몰랐으나 그토록 역한 냄새가 온 집안을 진동할 때는, 다름 아닌 소변에 젖은 옷을 갈아입고 나서 소변에 젖은 몸 배 바지를 방안에 바지 걸이에 걸어놓아 말리는 중이었다.

그나마 아직은 치매초기인데도 오줌을 싸서 축축하여 불편하니까 스스로 옷을 갈아입고 오줌에 젖은 옷을 세탁기에 넣든지, 아니면 비닐봉지에 따로 싸서 꽁꽁 묶어서 냄새가 나지 않도록 따로 두었다가 세탁을 해야 하는데 이제는 그럴 인지 능력이 되지 못하기 때문이다.

어머니의 겉옷과 속옷을 여러 벌을 준비하여 매일 아침 오줌으로 젖은 어머니의 바지와 속옷을 하루도 빠짐없이, 깨끗하게 세탁하여 베란다 건조대에 걸어서 말리고 있지만, 겨울이고 두꺼운 옷이라서 하루에 다 마르지 않으므로 여러 벌의 세탁된 옷들의 그 중간쯤에다 어머니가 오줌 싼 바지를 걸어놓기도 한다. 이때 집안 가득한 그 지독한 오줌 냄새의 진원지를 찾아내야 한다.

안 그러면 다른 옷에도 오줌이 묻어 그 옷도 다시 세탁해야 하는 번거로움 때문이다.

하지만 온통 사방을 아무리 찾아보아도 그 역한 냄새가 어디서 나는지 계속 진동하고 있었다.

어떤 때는 방안 벽에다가, 어떤 때는 베란다의 빨래건조대에다가 걸어 놓기 때문이다.

어머니가 일정한 장소에 걸어놓는 것이 아니므로 어디서 냄새가 나는지를 도무지 알 수가 없었다. 그 옷을 찾기 위해 냄새나는 쪽을 찾아 방안의 벽에 걸린 옷으로부터 베란다 빨래건조대에 걸어놓은 옷까지 일일이 마약 탐지견처럼 바지마다 킁킁 냄새를 맡는다.

나의 후각은 탐지견의 후각에 훨씬 못 미치므로 소변에 젖은 바지를 제대로 찾으려면 개와는 달리 코를 최대한 옷에 가까이 대어야 찾을 수 있음으로 어느 순간에는 소변에 흠씬 젖은 어머니 바지가 코끝에 닿아 차가운 느낌이 아주 제대로 걸려 나도 모르게 마약을 탐지한 마약 탐지견이 꼬리를 깔고 멈춰 앉듯, 나는 오만상으로 찌푸려서 머리를 홱 한쪽으로 돌리고 만다. 어머니가 교묘히 널어놓은 오줌 싼 바지를 코로 킁킁 냄새를 맡아서 기어이 찾아낸 것이다.

식탁 의자에 앉아 이 모습을 지켜보던 어머니는 남의 속도 모르고 "너는 무슨 사냥개새끼 마냥 냄새를 그리 맡고 다니느냐?"며 깔깔대고 웃는다.

이 장면을 아마도 누군가가 지켜본다면 내가 꼭 무슨 완전 변태처럼 보일지도 모른다는 생각에 나도 웃고 말았다. 냄새를 맡다가 정통으로 오줌에 젖은 축축한 바지가 코끝에 스치면 코끝이 쌔 할 정도로 아주 지독한 냄새와 오줌이 코끝에 묻었다는 언짢은 느낌의 묘한 표정을 지어 보이곤 했다.

그리고는 기어이 코로 찾은 바지를 들고 오면서 바로 어머니에게 한마디 한다. "엄마 옷을 갈아입었으면 냉장고에 넣던지 하지, 이렇게 세탁한 옷하고 같이 걸어 놓으면 어떻게 해?"라고 하니까 어머니는 또 깔깔대고 웃는다. "뭐! 냉장고에 넣으라고?"라며 되물었다.

나는 금방 내가 지껄이고 난지라 분명히 냉장고라고 말한 것이 아직도 내 귀에 쟁쟁하므로 다시 수정해서 말을 한다. "아니 세탁기에 말이야!"라고 나 역시 세탁기를 냉장고라고 얼떨결에 말한 것이다. 이런 때는 어머니가 본정신이 돌아 온 것이다. 나는 "아니 세탁기에 말이야!"라고 퉁명스럽게 바로잡아 말하지만,한편으로는 걱정이 되었다.

'정말로 오줌 싼 바지와 속내의 신발 등을 냉장고에 넣으면 어떻게 하지?'라는 생각에 말할 때 조심을 해야겠다고 생각했다. "엄마 때문에 스트레스를 받아 아들이 먼저 죽겠어, 도대체 어떻게 하면 좋아?"라고 걱정스럽게 말을 하면 어머니는 너무도 당당했다.

"야! 일부러 싸는 사람이 누가 있어, 내가 뭐 지리고 싶어서 지리냐? 나도 모르게 저절로 나오니까 그렇지!"라며 아무렇지도 않은 듯이 넘어가고 만다. 너무도 당연한 말이었다. 사실 어머니가 전(치매 들기 전) 같으면 아들에게 미안하여 얼굴도 못 들 분이다.

어머니는 나를 열여덟 살의 어린 나이에 낳았다. 이미 고인이 된 아버지와 어머니는 처녀총각 시절에 한동네 살았는데, 아버지가 부지런하여 산자락 끝에 둘린 탱자나무 울타리를 뺑뺑 돌아가면서 만리장성처럼 나무 장작을 차곡차곡 쌓아 놓은 것을 본 외할아버지는 아버지가 부지런하다며 "내 딸을 밥은 안 굶기겠다."라고 판단한 나머지 어머니를 아버지에게 시집을 보냈다고 한다.

어머니는 본래 타고난 외모가 수려할 뿐 아니라, 지금 그 연배에 한글을 알지 못하는 이들이 동네에 대부분이었으나, 어머니는 한글은 물론이고 한문도 많이 알아 식견도 넓은 편이었다. 왜정시대에 외할아버지가 어머니보다 한 살 아래 개구쟁이인 외아들 외삼촌을 공부시키기 위하여, 다른 애들이 때리거나 놀리지 못하게 말려

주고 돌봐주라고 어머니를 외삼촌과 같은 학년에 입학시킨 것이 원인이 되어 소학교 오학년까지 다녔기 때문이었다.

그 바람에 어머니는 공부를 열심히 하였고 외삼촌은 공부는 뒷전이고 뛰어노는 데만 전념하다가 왜정에서 해방되었다고 했다.

요즘은 칠순 잔치도 하는 사람이 드물지만, 어머니의 칠순 잔치를 한 적이 있었다. 그 기념으로 연예인이 주관하는 일명 효도 관광으로 어머니와 아버지를 오박 육일 간 일본 여행을 보낸 적이 있었다. 그 여행 중 단체쇼핑 할 때 가이드가 미처 감당하지 못하는 지방 사투리까지도 어머니가 일본어를 유창하게 구사하여 일행들이 어머니를 쫓아 편하게 관광을 했다는 일행들의 후문도 있었다. 그런 어머니가 오줌을 싸놓고도 너무도 당당한 걸 보면 치매라는 병이 암보다도 더 무서운 병이라는 생각이 들게 하였다. 현대의학으로 암은 수술과 방사선치료 등을 통해 치료할 수 있지만 치매는 치료가 불가능하기 때문이다.

어머니를 돌보며 그야말로 생전 처음 해보는 일로서 전업주부의 시장보기, 밥하기, 반찬하기, 식사 차려드리기, 설거지하기, 간식 챙겨드리기, 청소하기, 세탁하기, 빨래 널기, 빨래 개기, 길 잃은 어머니 찾으러 다니기, 어머니 뒤밟기(어느 코스로 잘 다니는지 알아보기 위해), 패취(붙이는)약 챙기기, 먹는 약 챙기기, 매월 병원에 모시고 다니기, 수시로 다른 병(방광염, 치과, 낙상사고 등)으로 병원 동행하기, 붙이는 약으로 등에 난 상처에 약(연고) 바르기, 목욕시키기, 두꺼운 손발톱 깎기, 틀니 닦아서 소독하기, 매일 옷 갈아입히기, 수시로 기저귀 갈아입히기 등등, 이루 헤아릴 수도 없었고, 온종일 잠시도 쉴 시간이 없어 주부습진이 생겼다. 오히려 고무장갑을 일일이 끼기도 어려울 뿐 아니라 고무장갑을 습한 손에 끼면 더욱더 가려워 고무장갑이 크게 도움이 되지 못했다.

손가락 사이가 가려워 일부러 손 크림이라도 바르고 있다 보면 금방 또다시 손에 물 묻힐 일이 생기다 보니, 어린애만 낳아보지 않았지 가정주부들의 힘든 일상과 그 외의 일까지 몸소 거의 다 체험하는 바람에 가정주부의 가사노동에 대한 경제적 가치를 고려하여 몸값도 상향 조정해야 한다고 감히 주장한다.

이런 일이 하루 이틀이 아니고, 앞으로 언제까지 지속될지도 모르는 판국이었다. 어머니가 식사를 잘하는 것을 보면 앞으로 십 년 이상은 끄떡없이 살 것 같은 생각도 들었다.

그때는 내 나이도 칠십 대 중반으로 인생을 다 산 것이고, 내가 또 어머니처럼 될 판이고, 내가 어머니처럼 된다면, 나는 누가 지금의 나만큼이라도, 나를 구박해가면서라도 나와 같이 함께해 줄 사람이 과연 누가 있겠는가? 어머니를 구박해가며 모시는 것도 내가 마지막 세대의 효도라고 생각하며, 이런저런 생각에 참으로 서글퍼진다.

나는 어머니를 모셔놓은 아파트에 간단한 장롱이며 식탁, 청소기, 세탁기, 전신거울, 전기밥솥, 식기류 등등의 필요한 물건을 구매

하는 등 세심한 주의를 기울였으나, 그래도 부족 한 것이 한둘이 아니었다. 산책코스도 좋으려니와 어머니가 기거할 곳으로는 그런대로 꽤 괜찮은 좋은 환경이라는 생각이 들었다.

어머니와 내가 사는 복도식 아파트는 이층이라서 엘리베이터 없이도 어머니가 걸어서 오르내리기도 편한 층이었다. 옆집 이웃에 사는 사람들도 모두 어머니와 연배도 비슷하고 인품도 좋은 사람들이라서 마음이 놓였다.

일부러 골라서 이사를 해도 이보다 더 좋을 수는 없다는 생각이 들었다.

어머니도 만고풍상 다 겪고 살았으므로 이래도 알고 저래도 안다고 하지만, 이웃집 동갑내기 경상도 할머니는 평생을 도시에 살아서, 어머니의 머리 꼭대기에 앉아 있는 사람이었다. 남의 가정사를 알아보려고 "왜 아들네 집에 안 들어가고 이래 따로 사노?"라고 어머니가 무슨 말을 하나 싶어 물었다. 어머니는 변명하기도 매우 궁색하였을 것이고, 어머니 성격에 자식들 집이 있는데도 이렇게 세를 들어 별도로 사는 것이 창피하기도 하였을 것이다.

그래도 어머니는 혹여 자식들에게 누가될까 싶어 "아이들은 들어오라고 하는데 내가 싫어서 안 들어간다. 그리고 그런 이야기는 서로 묻지 않는 게 도리다."라며 번번이 칼같이 자르고 만다고 하였다.

그 후에 경상도 할머니에게 전해 들은 이야기지만 자식며느리에 대한 험담이라도 끌어내어 들어보려고, 일부러 자식며느리들에 대한 흉이나 욕을 유도하여도 일체 자식 며느리에 대한 흉이나 욕을 하지 않는 것은 물론이고, 더욱더 칭찬은 아예 하지 않는 대단한 분이라고 내게 여러 번 이야기하였다. 어떤 이들은 누가 묻지 않아도 앉기만 하면 자식이나 며느리 자랑을 하거나 아니면 흉을 보고 욕을 하는 노인들이 많다는 것이다.

그때만 해도 정신이 있던 어머니는, 내가 외출을 했다가 귀가하는 나를 마중하러 버스 정류장이 내려다보이는 아파트와 도로의 경계로 심어놓은 쥐똥나무 울타리 뒤에서, 마치 퇴근하는 남편을 마중 나온 양 귀가하는 자식을 기다리곤 하였다.

익숙지 않은 도시의 생활에 아는 이라고는 하나 없는 낯선 이곳에서, 얼마나 외로웠으면 나와서 자식이 오기를 저리도 기다리고 있는 것일까? 나는 얼른 쫓아가 어머니 손을 덥석 잡으며 "뭐 하러 나오셨어요."라며 손을 잡고 반갑게 같이 걸었다. 그때를 생각하면 지금도 가슴이 먹먹하고 눈시울이 뜨겁다.

지금 생각하면 어머니가 그나마 거의 정상이었던 그때가 내겐 제일 행복했던 때였다. 어머니는 평생을 농부의 아내로서 농사일에 파묻혀 밤낮 고생만 하였지, 단 하루도 한가롭게 지금처럼 몸이 편안하고 여유로운 환경으로 살아보지 못한 어머니였다.

어머니의 젊은 시절. 기르던 송아지가 미처 어미 소로 다 자라기도 전에 중 소만 되면 장에 내다가 팔아 어린 송아지를 다시사고 남은 돈을 가계에 보태려고 중소(다 자라지 않은 중간크기의 소)를 팔러 장에 간 아버지가 해가 져도 돌아오지 않았다. 혹시 아버지에게 무슨 안 좋은 일이라도 생긴 것은 아닐까 걱정이 되어 어린 내 손을 잡고 한 손에는 호롱불을 들고 굽이굽이 언덕을 올라 목을 길게 빼고는, 큰기침하면서 돌아오는 아버지를 기다리며 살아온 어머니의 그 정서와는 사뭇 다른 감정으로, 정류장에서 귀가하는 자식을 마중을 나와 기다리던 몇 번의 어머니의 모습이 아직도 내 가슴을 아리게 한다.

모두가 그러하지는 않겠지만 요즈음 젊은이들은 자기들은 영영 늙지 않을 것으로 생각하는지 노인들을 매우 경계하고 마치 오염물질이나 되는 것처럼 싫어한다. 엘리베이터 내에서도 노인들을 만나면 서로 쳐다보지도 않을 뿐만 아니라, 어린애가 있는 젊은 새댁들은 노인들이 귀엽다고 자기애들 머리 쓰다듬는 것을 보면 아주 질색을 한다.

'코로나바이러스감염증-19'가 발생하기 이전이었는데도 마치 확진환자처럼 노인을 가로 막아서기 일쑤였다.

아나나 다를까 어머니는 간혹 타는 엘리베이터 내에서 만난 아이들을 볼 적마다 아주 귀엽다고 좋아하며 아이들을 만지려고 한다. 그럴 적마다 나는 잡고 있던 어머니의 손을 살짝 당기면서 하지 말라는 신호를 보내곤 했다.

옆집의 경상도 할머니는 어머니와 동갑내기라고 좋아하며, 어머니가 시골 사투리로 말을 해도 오래된 친구처럼 살갑게 대해주어 그저 고맙기만 했다. 나는 얼굴을 익히고 나서부터는 옆집 경상도 할머니를 어머님이라고 불렀다. 그 노인은 복도식 아파트의 2층 동 출입구에 지붕으로 설치된 넓은 테라스에 고추며 상추며 도라지며 각종 야채와 화초를 화분에 수북수북 많이도 심어 놓았다. 그리고 는 여름 뙤약볕에, 쉬이 마르는 화분에 물을 주러 큰 페트병에 몇 개씩의 물을 담아 한꺼번에 가슴에 껴안고, 젊은 사람들도 타고 넘 기 불편한 시멘트 난간을 자유자재로 타고 넘어 다닌다. 하루에도 몇 번씩 가슴까지 오는 높이의 시멘트 난간을, 블록 한 장을 세워 놓고 디딤돌 삼아 타고 넘어 다니는 것을 보면, 나는 그분이 그렇게 도 부러울 수가 없었다.

특히 가을이면 고향에 가서 감을 한 가마니씩 따와서 일일이 창 칼로 껍질을 벗기고 얇게 썰어서, 테라스로 하나 가득 대나무 발에 널어놓은 감말랭이를 말리느라 그 난간을 하루에도 수도 없이 넘 나든다. "우리 어머니도 저리 건강하면 얼마나 좋을까!"

어머니가 이사한 후 옆집 할머니는 나더러 "어머니 점심 걱정은 하지 않아도 된다."라고 했다. 한 달에 오천 원만 내면 매일 점심을 노인정에서 해결 할 수 있다는 것이다.

매우 안심되는 말이었다.

노인정에 모인 노인 중에는 글을 모르는 이들도 많았다. 고향 생 각만 하고 노인정에 몇 번 가서 어머니 특유의 지방 사투리를 쓰는 것을 보고는, 우리 어머니를 시골 사람이라고 깔보고 따돌림을 시 켰다.

노인들도 애들 같아서 텃세하여 어머니가 그 후로는 노인정을 가려고 하지 않아 집에서 식사하였다.

그래 바로 이 사람이다!

어머니를 도시로 모셔 올 때 치매 전문병원으로 알고 들렀던 산속의 이름 모를 요양병원에서, 아직은 정신이 멀쩡한 어머니를 놔두고 가라고 했던, 그때의 능글맞고도 알 수 없는 의미심장한 미소와, 탁하고 불그스레한 눈동자를 가진 때가 꼬질꼬질한 흰 가운을 입은 그 원장이라는 사람이 아직도 나의 뇌리에서 지워지질 않았다. 나는 컴퓨터 앞에 앉아 무작위로 '치매 전문 최고권위자'를 쳐봤다.

그러자 모 유명한 대학교수의 이름이 튀어나왔다. 그 즉시 그 병원으로 전화하여 특진을 요청하니, 의외로 너무도 쉽게 진료 예약이 되었다. 아마도 치매가 아니고 다른 중병이었으면 몇 개월을 기다려야 했을 것이다.

정해진 날짜에 어머니를 모시고 그 병원으로 갔다. 나는 이 병원의 치매 전문 의사를 보는 순간, 산속의 흐릿한 눈동자의 능글맞은 미소를 지닌 요양병원의 자칭 원장이라는 자의 이미지를 머릿속에서 완전히 지워버릴 수 있었다.

"그래 바로 이 사람이다!"

나는 그 유명하다는 이 의사를 처음 보는 순간부터 이 의사에 대한 신뢰가 생겼다. 의사와 환자 간에는 서로 간의 신뢰 관계만 유지되더라도 심리적으로 병에 대한 긍정적인 치유의 효과를 볼 수 있을 것이라고 믿었다.

물론 나는 환자가 아니고 단순히 어머니의 보호자일 뿐이다. 그렇다. 사람의 병을 고치려면 의사는 외견상으로도 이 정도는 돼야 한다. 어머니를 처음 동행했던 산속의 이름 모를 요양병원의 자칭 원장 스타일이어서는 안 된다.

신분증을 까보지 않아 정확히는 모르겠으나 일견 보기에도 나이가 칠십은 족히 지났을 법한 지긋한 나이에, 머리도 하얀 백발로서 마치 무슨 산신령이나 도사를 만난 것 같은 무게감 있는 느낌 그 자체였다. 아니 이렇게 유명한 대학 병원에 이렇게 나이가 많은 의사가 있을 수 있는가?

의사의 연령정년은 몇 살인가? 혹은 의사는 연령 정년이 없는 것인가? 라는 쓸데없는 의문까지도 가져보았다.

하기야 벌벌 떨리는 손으로 치매 환자의 머리를 스테인리스 톱으로 절개하여 뇌를 수술하고 봉합해야 하는 것도 아니었다. 촬영한 MRI나 판독 할 수 있으면 되고, 그저 아는 의술로 늘 같거나 변하는 병세에 따라 제약회사만 다르지 유사한 성분의 약만 컴퓨터에 입력 저장해놓고 아직도 치매를 완치할 수 있는 치료 약이 없으니 그냥 도움이 될 것이라고 짐작되는 약만 처방하면 될 것이었다.

신약이 개발되면 약명만 추가해서 입력해놓고, 환자의 상태에 따라서 이 약 저 약을 처방하여 복용케 하고 그 결과에 따라서 약간씩 다르게 처방만 하면 되겠구나 생각되었다. 의사가 우리 어머니같이 치매만 걸리지 않고 정신만 온전하면 팔십이 넘어도 해먹을 수 있는 직업일 수 있겠다 싶었다. 사실은 그것이 중요한 게 아니었다.

나는 그 의사를 만난 후 한껏 고무되어 의사 지시대로 날 잡아서 MRI 촬영도 하고 피검사, 인지검사 등을 하라고 하여, 지정된 날짜에 MRI를 촬영하러 갔다. 갑자기 시간이 잡혀서인지 밤늦은 시간에 오라는 것이다.

어머니의 치매만 고칠 수 있다면 밤중이면 어떻고 새벽이면 어떠랴? 그저 오라는 게 고맙고 반갑고 다행일 뿐이었다. 암튼 그 시간에 맞춰서 어머니와 병원으로 가서 MRI 촬영을 하였다. 며칠 후, 그 의사는 어머니의 검사 결과 현재 소견으로는 괜찮으니 집으로 가서 잘 모시기만 하면 되니 큰 걱정은 말라고 하였다. 그래도 그만한 것이 다행이다 싶어 날아갈 듯 즐거운 마음으로 돌아온 후, 어머니는 매일같이 산책로를 따라 산책도 하며 아파트 단지 내의 팔각정에 이웃 노인들과도 모여서 잘 어울려 놀기도 하는 것을 보고는 내심적으로는 안심이 되었다. 어머니를 도시로 모셔와 매일같이 이렇게 함께 할 수 있으니 더없이 행복한 일이고, 감사한 일이었다.

그 후로 어머니가 약 일 년여를 그냥저냥 보내는가 싶었다. 그런데 하루는 외출했다가 들어오는 나를 보고는, 이웃집에 혼자 살면서 개를 두 마리씩이나 포대기에 싸서 마치 친손자처럼 등에 업고 다니는 짱아(개 이름)엄마와 이제까지 우리 편인 줄만 알았던 경상도 할머니가 작심이나 한 듯, 급히 내게로 달려오더니 "오늘 큰 불이 날 뻔했다."는 것이다. 어머니가 가스레인지에 불을 켜서 국 냄비를 올려놓고 산책을 하러 간 사이에 냄비에 있던 국이 다 졸아서 타버렸다고 했다. 온통 집 밖으로 연기가 새어 나와 불난 줄 알고 119 신고를 하려고 했단다. 그래서 불안해서 못 살겠다며 나와 어머니를 걱정해 주는 척하면서 사실은 불이 나면 가운데 있는 어머니 집과 양쪽으로 붙어있는 자기네들의 피해가 우려되므로, 은근이사를 가주기를 바라는 투였다.

사실은 내가 평소에 가장 우려하던 것이 바로 이런 일이었으므로, 그들에게는 몸 둘 바를 몰라 연신 굽신거리며 정말 죄송하다는 말 외에는 달리 아무 말도 할 수가 없었다.

미안한 마음에 바로 돌아서서 집으로 들어가려고 돌아서는 그때였다. 다른 동에서 매일같이 하릴없이 놀러 오는 짱아 엄마 친구인 나와 비슷한 연배로 보이는 아주머니가 한마디 했다. "정신없는 노인네 때문에 도무지 불안해서 살 수가 있어야지!"라며 자기와는 아무 이해 상관이 없는 사람인데도, 공연히 거들면서 듣기 거북한 이야기를 하였다.

나는 우리의 잘못인데 싶어서 그냥 문을 열고 들어가려다 말고,

순간 괘씸한 생각이 들어 돌아서서 이 여자를 레이저 눈빛으로 쏘아 보았다.

나는 그전에도 이 여자가 가끔 짱아네 집에 놀러 와 복도에서 마주치는 적이 있을 때도 내 성품 자체가 남의 여자를 똑바로 쳐다보는 성격이 아니었으므로 똑바로 쳐다봐야 할 수사대상인 피의자를 제외하고는 여자들의 시선을 일부러 피하는 버릇이 있다. 그것이 요즈음 유행하는 '미투'를 방지하기 위함이었는지도 모른다.

그래서 그전에 부부동반 모임에서도 친구의 부인을 똑바로 쳐다보지 않아 그 후, 길거리에서 만난 친구의 부인도 몰라보아 "사람을 보고도 모르는 척하고 무시한다. 거만하다." 하고 오해를 산적이 있었다. 공식 석상에서 여러 번 만나야 겨우 알아볼 수 있는 그런 스타일이었다.

지금의 이 여자도 복도에서 자주 지나쳤지만 한 번이라도 뚫어지게 정면으로 바라본 적이 없었으나, 지금은 뚫어지게 눈에 독을 들여 레이저의 눈빛으로 쏘아보았다. 이 여자를 자세히 본바 속눈썹까지 문신한 여자였다. 나는 혼자 중얼거렸다. "참 볼만 하네…."

잠시 볼일을 보고 집에 도착하여 출입문의 손잡이를 돌렸다. 잠겨있어야 할 현관문이 잠그지 않아 그대로 열렸다. 언제나 그러했듯이 철렁한 가슴으로 한눈에 알아볼 수 있는 거실 겸 방 두 칸짜리 집안을 여기저기 살펴보았으나, 어머니는 이미 집을 비워놓고 외출 중이었다.

벽에 걸려있는 두꺼운 잠바로 보아 이렇게 추운 날에 분명히 옷도 얇게 입고 나갔을 것이란 생각에 서둘러 두꺼운 잠바를 들고 급히 산책로로 자전거를 타고 달려갔다.

아니나 다를까 어머니는 산책로의 반환점을 돌아 집 쪽으로 오고 있었다. 이 추운 엄동설한에, 얇은 팥죽색 속내의 차림에 귀 덮는 털모자를 쓰고, 양손에는 팔뚝까지 오는 설거지 할 때나 쓰는 고무장갑을 착용하고, 마치 김장을 하다 말고 나온 옷차림처럼 빨간 앞치마까지 갖추어 입고는 땅바닥만 쳐다보며 발걸음을 하나, 둘, 세며 걸어오고 있었다.

나는 일부러 어머니가 어떻게 반응하는지를 보려고 자전거를 탄 채로 따르릉따르릉 하며 어머니 옆으로 지나갔다. 어머니가 자기의 자식을 정면으로 보고서도 반가워하지도 않고, 어디 가느냐고 묻지도 않고 아예 눈길마저도 주지 않았다.

모르는 사람을 지나치듯이, 마치 소가 닭 보듯이 아들을 보고도 모른 체 하고 그냥 지나 처 버렸다. 아들을 몰라보는 것이었다. 나는 자전거를 급히 돌려 어머니가 끼고 있던 고무장갑과 빨간 앞치마를 신속히 벗기고, 가지고 간 두꺼운 잠바를 입혔다.

"엄니! 아들을 보고도 왜 그냥 모른 체하고 지나가시면 어떻게 해요?"라고 하자 어머니는 추워서 바들바들 떨며 틀니를 달그락거리면서도 빙그레 웃으면서 "지가 가면 어디를 가?"라며 반문했다. 나는 너무도 어이가 없어 웃고 말았다. 너무 당연한 이야기를 가지고 심각할 것이 하나도 없는데 "너는 왜 그리 호들갑을 떠느냐?" 하는 식의 대답에 머쓱하고 말았다. 어머니는 본래 임기응변에 능하고 재치 있는 농담을 잘하여 주위 사람들을 늘 즐겁게 해주었다.

어머니를 만났으니 잠시나마 불안했던 가슴을 쓸어내리고 함께 걸었다. "엄니 밖에 나올 때는 날도 몹시 추운데 옷을 두껍게 입고 다니셔요!"라며 듣지도 않을 소용도 없는 잔소리를 하며 같이 걸었다. "엄니 오늘이 며칠이지?" 하자 "이십일인가?"라고 스스럼없이 대답하였다. 나는 깜짝 놀라서 "무슨 요일이지?" 하자 "수요일." 하면서 앞만 보고 계속 걸었다. 그러면 그렇지 오늘은 이십 일이고 금요일이다. 아무렇게나 둘러댄 것이 우연히 날짜만 맞은 것인지 아니면 정말로 날짜와 요일을 아는 것인지는 더 두고 봐야 할 일이었다. 아침상을 차려드리고 붙이는 엑셀론패취를 잊을까 봐 생각날 때 붙여야 한다며, 식사 중인 어머니의 등에 어제 붙였던 패취를 조심스럽게 떼어내고 자리를 옮겨 새것으로 붙였다.

몇 개월 후 나는 어머니가 다니는 대학병원의 치매 연구 간호사의 제안을 받았다. "미국의 L제약회사에서 시행하고 있는 임상시험에 참여해보지 않겠느냐?"라는 제안이었다. 나는 잠시 망설이는 듯하였으나 더는 망설일 일이 아니라고 판단한 나머지 흔쾌히 승낙하였다. 사실 치매 치료 약이라는 게 아직은 딱히 없다.

그래서 어머니는 현재까지는 차나 뱃멀미할 때 귀밑에 붙이는 멀미약처럼 굳이 약명을 밝혀야 할지는 모르겠으나 '엑셀론패취'라는 약에만 의존하고 있었다.

달리 치료의 수단이란 것이 없이 패취만을 붙여놓고 그냥 지켜보자는 것이 의사 처방의 전부인 상황이었기 때문에, 큰 부작용만 없다면 정말로 한번 해보고 싶었던 제안이었다.

그 약은 큰 부작용은 없다고 했다. 지금은 엑셀론패취만을 가슴이나 등에 매일 자리를 옮겨가며 온종일 붙이고 있어야 했다. 심하게 가려워 정상인도 참기가 힘든 판인데, 하물며 인지력이 없는 치매 환자인 어머니가 그 가려움증을 견디고 매일같이 온종일을 붙이고 있다는 것도 매우 힘든 일이었고 기대하기도 어려웠다.

그것도 언제까지라는 한시적인 기약이나, 치매가 치료되고 있다는 어떤 보장도 없이, 붙이고만 있는 게 그렇게 쉬운 일만은 아니었다.

우리나라의 의술은 세계적으로도 앞서있다는 선진국의 의술을 자랑하는 국가인데도 제일 유명하다는 대학병원의 의사도 몇 년 동안을 패취 만을 붙여놓고 정기적으로 내원하여 혈액채취와 MRI 촬영만 할 뿐 달리 손을 쓰지 못하고 지켜만 보고 있는 무기력한 의술의 현실에 매우 실망스러우면서도 치매든 어머니의 보호자로서 혹시나 하는 실 낫 같은 희망으로 끈을 놓지 못하고 의사가 시키는 대로만 하고 기다리고 있는 것이 전부였기 때문이었다.

'패취'를 온종일 붙이고 있고, 그 이튿날 붙였던 '패취'는 약효를 다하였으므로 떼어 내야 한다. 다른 '패취'로 위치를 바꾸어 붙이려고, 어제 붙인 오백 원짜리 동전 크기만 한 원형 '패취'를 떼어 내려면, 얼마나 접착력이 강한지 비닐처럼 얇아 찢어질 듯한 어머니의 얇은 살가죽이 '패취'와 같이 달라붙어서 잘 떨어지지도 않았다.

어머니의 비닐처럼 얇은 늙은 살갗이 '패취'에 같이 접착되어 찢어질 듯이 따라 올라올 때는 피가 나올 정도이고, 그 자리는 벌겋게 충혈되어 금방이라도 피가 비칠듯하여 조심스럽게 떼어 내야 한다. 그 자리는 간혹 대중목욕탕이나 한의원에서 본, 벗은 어깨나 등짝에 일명 부항을 뜬 자국처럼 여기저기 붙였던 자리가 시간이 지나자 시커멓게 변하여 원형 자국이 여기저기 나타났다.

얼마나 가렵고 아프겠는가? 옆에서 아들이 지켜보고 있는데도 붙이고 나면 심한 가려움증으로, 얼마 되지 않아 등에 붙여놓은 패취를 대나무로 만든 '효자손' 등 긁개로 전부 떼어내어 식탁의 다리에다가 전부 일렬종대로 나란히 붙여 놓는다.

만일 식탁이 치매가 걸렸다면 그 약효는 아마도 백 퍼센트였을 것이다. 하지만 어머니가 치료의 진전이 없는 것으로 보아 식탁도 치료의 효과는 전혀 없었을 것이다. 가려워서 금방금방 번번이 떼어내는 어머니에게는 그 약효에 대한 기대 가능성이 거의 없었다.

의사에게 건의하여 먹는 약으로 교체하여 요즈음은 분홍색 캡슐로 된 엑셀론 캡슐 4.5㎎을 처방받아 아침저녁으로 하루 두 번씩 복용하니, 보호자가 제대로 챙겨만 준다면 붙이는 패취의 약효보다는 복용하는 약의 효과는 분명 더 있을 것이라는 생각이 들었다.

그러나 복용하는 캡슐도 약값만 비쌀 뿐 치매로 고생하는 귀한 내 어머니의 병이 나아지지는 않았다.

이제까지는 엑셀론패취와 캡슐로만 견뎌왔으나, 어제부터는 임상시험을 약명 미상의 약으로 투약을 시작한다고 하니 많은 기대가 되었다. 해당 간호사는 임상시험에 써야 한다며 뼈에 가죽을 바른 듯이 바싹 마른 어머니의 팔에 겨우 붙어있는 살가죽을 뚫고 어머니의 빈약한 팔뚝에 비해 어울리지 않는 큰 주사기로 자식이 옆에서 보기에도 안쓰러울 만큼의 약 십여 개의 대롱에 사정없이 채혈을 해댔다. 암튼 이번 투약으로 정신이 맑아지던지, 아니면 더는 치매 증상이 진전되지 않고, 현 상태라도 계속 유지만 되었으면 하는 것이 나의 간절한 소망이었다.

약 삼십 여분 가량, 임상시험 주사약을 혈관에 투약하고, 오분 이상 지난 후에 또다시 채혈을 했다. 투약 후 약 두 시간 동안 혹시 있을지 모를 부작용을 대비하여 병상에 누워서 기다리다가 간호사가 이제는 귀가해도 된다는 말에 지루한 시간에서 벗어나게 되었다.

병원을 나와 집으로 오면서 나는 처음 투약한 지 얼마 되지 않은 어머니가 임상 시험약을 투약 후 그 약에 대한 반응이 어떠한지를 룸미러로 관찰했다.

이런저런 말로 컨디션 상태를 점검하며 오다 보니 약 이십여 킬로 미터의 거리에 있는 집에 도착하였다.

오늘부터 새로이 투약하였으므로 그래도 큰 효과가 있기를 성급한 마음으로 기대를 해본다. 하지만 내가 잠시 집을 비운 사이 어머니는 문을 또 열어놓은 채 또 집에 없었다.

어머니가 주변에 어디 있을 거라는 기대를 하고, 어머니의 저녁 식사를 차리기 위해 우선 국솥에 가스 불을 켜놓았다. 길 다란 아 파트의 복도 너머로 목을 길게 빼고는 늘 노인들이 옹기종기 모여 있는 팔각정 주변에 어머니가 있는지를 찾아보았다. 온종일 담배를 입에 물고 살다시피 하며, 이미 십여 년 전에 조선소에서 용접 일을 하다가 가스에 질식되어 저세상 사람이 된 아들을 아직도 못 잊어 자리에 앉기만 하면 했던 말을 또 하고 또 하는 노인과 같이 앉아 있었다.

앉기만 하면 누가 묻지 않아도 죽은 자식 자랑만 하는 노인과 나 무 밑의 긴 의자에 앉아 이야기 하는 것을 확인하고서야 안심이 되었다. 어머니더러 "이제는 여름이어서 날씨가 더우니 털모자를 쓰지 말라."고 그리 잔소리를 하여도, 기어이 겨울 털모자를 쓴 채 였다.

주방으로 이어진 내 방에 잠시 앉아 있는데, 갑자기 오줌 냄새가 진동했다. 급히 가보니 어머니가 옷을 입은 채로 식탁 의자에 앉아 TV를 보면서 소변을 줄줄 흘리고 있었다.

의자에 앉아 있다가 일어서면서 의자에 오줌이 흥건하게 묻어나 고, 바짓가랑이 사이로 오줌이 줄줄 흐르는 것을 발견한 나는 치매 초기인 이때만 해도 차마 어머니가 속옷 갈아입는 광경을 직접 바 라볼 수가 없었다.

새 옷으로 갈아입으라며 깨끗하고 정갈하게 세탁된 뽀송뽀송한 팬티와 속내의, 그리고 겉 바지와 윗옷까지 안방 어머니가 늘 앉아 있는 식탁 위에 올려놓고 "엄니 옷 갈아입으세요." 하고는 미닫이문을 닫았다. 옷 갈아입기를 한참을 기다려, 이 시간쯤이면 옷을 다 갈아입었겠다 싶어 문을 열어 보았다. 팬티를 입고 속내의를 입어야 하지만 어머니는 속내의 위에다 팬티를 입고, 새로운 패션으로 방안에서 혼자 왔다 갔다 하면서 입으라는 겉 바지는 손에다 들고 우왕좌왕 패션쇼를 하고 있었다. 웃음이 나올 정도였으나 차마 웃을 수만은 없었다.

옷을 어떻게 입어야 하는지를 잃어버린 것이다. 나는 처음 당하는 일이므로 기겁을 하여 "뭐 하는 짓이냐?"며 팬티를 속에다 입으라며 다시 갈아입을 것을 종용했다. 그러자 마지못해 귀찮다는 듯이 "아이참." 하면서 언제나 깔린 이불 위에 앉아서 옷을 입기 시작했다.

옷 갈아입기를 밖에서 기다리며 싱크대와 가스레인지를 닦고 난 뒤, 어머니가 옷을 갈아입었는지를 다시 확인했다. 소변에 흠뻑 젖은 속내의와 겉 바지는 벗어놓았는데 정작 오줌에 흠뻑 젖은 팬티가 보이지 않았다.

어머니 보고 "벗어놓은 팬티가 어디 있느냐?" 하고 종 주목을 대고 물었으나 계속 모르쇠로 일관하면서 여기저기를 뒤적거리고 있었다. 큰일이었다. 왜냐하면 옷장 속에 있는 외출 시 입는 옷 사이 어디쯤에다가 오줌에 젖은 팬티를 돌돌 말아 처넣어 두면, 세탁된 다른 깨끗한 옷에 오줌이 묻어서 온통 집안에 지린내가 진동하기 때문이었다.

다른 옷에 오줌이 묻기 전에 지금 바로 찾지 않으면 다른 옷까지 오염되어 그 옷까지도 또 세탁해야 하는 번거로움 때문이기도 했다.

살짝 짜증이 나기 시작했다. 다시 어머니를 향해 오줌 묻은 팬티를 벗어서 어떻게 하였는지, 어디에다 두었는지를 수사관처럼 추궁했다. 하지만 어머니는 "기억이 안 난다. 모르는 일이다." 등으로 청문회에 나온 모 재벌그룹의 회장처럼 '모르쇠'로 일관했다.

어머니와 같이 합동작전으로 팬티를 찾고 또 찾았으나 젖은 팬티는 끝내 나오지 않았다. 그렇다고 소변에 젖은 팬티를 찾기 위해 어머니를 고문할 수는 없었다. 그 이튿날 안일이지만 우리 어머니는 온종일 마른 팬티 위에 젖은 팬티를 입어 두 개의 이중팬티를 입고 어머니 고유의 패션쇼를 한 것이다.

나는 어느 날 어머니더러 "엄마 이렇게 살려면 차라리 죽는 게 나아!"라고 소리를 버럭 지르고는 나 자신도 깜짝 놀라서 당황하고 있었다.

"너 지금 어머니더러 뭐라고 했어? 자식 놈이 어머니더러 그게 할 소리야? 할 소리냐고? 그딴소리나 하려고 잘해드리지도 못하면서도 모셔온 거야? 이 병신 같은 놈! 아주 나쁜 자식, 네가 자식새끼가 맞냐?"라며 죄책감에 못 이겨 혼자 중얼거리며 주먹으로 벽을 치고 소리 내어 울먹이며 후회를 하고 있었다.

사실 이 소리는 치매 걸린 어머니를 오랫동안 병간호하면서, 속상할 때마다 수도 없이 목구멍까지 올라왔던 소리였다.

어머니의 치매가 점점 심해지면서 다만 입 밖으로 튀어나오지만 않았을 뿐이지 머릿속에서는 항상 그리 생각하고 있는 터였다. 그래도 이 소리는 끝까지 절대로 해서도 안 되고, 어머니가 알아듣던, 못 알아듣던, 생전에 있는 한은 끝까지 하지 않으려고 마음속에 굳게 다짐하고 있었다. 참으려면 끝까지 참던지 그것을 참지 못하고 기어이 입 밖으로 내뱉고 말았다.

어린 나이에 나를 낳아서 애지중지 길러주고, 가르쳐주고, 평생을 내게 다 내어 쏟아부어 주고도, 더 못 내어 주어 늘 안타까워하다 껍데기만 남아 이렇게 되어버린 어머니에게, 기어이 그런 말을 해서는 안 된다고 결심하고서도….

이제는 허사가 되고 말았다. "이 일을 어쩌지?"

오늘도 여느 때와 마찬가지로 아침에 일어나 어머니 방으로 향했다. 언제나 들어설 때는 혹시 모를, 어쩌면 간밤에 돌아가신 건 아닌지를, 매일 걱정이 되어 어머니 방에 조심스레 문을 열고 들어가면서 의식적으로 얼른 어머니 얼굴을 먼저 확인하고는 "엄마 안녕히 주무셨어요?"라고 한다. 어머니는 이미 잠에서 오래전에 깨어 있는 듯했다.

양팔을 한쪽으로 모아 팔베개를 하고, 모로 누워 한 오 분쯤 빠른 똑딱똑딱 쉬지 않고 돌아가는 고장 나지 않은 벽시계의 초침에 시선을 고정하고는, 초침 돌아가는 소리를 하나 둘 세고 있었다. 숫자는 왜 세는지 모르겠다.

아파트 주차장에 있는 차도 세고, 길거리에 지나가는 차도 세고, 길을 걸으며 발걸음도 세고, 벽에 있는 벽지의 꽃무늬도 세고, 엄마 이불의 꽃무늬도 뒤적거리며 이리 세고 저리 세고 센 것을 또 세고, 그저 닥치는 대로 하나, 둘, 셋 하며 틈만 있으면 세고 있었다.

그 전과는 달리 아들이 들어가도 쳐다보지도 않고 "엄마 안녕히 주무셨어요?"라고 인사를 해도 아무런 대꾸도 없이 꼼짝도 하지 않고 가만히 누워 재깍거리는 벽시계만 바라보고 있었다. 어머니는 양팔을 잘 접어 베개와 어깨 사이에 목에다 양팔을 베고 모로 누워있었다. 나는 마치 병원의 아침에 출근한 의사의 회진을 준비하기 위해 환자의 동태를 살피며 창문을 열어 제치고 환기를 시키는 당직 간호사처럼, 나도 어머니의 동태를 살피며 환기를 시키기 위해 베란다에 창문을 활짝 열어 제치고 나서, 어머니의 이불을 들쳐 보았다.

매일 밤, 소변흡수용으로 입는 기저귀를 입히지만 모로 누워서 소변을 보는 날에는 기저귀에 스며들지 않고 옆으로 흘러서 밤새 흥건하게 방바닥이나 요 위에 젖는 것을 방지하고 욕창이 생기는 것을 방지하려고, 어머니 등이 닿는 요 위에다 언제나 신문지를 두껍게 펴서 욕창 방지용으로 깔았다.

두툼한 신문지가 돌아다니지 않게 바늘로 네 귀퉁이를 꿰매어 고정한 여러 겹의 신문지가 얼마만큼 소변에 젖었는지, 신문지 중

앙이 제대로 젖었는지, 아니면 어머니가 몸부림을 쳐서 이리 뒹굴 저리 뒹굴 하다가, 젖으라는 신문지는 안 적시고, 신문지를 피해 요 위에다가 소변을 보아서 요가 흠뻑 젖지는 않았는지를 확인한다.

오늘은 어제저녁에 똑바로 정 조준하여 뉘인 대로 신문지 중앙을 양호하게 잘 적시었다. 어느 때는 몸부림을 치거나, 모로 누워서 잠을 잔 날은 엉뚱한 데로 소변이 흘러 젖으라는 두툼한 신문지는 젖지 않고 방바닥이나 두꺼운 요를 흠씬 적시어 일거리를 만들기도 했다.

다음 동작이 문제였다. 어머니가 왼쪽으로 모로 누워있으면서, 왼쪽 다리 위에다가 오른쪽 다리를 포개서 올려놓고 장시간 꼼짝 않고 누워있었기 때문에 밑에 깔린 왼쪽 다리가 짓눌리어 굳은 것처럼 움직이질 못하는 것이었다.

오늘도 언제나처럼 연속 동작으로 혼자 일어날 줄 알고 기다렸으나, 도저히 못 일어나고 계속 똑같은 자세로 그대로 꼼짝 않고 가만히 누워만 있는 것이었다.

기상 시간이 되었으므로 일어나기를 재촉을 하였으나 일어나지 못했다. 구분 동작으로 일어나게 해야겠다고 판단한 나머지 모로 누워 있는 어머니를 일차적으로 반듯하게 돌아 눕히려 하였다. 몸 전체가 굳기라도 한 것처럼 다리는 만지지도 못하게 심한 통증이 있는 듯, 고통을 호소하며 돌아눕질 못했다. 몸을 억지로라도 돌리려는데, 이번에는 머리가 베개에 걸려서 실패하고 말았다.

좌측 다리를 누르고 있는 우측다리를 서서히 들어서 반듯하게 뉘이며 눌렸던 양다리를 주무르고 피를 통하게 하여, 머리에다 베개를 다시 반듯하게 베게하고 누워서 잠깐 안정을 시킨 다음에 일어나게 하였다.

겨우 L자로 벽에 기대고 앉게 하여 약 십여 분간 안정을 취하고 나서는 일어서게 하고, 그 즉시 화장실로 직행케 하여 일단 소변을 보게 해야지, 안 그러면 옷 입은 채로 서서 줄줄 방바닥에 기상 후 아침 소변을 보기 때문이다.

화장실로 데려가 엉덩이를 까 내리게 하고 앉아서 소변을 보게 하면, 십중팔구는 보라는 소변은 안 보고 다시 일어서서 변기 뚜껑만 열었다 닫기를 반복하다가, 소변을 보지 않고 그냥 나와 방에서 소변을 보기가 일쑤였다.

오늘도 한참을 실랑이를 벌이다가 엉덩이를 까 내리고 겨우 변기에 앉혀 놓는 데 성공했다. 어머니가 화장실에서 용변을 보는 동안에, 어머니가 밤새 깔고 누워 잠을 잔 요 위에 깔린, 소변에 젖은 두툼한 신문지를 제거하고 오늘 저녁 어머니가 깔고 잘 뽀송뽀송한 새것으로 두툼하게 다시 만들어서 바늘로 꿰매어 요 위에다 고정을 했다.

가스레인지 위에서는 어머니의 아침 식사로 준비된 소고기뭇국이 끓고 있었다. 새 기저귀와 새 옷으로 갈아입혀야 하므로, 냄비 뚜껑 밖으로 국물이 넘칠까 봐 힐끔힐끔 쳐다보며 화장실에 있는 어머니가 나오기를 기다렸으나 나오지를 않았다.

이미 시간이 지났는데도 나올 생각을 않는 어머니를 보고 "소변을 다 보았으면 나오세요."라며 화장실 문을 열었다.

바로 그때였다. 똥냄새가 온통 진동했다. "대변을 본 것이냐?"라고 하자 "아니!"라고 하여 어머니의 어깨 너머로 변기를 보니 그 순간 나는 소스라치게 놀라고 말았다.

어머니가 정상적으로 변기 뚜껑을 열고 바지를 완전히 내리고 앉아서 변을 보았으면 똥이 변기 안에 모여 물만 내리면 되겠지만, 아마도 소변을 보고 앉아있던 변기 뚜껑을 덮고 나오려다 말고 똥이 급해서 미처 바지를 완전히 내리지 못하고 반쯤 내리다 말고 변기 뚜껑을 덮은 채로 그대로 다시 깔고 주저앉아 대변을 본 것이다. 다시 말해 똥을 옷에 싸고 그대로 깔고 앉은 것이다. 아까는 분명히 바지를 완전히 내리고 변기에 앉혀 놓았기 때문이었다.

며칠 동안 어머니가 변비로 참았던 여러 날 분의 똥 무더기가 반은 변기 뚜껑에. 반은 엉덩이와 허벅지 심지어는 무릎에까지 밤새 소변으로 젖어 묵직한 기저귀와 바지에 담겨있었다. 변기에서 일어서자 엄청난 양의 똥이 온통 변기와 어머니 다리와 변기 주변 화장실 바닥에 뚝뚝 떨어지는 상태는 말로 이루 형언키 어려운 상황이었다.

그런데도 인지력이 없는 어머니는 그 상태에서 자꾸 화장실 밖으로 나가려고 했다. 상황은 점점 악화되고 있었다. 이를 수습하는 과정에서 순간 툭 하고 내뱉은 말이 "엄마 이렇게 살려면 차라리 죽는 게 나아!"였다.

아주 난감하기 이를 데 없었다. 질척거리는 시골 외양간에 매어

놓은, 설사병 걸린 암소의 엉덩이에 똥이 덕지덕지 털에 말라붙고, 그 위에 새로 싸는 묽은 똥이 또 덕지덕지 묻어서 질펀한 암소 엉덩이와 흡사한 어머니의 다리였다. 똥에 범벅이 되어, 마치 똥 묻은 암소 뒷다리나 조금도 다를 바 없는 그런 상태였다.

이미 좌변기와 넓지 않은 화장실 바닥은 어머니의 똥으로 온통 뒤덮이다시피 하였고, 역한 똥냄새는 이루 말을 할 수가 없었다.

어머니의 바지를 벗기자니 벗기는 과정에서 어머니의 다리에 온통 똥이 더 묻겠고, 화장실 바닥은 물론이고 사방에 똥칠이 더 될 기세였다. 옷과 함께 벗길 수도 없는 상황에서 어머니 다리나 화장실 바닥에 똥이 덜 묻게 해야만 했다.

궁리 끝에 생각해 낸 것이, 똥이 담겨 하중을 받은 묵직한 바지와 기저귀를 그 상태에서 그대로 들어내어 어머니의 다리로부터 분리하는 것이 가장 좋은 방법이라는 생각이 떠올랐다.

순간 싱크대 벽에 걸린 가위를 신속히 들고 와 똥의 무게로 하중을 못 이겨 축 늘어진 기저귀 옆구리와 바지의 가랑이를 한 손으로 주름을 잡아 한 움큼으로 몰아서 움켜쥐고는, 조심스럽게 가위질을 하여 똥이 뚝뚝 떨어지는 바지를 마치 폭발물 처리반원이 불발탄을 제거하듯이 서 있는 어머니의 몸으로부터 조심스레 분리하는 데 성공했다.

바지는 아무리 새것이라 할지라도 세탁은 고사하고, 세탁하면 세탁기를 내다 버려야 할 정도이었으므로 새 바지를 버리는 것이 경제적이라는 신新경제經濟이론에 부합되기 때문이었다. 다시 입지도 못할 상태의 바지는 똥이 담긴 채로 검은 비닐봉지에 담아서 버려야 했다.

아무리 난감한 지경에 처했다고 하더라도 "엄마 이렇게 살려면 차라리 죽는 게 나아!"라는 말을 이제까지는 잘 참아왔으나, 오늘은 드디어 해서는 안 될 끔찍한 말을 어머니에게 순식간에 하고 말았으니, 앞으로는 툭하면 어머니더러 차라리 죽는 게 낫다고 할 판이었다.

자식 놈으로서 부모더러 면전에 대고 그런 끔찍한 말을 하는 불효막심한 놈이 이 세상천지 어디에 누가 있겠는가? 나는 후회하고 있었다. 오줌과 똥으로 범벅이 된 어머니를 세워놓고, 샤워기로 우선 대강 씻어내고 욕조에 물을 받아 온몸을 씻기면서 "엄마 제가 잘못했어요. 용서해주세요. 이제는 제가 어떻게 해야 하나요?"라며 조금 전에 한 말을 용서해달라며 흐느끼며 어머니를 씻기고 있었다.

오랜만에 친한 친구 병만이가 나를 위로해준다며 찾아왔다. 마주 앉은 두 사람은 서로 술잔을 부딪치며 반가워했다.

"이게 얼마 만인가?"

"그러게 오래간만이군!"

누가 먼저랄 것도 없이 술잔을 한입에 털어 넣고 목구멍에 술이 넘어가기가 무섭게 내게 물었다.

"엄니는 좀 어떠셔?"

"아이고 말도 마! 요새 아주 죽을 지경이다, 말년에 내가 이렇게 엄니한테 매여서 꼼짝 못 하고 살 줄 정말 꿈에도 생각 못 했어! 이런 상황을 남의 일로만 알았지! 내게 이런 일이 닥칠 줄 누가 알았 겠어?"라면서 계속 푸념을 하였다.

"치매는 말이야 암보다 더 무서운 병이야, 아니 무섭기보다는 더 러운 병이라고. 도대체 자식을 알아보기를 하나, 식구들을 알아보 기를 하나, 아무것도 몰라보니 말이야! 꼭 남 같아! 말하자면 가족 관계가 무너지는 거야! 어찌 보면 무의미한 일을 내가 하는 거라 고! 똥, 오줌을 싸놓고 뭉개고 저벅저벅 밟고 다니면서도 미안함을 알기를 하나! 창피한 줄을 아나! 차라리 어디가 부러지든지 찢어지 든지 하면 붙이고 꿰매기라도 하면 시간이 지나면 낫기라도 하지 만, 이것은 정신이 아프니 붙일 수도 꿰맬 수도 없는 일이고 말이 야…"

한 손으로 금방 비운 잔에다 또 술을 따르며 아주 난감한 표정을 하고 있었다.

"아니 그러면 대소변을 다 받아낸단 말이야?"

"그러니까 말이지…"

"저런! 집사람이 고생이 참 많겠네! 요즘 같은 세상에 시부모 대 소변을 받아내는 사람이 누가 있어, 집사람을 업어줘야 하겠네!"

라며 내 속을 알 리가 없는 친구는 내 마누라에 대한 극찬을 아 끼지 않았다. 그렇다고 정색을 하면서 친구를 향해 "모르는 소리하 구 앉아있네, 업어주기는 네미 개x를 업어줘? 생전 코빼기도 안 비치고 나 몰라라 하는데도 업어줘?"라고 속 깊은 내막까지 들추어내어 까발릴 수도 없는 일이고, 그렇다고 어머니를 모시는 일로 인해서 지금 부부 사이가 아주 극도로 안 좋아서 이혼까지 생각하고 있다고, 사실대로 말할 수도 없는 노릇이었다.

그 친구는 내가 이미 알고 있는 묻지도 않는 자기 이야기를 또 하고 있었다. "우리 장모도 벌써 십일 년째 치매로 요양병원에 있는데, 요양병원에서 아주 정성껏 잘해주어 아직도 살아있다."고 마치 자랑이라도 하듯이 했다. 나는 속으로 혼자 중얼거리고 있었다. "아주 엄청 잘해 주겠다." 나는 울 엄니 때문에 네 장모가 입원해있다는 눈이 붉게 충혈된 뽕쟁이 같은 사람이 원장이라는, 어느 산속에 있는 요양병원을 자기가 소개해주어 내가 가보았다는 것을 까마득히 잊고 있었던 모양이었다. 나는 그 후로 요양원에 대해서도 알아보았고, 다른 요양병원도 여러 군데를 알아보았으므로, 누구보다도 그 상황을 상세히 알고 있는 터라, 요양원이나 요양병원에서 잘해준다는 병만이 말을 믿지 않았다. "긴병에 효자 없다."는 옛말처럼 자기 부모를 모시기도 쉽지 않은 일인데, 영리 목적으로 하는 사람들이 잘해주면 얼마나 잘해주겠나 싶었다.

병만이 이야기를 귓전으로 흘리고 술을 한잔 더 칼칼한 목구멍에다 털어 넣고는 내려놓으면서, 한편으로는 이 친구의 말이 맞을 수도 있을 것이라는 생각도 들었다.

그도 그럴 것이, 그 사람들은 입원환자가 수입원이므로 어느 환자를 막론하고 죽이지 않고 오랫동안 살려 두어야 했다. 죽으려고 하면 약물을 투약하거나, 먹지 못하면 콧줄을 끼워 넣어 유동식을 주사기로 밀어 넣어서라도 기어이 꺼져가는 등불 같은 생명을 연장해야 했다.

살려낸다기보다는, 사람의 종기終期가 맥박 정지 시까지이므로 오랫동안 맥박만 뛰게 하면 되기 때문이었다. 특히 이 친구 같은 경우는 장모가 집으로부터 멀리 떨어진 시골 산속에 있음으로 큰맘 먹고 면회를 하러 가는데, 오랜만에 면회하는 보호자가 보는 앞에서야 잘해주는 척할 것이 분명하기 때문이었다.

"그래? 다행이군."

"나도 자네가 소개해줘서 어머니를 처음에 도시로 모셔 올 때 자네 장모가 입원해있다는 거기를 제일 먼저 들렀었지!"

"지금 거기 이야기하는 거 아냐? 산속 요양병원?"

"응, 맞아 바로 거기야."

"글쎄 그때가 벌써 오륙 년 전 일이지 아마? 거기서는 그때 어머니를 그냥 놓아두고 가라는 거야, 그 당시만 해도 정신이 멀쩡한 어머니를…."

"그때 그냥 그 사람들 말만 믿고, 어머니를 거기다 놔두고 왔으면 큰일 날 뻔했어…. 금방 나빠진다고 다시 데리고 오는 수고를 하지 말고 자기의 말을 듣고 어머니를 그냥 놔두고 가라는 거야 글쎄…. 그때만 해도 정신이 있는 어머니를 어떻게 그냥 놓아두고 올 수가 있냐고…."

둘은 잠시 아무 말도 하지 않고 불판에서 잘 익고 있는 삼겹살을 뒤적뒤적하고 있던 내가 먼저 말을 건넸다.

"자네 장모는 그렇고 고향에 혼자 계신 어머니는 좀 어떠셔?"

나는 이 친구의 어머니를 몇 번 뵈어서 잘 알고 있었고, 또한 친구의 어머니 안부를 묻는 것도 도리일 뿐 아니라 실제로 궁금해서였다. 사실 이 친구는 현재까지도 크고 넓은 평창동 저택에 외국인 처녀를 가정부로 두고 잘살고 있다. 과거에 장모는 한집에 모시고 살면서도 늙은 자기 어머니는 시골에 그냥 혼자 놓아두었다. 그것이 나는 물론이고 그 친구를 아는 다른 사람 누구에게도 크게 설득력 없는 일이었다. 그러나 그도 왜 모르겠는가? 어떤 말 못 할 사정이 있겠지… 하고 이해를 하면서도 그의 대답은 언제나 "모셔 오려 해도 살던 시골이 좋다고 안 올라오신대." 노인대학이 별거인 양. "요즘은 노인대학에 다니시느라…." 어쩌고저쩌고 변명 아닌 변명을 하면서도 뒷맛은 개운해하지 아니 했다.

"응! 혼자 계시는데. 요즘은 자꾸 편찮아서 걱정이야!"

나는 오랜만에 만난 반가운 친구와 속에 있는 이야기를 하면서 술을 마시다 보니, 벌써 취기가 은근히 돌았다. 그리고 불과 이틀 전에 어머니더러 "엄마 이렇게 살려면 차라리 죽는 게 나아!"라고 버럭 소리 지른 것을 후회하면서 그에게 말했다.

"긴병에 효자 없다는 옛말이 정말 하나도 틀린 말이 아니야! 이제야 그 말을 실감하겠더라고! 내가 겪어보니깐."

"사실 치매든 어머니를 모신다는 것은 불효하는 일이야!"

라고 하자 그 친구는 술잔을 입에 대려다 말고 의아해하는 눈초리로 나를 향해

"무슨 소리야? 그게…"

"나는 어머니를 모시고 사는 친구가 부럽기만 한데…"

"부럽긴 무슨? 불효자식인데!"

라며 떨리는 목소리로 금방이라도 감정에 북받쳐 울음이 터질 것 같은 붉어진 눈망울에서 흐르는 눈물을 친구에게 보이지 않으려고 술잔을 연거푸 제 손으로 따라서 마시며, 엊그제 있었던 이야기를 할까 말까를 망설이다가 드디어 이야기해야겠다고 굳은 결심이나 한 듯 말문을 열었다.

"어머니를 모시는 게 잘하는 게 아니야!"

그 친구는 그냥 바라보고만 있었다.

"어머니보고 죽으라고 그랬어!" 아니 "엄마 이렇게 살려면 차라리 죽는 게 나아!"라고 했어.

"그러니 그게 불효자식이지 다른 게 불효자식이냐고? 어느 자식 놈이 자기 어머니에게 그게 할 소리야? 할 소리냐고?" 하면서 어머니가 똥을 화장실에 범벅을 했다는 이야기를….

해야 할지를 두고 망설이고 있었다.

어머니가 입고 있는 똥이 범벅이 된 바지를 이럴 수도, 저럴 수도 없어, 마치 폭발물 처리반원이 불발탄을 제거하듯, 바지통을 조심

스럽게 가위로 잘라내어 어머니로부터 분리해 강제로 무장을 해제시켰다고, 상세한 설명을 해야 할까를 망설이고 있었다.

그것도 어머니의 프라이버시일 수도 있다는 생각에 차마 그런 말을 하지는 못했다. 또 그 친구도 왜 그랬는지를, 이야기 안 할 것으로 판단했는지 나를 뚫어지게 쳐다보던 시선을 내리깔고, 반쯤 남은 술잔만 만지작거리고 있었다.

그는 나로부터 무슨 영문인지를 유도하려는 듯,

"오죽했으면…."

"그래도 그렇지…. 그러면 안 되는 거지."

라며 말을 이어갔다.

"사실 장기간 어머니를 모시면서 그런 말이 목구멍까지 올라온 적은 여러 수십 번이었으나 이제까지 잘 참아왔다고! 그것도 여러 번, 한두 번이 아니야, 그런 말이 입 밖에까지 수도 없이 나올 뻔했다고, 그러나 그 말은 어머니에게 절대로 해서는 안 된다고 생각을 했었다. 그런데 뭐야, 나는 드디어 그 말을 하고 말았어, 해서는 안 될 말을 말이야, 이제는 큰일 났어, 툭하면 어머니더러 '차라리 죽는 게 낫다'고 할 판이니 말이야, 어머니의 병세가 다른 병처럼 갈수록 나아지는 게 아니고, 상황은 갈수록 더 심해져서 더욱더 심각한 상황이 될 것이 분명할 텐데…."

나는 옆 테이블의 손님들이 쳐다보던 말던, 내 감정에 북받쳐 창피한 줄도 모르고 영업집의 스테인리스 원탁에 엎드려 소리 내어 엉엉 울었다. 나의 평소 성품으로 보아 그동안 가족이나 친구 누구에게도 속 시원하게 이 속상한 말을 하지 못할 내 성격이라는 걸 병만이는 잘 알고 있었다. 그럼에도 자기에게는 모든 것을 많이 오픈하고 있다고 생각하고 있었다. 나의 말을 조용히 듣고 있던 그는 말없이 무슨 이야기인지 짐작이 간다는 듯이 고개를 끄떡이고 있었다.

5장

왜 하필 울 엄마입니까?

유명한 대학병원의 그럴듯한 나이 든 치매 전문 교수가 어머니의 혈액검사 결과와 머리를 찍은 MRI 필름을 판독하더니 "현 상태로는 괜찮으니 집에 가서 잘 모시기나 하라."라는 말에 크게 안심하고 돌아와 그냥저냥 잘 넘어가나 싶었다.

그런데 어머니는 그로부터 약 이 년여가 지나자 스스로 식사를 하지 못하고, 소변을 가리지 못하며, 가스레인지에 불을 켜 놓고 밖으로 나가는 횟수가 잦아졌다.

점심이나 저녁에 먹을 국이 가득 든 냄비를, 국을 끓인다는 생각으로 국에다가 날계란을 껍질 채 통째로 그냥 집어넣고, 거기다가 삼계탕을 끓일 때 넣을 대추며, 밤이며, 냉장고에 있는 식자재를 전부 뒤져서, 골고루 국 냄비에 소죽을 끓이듯 가득 넣고 물을 부었다.

그리고는 거기에다 맛나라고 조미료로 소금과 세제 가루까지 후하게 잔뜩 풀어서 갖은양념으로 완벽하게 간을 맞추어, 국 냄비를 가스레인지에 불을 켜 올려놓고 흡족한 마음으로 산책하러 나가기 시작했다.

　잠깐 필요한 물건을 사서 급히 집에 와서 현관문을 열어보니 문이 저절로 열렸다. 잠그지 않았다. 전과 달리 어머니를 모시면서 가슴이 두근거리는 증상이 생긴 내 가슴이 또 철렁 내려앉았다. 날은 이미 어두워졌고, 집은 어머니가 외출하여 빈집이었다. 여러 번 겪는 일이지만 잠그어져 있어야할 문이 그냥 열릴 때마다 어김없이 가슴이 철렁 내려앉았다. 큰일이었다.

　지금은 밤이고 눈이 수북이 쌓인 몹시도 추운 혹한의 겨울날씨다. 잘못하면 동사되어 발견될 수도 있다는 생각에 자꾸만 불길한 생각과 "내 눈으로 어머니를 다시 볼 수 있을까?" 하는 의구심과 걱정이 앞섰고, 어머니를 영영 못 찾는 것은 아닐까? 등등의 온갖 안 좋은 쪽의 생각으로 머리가 점점 복잡해지기 시작했다.

　나는 미친 사람처럼 허둥대기 시작했다. 요즘은 사람을 한번 잃어버리면 영영 찾지 못한다는 생각에 머리가 더욱 복잡해지기 시작했다.

　그도 그럴 것이 요즘에는 실종신고를 하기는 하나 기어이 못 찾는 경우가 얼마나 많으며, 사람 찾는다는 전단지가 얼마나 많은가, 심지어는 공과금 고지서나 택배 상자를 포장하는 테이프에까지 실종자의 사진이 가득하지 않던가?

요즈음도 어린이날만 되면 팔십 대 중반의 주름진 노모의 그렁그렁한 눈으로 지금쯤은 성년이 되었음직한 35년 전의 어린아이의 사진을 아직도 들고나와 밤낮으로 자식을 기다리는 모정母情을 TV 화면을 통해서 볼 때면 너무도 기막힌 일이 아닐 수 없었다. 전단지만 만들어 돌리기만 할 뿐, 잃어버린 사람을 찾았다는 사람을 본적도 들은 적도 없었다.

동생들에게도 알리고 경찰에 신고해야 빨리 찾을 수 있다는 믿음으로 경찰에 신고하였다. 어머니를 빨리 찾을 요량으로 급한 상황임에도, 그날따라 신고사건을 초임이 처음 접하는 양, 필요 이상으로 상세히 묻는 경찰관의 물음에 살짝 짜증도 났다.

하지만 신고 절차에 따라 가출 신고를 하였다.

사실은 신고받는 즉시, 일제전화—齊電話나 무전으로 어머니와 인상착의가 비슷한 노인이 관내 각 파출소 어디에 보호되어 있는지부터 확인을 하고 난 후, 상세히 물어서 접수받는 것이 일의 순서인 듯싶었으나 실제는 그러하지 아니했다.

그 신고를 받은 경찰관들은 자기 어머니를 잃어버린 게 아니기 때문에 가출인 가족의 급한 마음을 헤아리지 못하는 것만 같았다. 절차에 따라 느긋하게? 빈틈없이 처리하는 것이 못내 짜증스러웠으나, 내가 마음이 급한 탓이라는 생각도 해보았다. 그렇다고 잃어버린 내 어머니를 찾아달라고 부탁하는 입장에서 경찰관과 다툴 수도 없는 노릇이었다.

만일 택시를 탄 승객이 강도로 돌변하여, 돈과 택시를 빼앗고 운전사를 포박하여 발로 차서 차 밖으로 밀어내고, 택시를 운전하여 전속력으로 도주를 하고 있다고 가상해보자.

이를 신고받은 경찰관은 강탈당한 택시 번호만을 묻고 나서 무전으로 지체 없이 그 관할지역은 물론이고, 인접서의 관할지역까지, 또는 더 나가서는 도시 전역에 신속히 전파해야 할 것이다. 인접 경찰서와 서로 공조하여 중요한 길목에 경찰관을 출동 시켜 목 배치로 강도의 이동통로를 차단하고 나서, 강도 당한 경위 등을 상세히 묻는 게 순서일 것이다.

강도를 당하여 새파랗게 질린 피해자만 잡아놓고, 피해자의 주민등록번호와 주소 및 사고 경위 등을 너무도 필요 이상으로 소상히 완벽하게 묻고 적는데 만 시간을 지체해서는 안 된다고 본다.

그러는 사이 강도는 이미 강탈한 택시를 타고 멀리 아주 멀리 도주하여 검거치 못하고, 강도 사건은 미궁으로 빠져 영영 미제사건으로 남을 수밖에 없을 것이다.

심지어는 어떤 경찰서장은 자기 관내에서 강도 사건이 발생하면, 상부 기관으로부터 문책받는다는 이유로 발생 사건을 쉬쉬하며 숨기지 않고 무전으로 꽝꽝 울리며 공개수배를 하는 파출소장을 질책하는 이가 있던 시절도 있었다.

이 세상의 모든 공직자는 '언제나 건전한 사고방식을 가지고 합리적으로 판단'하여 일을 객관적으로 매끄럽고 융통성 있게 처리할 수는 없는 것일까?

경찰에 신고 후 늦은 감은 있으나 급한 마음에 어머니가 잘 다니던 곳을 찾아 나서기로 했다. 제일 먼저 생각나는 곳이 어머니와 내가 자주 다니던 산책로였다. 나는 어머니가 잘 다니던 산책로를 따라 이리저리 뛰며 미친 듯이 어머니를 불러 댔다. 어떤 때는 눈물도 나오다가, 어떤 때는 떨리는 목소리로 무언가를, 어머니에게 잘못한 것에 대한 용서를 구하는 듯, 자기도 모를 소리를 혼자 중얼거리며 마치 미친 사람처럼 어머니를 애타게 불러대며 산책로 주변의 나무와 갈대숲을 뒤지며 우왕좌왕하고 있었다.

"엄마 이렇게 살려고 평생을 그 고생을 하고 살았어! 엄마 이렇게 안 하면 안 돼? 꼭 이래야만 해? 엄마만 안 그러면 얼마나 좋아!"

"엄마 내가 더 잘해드릴 테니 얼른 돌아와요. 남들은 구십이 넘어도 정신이 멀쩡하게 건강히 잘도 사는데 왜 하필이면 우리 엄마냐구! 우리 엄마가 치매라니 말도 안 돼! 나는 받아들일 수가 없어, 도저히 받아들일 수가 없단 말이야! 도저히 인정할 수가 없다고!"

"내가 젊어서 여자 문제로 엄마 속을 너무 썩여서 그럴지도 몰라!" "마음씨가 착해 보인다는 이유로 해수욕장에서 빌려 입은 수영복에서 성병이 옮아 치료과정에서 처녀성을 잃었고, 뱃살 튼 이유를 변명하기에 급급했던 그 여자와 살기를 원했던 엄마의 소원을 저버린 것도 다 모두 나 때문이야! 엄마 내가 잘못했어, 내가 잘못했으니 빨리 돌아와요. 빨리 돌아오라고 응?"

"그리고 하나님! 왜 하필이면 우리 엄마예요?"

"이 세상에는 악하고 추악한 사람들이 얼마나 많은데!", "아무런 이해관계가 없는 멀쩡한 사람을 운전자 과실로 사고를 내어 사람을 평생 장애자로 만들어 놓고도 보험으로 처리하면 그만이라며 생전 코빼기도 보이지 않는 인간이기를 포기하는 인간들.", "수억, 수십 수백억 원씩을 부정하게 처먹고도 뇌물이 아니라며 고개를 빳빳이 들고 돌아다니는 인간들, 자기 지위를 이용하여 온갖 비위와 죄를 저질러 재판 도중 죄가 인정되어 법정 구속되면서까지도 뉘우치거나 반성하지 못하고 법원판결을 비판하는 아주 죄질이 지극히 불량한 인간들, 칠십 년이 넘도록 인민들을 굶주리게 하고 자유를 짓밟고 인권을 유린하여 비인간적인 대우를 하는 악명 높은 인간들이나, 그들을 무조건 추종하는 세력 등", "일일이 나열하기조차 싫은 그 인간들은 다 제쳐놓고 왜 하필 평생 고생만 하고 남들 다하는 호강이라고는 단 한 번도 누리지 못한 순하고도 착하디착한 우리 엄마냐 구요? 왜? 왜? 왜? 우리 엄마 좀 얼른 돌려 보내주세요! 날이 이렇게도 어둡고 추운 데 울 엄마는 어디 있나요? 아직도 어머니에게 효도 한번 제대로 하지 못하고, 행복하게 해드리고, 호강시켜드리겠다는 약속을 지키지 못했다고요! 제게 다시 한번 기회를 주면 안 되나요?"라며 마치 미친 사람처럼 중얼거리며, 이리저리 아무렇게나 산책로 주변의 나무 사이와 인공물로 만든, 흰 눈이 꽁꽁 얼어붙은 도랑을 건너뛰고 손전등을 이리저리 비추고 돌아다니며 헤매고 있었다. 혹시 어머니가 기운이 없어 쓰러진 것은 아닌가 하는 불길한 예감 때문에, 길가에 세워둔 자동차 밑도 일일이 들여다보았다.

간혹 지나가는 사람들을 붙잡고 "이러저러한 사람을 보았느냐?"라고, 일일이 물어보았으나 아무 의미 없는 일이었다. 그 사람들은 '노인을 어떻게 제대로 돌보지 않아, 이 추운 엄동설한의 날씨에 잃어버렸느냐.'고 혀를 차며 나를 책망하는 것 같았다.

예수가 무엇인지 부처가 무엇인지 개념조차도 모르고 늘 집에 혼자 있다시피 하는 치매든 어머니를 전도하여 영혼을 구원하려고, 매일같이 지성으로 찾아와 요구르트 몇 개와 떡 쪼가리를 정성스레 비닐봉지에 담아 열심히도 문고리에 걸어 놓던 인접 동의 아기 엄마에게도 물어물어 사는 곳을 찾아가 물어보았으나 허사였고, 어머니를 자주 찾아오는 것을 내가 무척이나 싫어하고 미워했던 이단 교인의 노인도 찾아가 보았고, 어머니와 잘 통했던 어느 암자의 보살도 수배를 해보았지만 끝내 찾지를 못하고 허탕만 치고 말았다. 이제 와서 생각하면 내가 귀찮아하고, 미워했던 그분들이 모두가 고마운 분들이었다는 것을 뒤늦게나마 깨닫게 되었고 그들에게 쌀쌀맞게 대한 것에 미안한 마음이 들었다.

나는 어머니가 평소 잘 다니는 길보다 더 멀리, 더 광범위하게 안 살핀 곳이 빠지지나 않을까 싶어, 이중삼중으로 중첩하여 군 수색대의 정밀수색원칙처럼 사각지대 없이 수색하였으나 어머니를 찾는 데는 실패하였다. 경찰관서에서 어머니를 찾았으면 내가 보채지 않아도 당연히 연락이 올 것으로 생각하면서도, 다시 경찰관서에 전화하여 혹시나 어머니가 어디에 보호되어 있는지를 확인하였으나, 어머니는 그 어디에도 없었다.

어머니를 잃어버리고 밤을 새워 주변을 반복하여 찾아 헤매면서, 그동안 잘해 드리지도 못하면서 대, 소변을 못 가린다고 짜증을 부렸던 죄송한 마음도 후회로 남았다. 이대로 영영 찾지 못하고 잃어버리는 것은 아닌가 싶었고, 별의별 불길한 생각도 다 들었다.

나는 늦은 밤 동생들을 다 돌려보내고, 어머니가 늘 누워 있던 전기장판 위에 깔린 어머니의 냄새가 나는 이불에 엎드려 얼굴을 파묻고 목 놓아 엉엉 울었다. 어머니는 평생 주름진 세월을 농촌에서 성질 급한 남편과 여러 자식들의 뒷바라지를 하느라 갖은 고생을 하고도, 자식들에게 공부를 더 시키지 못하고 더 잘해주지 못해서, 늘 미안한 마음으로 자신을 죄인으로만 여기며 살아온 어머니였다. 모든 것을 자식들에게 다 내어주고도, 더 못 내어 주어서 한으로 살던 어머니를 이렇게 허무하게 잃어버리다니…. 그 어려운 환경에서도 내가 이렇게 여기에 오기까지의 환경을 만들어 주고, 온갖 뒷바라지를 다 해준 어머니를 진작이라도 내 집으로 모셔서 같이 생활을 하였으면 이런 일도 없었을 것이라는 뒤늦은 죄의식에, 나 자신도 내 가족도 모두가 미워서 용서되지 않았다.

평소에 목욕시킨 후 옷을 갈아입히려면 옷 입을 생각도 않고 발가벗고 자식 앞에서 이리저리 왔다 갔다 하며 부끄러워할 줄 모르면 안 된다고 잔소리도 하고, 오가며 싱크대 설거지통의 더러운 물에 손 씻는다고 그것도 못 하게 하고, 누가 시킨 것도 아닌데 어머니가 미장원에 머리하러 가서 기다리는 동안 순수한마음으로 바쁜 원장을 도와 빗자루로 바닥에 떨어진 머리카락을 쓸어 주는 것을 본 나는 울 어머니가 미용실 종업원처럼 그러면 안 된다고, "왜 그런 일을 우리 어머니에게 시키느냐"면서 "엄마가 이 집에 종업원이냐?" 하고 그것도 못 하게 하였다.

벌거벗고 다니게도 놓아두고, 설거지통에도 깨끗한 물을 받아놓아 오가며 맘대로 손 씻게 하면 될 것을 "이것도 하지 마라, 저것은 안 된다."며 모든 것을 전부 하지 말라고 못 하게만 하였지, 하라고 가만 놔둔 것은 하나도 없었다. 이제 와서 생각하니 이 모두가 별일 아니고 생명에 지장이 없는 일인데도 극구 말리고 못 하게 한 것이 어머니에게는 크나큰 스트레스가 되지 않았을까 하는 생각에 후회가 막심하였다.

밤이 지나 새벽이 되고 날이 훤히 밝았는데도, 어머니 방에는 덩그러니 나 혼자였다. 밤새 어머니가 어디 있다고 연락 올 전화를 기다렸으나, 오늘따라 간혹 잘못 걸려오던 전화조차도 한 통이 없었다.

썰렁한 방에는 어머니가 누워있던 방바닥 전기장판에 이불과 요가 반으로 접어 깔린 채로 덩그러니 있고, 시간조차 표시되지 않는 밥솥에는 예쁜 청바지 엉덩이에 꽂힌 핸드폰처럼 밥주걱이 앙증맞게 꽂혀있어 마치 집 나간 어머니가 돌아오기를 기다리는듯했다.

하얗게 지샌 날이 밝아도 아무런 소식이 없자, 불안한 마음은 더욱 가중되어 별의별 생각이 다 들었다. 도대체 이 엄동설한에 어디에서 무엇을 하는 것일까? 무작정 발걸음을 세며 걷다가 돌부리에 라도 걸려 넘어져서 일어나지 못하고, 얼어서 동사한 것은 아닐까? 요즘 사람들이 한밤중에 길가는 노인을 불러 세워 집이 어디냐? 왜 이리 늦은 추운 밤에 돌아다니느냐?며 살갑게 물어 볼 수 있는 따 듯한 마음을 가진 사람이 이 땅에 과연 누가 있을까? 어느 누가 우 리 어머니를 불러 세워 연락처가 적힌 손목의 인식줄을 확인하고 집을 찾아줄 이가 누가 있을까? 라고 부정적인 생각을 하면서도 굳 이 기대가능성을 저버리지는 않았다.

어머니가 이렇게 가출하기 전에는 몇 번인가를 예행연습처럼 문 을 열어 둔 채로 가출하여, 가슴이 철렁하게 한 적은 있었으나, 언 제나 그때마다 멀지 않은 이 주변에 있어 주었다. 멀리 갔더라도 손목의 인식표에 적힌 내 전화로 알려와, 당일로 데려올 수 있는 그 런 자리에 늘 있어 주었다. 이제는 무기력하게 기다려보는 수밖에 는 달리 취할 수 있는 다른 방도라고는 아무것도 없었다. 어머니가 늘 산책했던 산책로와 동네 주변을 찾아 재차 헤매는 헛수고 밖에 는 달리 할 수 있는 일의 전부였다. 어젯밤에 수색했던 주변을 다 시 한번 허탈한 발걸음으로 싱겁게 둘러보는, 아무 의미 없는 일을 재현하는 것 외에 아직까지 할 수 있는 일이라고는 아무것도 없었 다.

어머니가 이 드넓은 도시 안에 그 어느 동네, 그 어느 곳에서도 살아 본 적도, 가본데도 없었고, 친인척이나 아는 이도 아무도 없었다. 이렇게 어려운 일을 당하고 나니 평소에 좋으니 그르니 해도 믿을 데는 경찰관서뿐이었다.

가출인이나 실종된 사람을 통합 관리하는 경찰관서의 182센터나, 관할 경찰서 상황실에 가끔 연락해 보는 수밖에 달리 방도가 없었다.

그것도 너무 전화를 자주 하여 오히려 보채는 것 같아 미안해서 전화도 못 하겠고, 어머니를 발견하면 금방 연락을 할 테니 몸달아하지 말고 기다리라고 했다.

조급증이 있는 나는 그래도 혹시나 관내, 또는 인근 경찰서 형사계 등에 신고된 노인 변사 사건이 있는지도 확인해 보았다. 인근 큰 병원의 응급실이나 중환자실에도 114에서 안내받은 번호로 어머니의 인상착의와 인적사항을 대며 일일이 전화로 확인하였으나 전부가 허사였다. 만 하루가 지난 것도 아니고 이제부터 시작인데도, 벌써 맥이 빠지고 어머니를 찾는 데 집중해야 할 일은 점점 줄어들었고, 가족들도 전부 벌써 허탈해하고 있었다. 오늘까지나 기다려보고 그래도 어머니를 찾을 수 없다면 그야말로 장기전으로 돌입하는 수밖에는 없다고 생각하고 있었다.

가출인을 찾는다는 것은 마치 해운대 백사장에서 잃어버린 금반지나 바늘을 찾는 일이나 다름이 없어 보였다. 전단지라도 만들어 여기저기 붙이고 지나가는 사람을 붙잡고 "이러저러한 노인을 본 적이 있느냐?" 하며 "보게 되면 연락 좀 꼭 해 달라." 하고 전단지도 나누어 주어야 한다고 생각했다. 요양원이나 기타 노인 복지시설

등에도 일일이 방문하여 확인해야 하는 등등 이런저런 생각이 들면서 머리가 점점 복잡해지고 있었다. 요양원이나 요양병원이 어디 한두 군데도 아닌데….

장기전으로 돌입되면 전단지라도 만들어 돌릴 요량이었다. 어머니가 그나마 정신이 있을 때 바로 손아래 동생의 딸인 손녀딸 혼사 때 한복을 곱게 차려입은 어머니의 모습이 너무 고와 보여서, 상반신을 찍어 벽에 걸어 놓았었다. 우아한 한복차림의 영정사진이나 다름없는 액자의 사진을 내려, 디지털카메라로 접사 촬영하여 전단지에 인쇄할 어머니의 사진을 미리 준비해 놓았다. 그리고 전단지를 인쇄한다면 어디에서 인쇄할까? 파주 출판단지에서 고객 만족을 생명으로 여기고 고객이 만족하지 않으면 자기가 손해를 보는 한이 있더라도, 몇 날이라도 밤샘 재작업을 다시 하여 한번 한 약속은 철저히 지키는 정직한 마음으로 인쇄업을 하는 선배가 있다. 성격 자체가 일을 완벽하게 해주는 대신에 현금 외에는 당좌나 가게 수표 등의 거래를 일체 하지 않아 모두가 어려웠던 IMF 때도 건재하게 살아남아 현재까지도 번창하게 사업을 잘하고 있는 정직한 고향 선배인 형석이 형에게 인쇄를 맡길까? 아니면 얼마나 많은 인쇄를 하려고 파주인쇄 출판단지에 있는 대형인쇄소까지 필요가 있을까? 혹은 손수 컴퓨터에서 전단지를 출력해서 사용하면 되지 않을까? 지금 이 시각 현재는 필요가 없는 생각까지도 미리 해보았다.

시간이 지나자 어머니의 가출신고를 받은 관할 파출소에서도 걱정이 되었는지 "어머니를 찾았느냐?"라고 되레 역으로 되묻는 전화가 걸려 왔다. 어머니가 귀가하면 찾았다고 반드시 연락해달라고 했다. 아마 모든 인간이 그렇듯이 화장실 갈 때처럼 급할 때는 찾아달라고 애걸복걸하며 경찰관서에 길길이 전화질해대고 나서는, 찾고 나면 찾았다고 그동안 수고했다고, 고마웠다고 전화를 하지 않는 사람들이 있는 모양이었다. 어쩌면 나도 그럴지도 모르겠다고 생각했다.

그렇게 점점 지쳐만 가고 있을 무렵, 오후 늦게 경찰에서 드디어 전화가 왔다. 아주 멀리 떨어져 있는 경기도 어느 구석진 파출소에서 어머니를 보호 중이라는 것이다.

어떻게 그 멀리까지 갔을까? 나는 그 말이 믿기지 않아 전화를 다시 하여 그 파출소에 근무하는 경찰관에게 어머니를 바꾸어 달라고 하여 어머니의 목소리를 직접 확인을 하고 나서야 안도의 한숨을 내 쉴 수 있었다.

어머니에게 전화로 곧 갈 터이니 지루해하지 말고 기다리라고 안심시키려 했으나, 아주 오래전 아이들이 어릴 적에 눈이 수북이 쌓였어도 설 명절을 쇠러 고향으로 내려가겠다는 내 전화에 "바쁘기도 하고 길도 미끄러운데 어린것들하고 고생스럽게 뭐 하러 내려오느냐? 오지 마라."라는 인사처럼 이번에도 "바쁜데 뭐 하러 오느냐 오지 말라."라며 더는 내 말을 듣지도 않고 전화를 끊어버렸다.

"아니 어머니가 무엇을 타고 어떻게 그 먼 곳까지 갔을까?"

내 평생에 반가운 소식이 별로 없었으나 그중 반가운 소식이었다. 요즈음이니까 인터넷이나 ARS를 이용하여 공무원 시험이나 대학교 입학시험의 합격 여부를 전화 한 통으로 금방 알 수 있지만, 예전에는 전부 우편배달부를 통해 합격통지서를 직접전달 받는 것이 유일한 통신 수단이었다. 젊은 시절 고등학교를 겨우 졸업하고, 우체국 집배원시험을 쳐 놓고 합격 소식을 기다리며, 동생과 같이 보리밭을 긁다가 우편으로 접한 합격 통지서를 받았을 때의 그 기쁨만큼이나 반가웠다.

어제는 어머니를 잃어버렸다고 동생들에게 연락하였더니, 쏜살같이 동생들과 생전 안 오던 가족들까지도 한걸음에 달려왔다. 나는 모인 가족들에게 어머니가 가출하게 된 배경을 일일이 소상히 설명하면서도, 뭔지 모를 묘한 죄인의 느낌이 들었다.

온 가족들은 나를 향해 노인네를 어떻게 보살폈으면 어디로 간 줄도 모르고 있었으며, 또한 어머니를 모시기 싫으니까 어디엔가 요양원 등에 일부러 숨긴 것은 아닌지 의심하는 것 같았다. 또는 일부러 어디든 가서 돌아오지 못하게 하려고 고의로 문을 열어놓아 가출을 방임한 것은 아닌지를 의심하는 듯이도 느껴졌다.

어머니가 가출한 상황을 설명하는 것이 마치 몹시도 궁색한 변명을 늘어놓는 거와 같은, 마치 형사로부터 죄를 추궁당하는 피의자 신분 같은 묘한 느낌마저 들었다. 그러나 어머니를 찾았으니 내가 사십여 년 전에 집배원시험에 합격한 소식을 접한 것 같은 반가움이었다. 아니 그보다도 더 반가웠다.

나는 슬퍼서 운 적은 있으나 기뻐서 운 적은 한 번도 없었다. 요즈음이야 연말에 연예인 대상 수상소감을 밝힐 때, 상을 자주 타서 그런지, 그 상이 못마땅해서 그런지는 알 수 없지만 별로 대수롭지 않게 농담을 섞어가며 배부른 듯이 수상소감을 말하는 사람도 있지만, 오래전에는 연말에 TV 방송에서 인기 연예인들이 수상을 하면 기쁨을 주체하지 못하고 너무나도 감격해서, 동료나 가족들로부터 받은 꽃다발을 한 아름씩 안고, 수상소감을 밝히면서 그 예쁜 얼굴에 하염없이 흘러내리는 눈 화장의 검은 눈물을 바라보며, 개인적으로 감성이 풍부하여 저렇게 우는가 싶었다.

그러나 어머니가 살아 보호되어 있다는 소식에, 그야말로 내가 인기 연예 대상을 받는 인기 연예인의 주인공처럼 주체하지 못하는 기쁨의 눈물이 팍 쏟아졌다.

나는 바로 아래 동생과 같이 어머니를 향해 고속도로를 사정없이 달렸다. 내비게이션의 안내로 골목골목을 찾아 이면도로의 파출소로 들어섰을 때, 어머니는 밤새 어디서 어떻게 지냈는지는 모르나 딱딱하고 긴 나무 의자에 앉아서 두꺼운 털모자를 눌러쓰고 꾸벅꾸벅 졸고 있었다.

반가운 마음에 "어머니!" 하고 불렀으나 졸던 눈을 떠서 우리 형제를 바라보고는 언제나처럼 고운 얼굴로 환하게 웃으면서 "어디를 갔다 이제 오느냐? 밥은 먹고 다니느냐?"라며 오히려 우리를 걱정하고 있었다.

파출소 직원들이 미리 작성해놓은 신병인수서에 서명하고, 어머니의 손을 잡고 집으로 향했다. 동생이 운전하고 내가 뒷좌석에 앉아서 "어젯밤에는 어디서 잤느냐? 어떻게 여기까지 왔느냐?"라고 묻자, 귀찮다는 듯이 "방금 집에서 나왔다."라며, 삼 년 전에 도시로 처음 모시고 올 때처럼 어머니는 많이 피로한 듯, 나의 손을 꼭 잡은 채로 계속 졸고 있었다. 이것으로 어머니의 화려한 외출은 막을 내렸다.

6장

변기 없는 화장실

"얘야!, 애비야!"

"네에 어머니."

오늘 네가 아파트 경비원한테 야단맞는 것을 내가 위층에서 다 내려다보고 있었다. 넌 그거 모르지? "근데 넌 왜 그리 경비원에게 절절매고 있었는지 알다가도 모르겠더라.", "네가 그 사람한테 아무 이유 없이 당할 사람도 아니고, 그렇게 당하면서도 한마디 말도 못하고 연신 어르신 미안합니다. 죄송합니다."라며 "굽실거리며 절절매던데, 도대체 무슨 일이냐? 무슨 잘못을 하여 그러고 있었느냐?" 말이다.

실은 내가 산책하러 다녀오는데 똥은 마렵지, 화장실은 없지, 아주 난감하기 이를 데 없더라. 그렇다고 산책길에 오가는 사람도 많은데 길가에 아무 데서나 볼일을 볼 수도 없었다.

시골 같으면 지나가다가 흘깃흘깃 둘러보고는 아무도 없으면, 아무 보리밭 고랑이나, 콩밭이나, 조밭이나, 수수밭이나, 이파리 넓은 담배 밭고랑에 들어가 일을 보면 그만이었다.

아니면 밭이 아니더라도 길가 야산에 우거진 억세 풀 뒤나, 갈참나무 뒤나, 풀 섶에 쪼그리고 앉아서 순식간에 배가 홀쭉 하도록 배설하고 나서, 옆에 뻗어 나있는 칡넝쿨 이파리를, 숯불에 잘 익은 삼겹살을 싸 먹을 때 들깨 이파리 포개듯, 칡잎을 몇 잎 따서 포개어 두어 번 쓱싹 닦고 아무 일도 없었다는 듯이 툴툴 털고 나와, 모르는 척하고 가던 길을 계속 가면 그만이었다.

"물론 때로는 뒤처리를 할 때 칡 이파리가 뚫어져, 가운뎃손가락이 그곳에 닿아서 난감할 때도 있었지만, 도대체 이 도시의 아파트 촌의 산책로는 똥이 마렵던, 오줌이 마렵던, 어떻게 쉽게 해결할 수가 없었다."

이제 생각하니 네가 경비한테 야단맞은 이유를 이제야 알겠다. 내가 변비가 있어 여러 날 똥을 누지 못하다가, 산책하고 돌아오는 도중에 갑자기 똥이 마려워 똥 덩어리가 삐죽삐죽 나오는 것을 억지로 참고, 정신없이 발걸음을 재촉하여 부지런히 집으로 향했다.

거의 도착하여 아파트 입구의 계단을 몇 개 오르자 마치 나를 기다리기라도 했다는 듯이 나를 반기며 화장실 문이 열리었다.

그사이에 똥을 이미 다 누었는지 어떤 젊은 새댁이 아이를 유모차에 하나는 태우고, 하나는 걸리어서 종종걸음으로 나가고 나서

안을 들여다보니 거기에는 아무도 없었다.

다급한 내가 바로 들어갔다. 그런데 똥이 마려워 똥을 누려고 아무리 둘러봐도, 무슨 화장실에 변기가 없었다. '변기 없는 화장실?' 그래서 급하기는 하고, 변비가 있어서 며칠간을 똥을 못 누던 터라 엉덩이를 까 내리고 앉자마자, 그전에 시골 보리밭에서 똥을 누듯, 너를 낳을 때처럼 시원하게 단숨에 해치우고 밑 닦을 칡 이파리를 찾고 있었다.

그 순간 문이 또 열리면서 나이도 제법 오십 대 중반쯤 되어 보이는, 둘째 며느리 나이 정도 들어 보임 직한 중년의 여자가 마트에서 뭘 사 오는지, 꺾어진 대파 이파리가 삐죽이 보이는 물건 담은 봉지를 양손에 들고 들어오려다가, 똥을 누고 있는 나를 보고 화들짝 놀라면서 아파트경비원을 향해 "아저씨~ 아저씨 이리 와 봐요 빨리요! 어떤 할머니가 엘리베이터 안에다 똥을 쌌어요!"라며 고함을 쳤다.

그러자 우락부락하게 생긴 한쪽 다리를 약간 저는 아파트경비가 다가와서는 두 손으로 코를 막고는 "화장실도 아닌데 엘리베이터 안에다 왜 똥을 쌌느냐?"라며 투덜대기 시작했다.

"할머니! 엘리베이터 안에다 똥을 싸면 어떻게 해! 이거 치우려면 죽을 똥을 싸게 생겼네! 아이고 냄새야! 웬 똥을 이렇게 싸기도 많이도 쌌네! 참말로 환장하겠네!"라며 큰 소리로 떠들어 대니까, 주변에 있던 사람들이 전부 모여 "아이고 똥 냄새야 누가 이랬대요?" 하니까 경비가 "이백삼호 할머니가 그랬대요."라며 얼른 치우면 될

것을 무슨 대형 사고라도 난 듯 생난리를 쳤다. 사실은 대형 사고
가 맞기는 하지만 말이다.

경비도 투덜대고만 있을 수도 없는 노릇인가 보더라. 엘리베이터
를 여러 주민이 수시로 타고 오르고 내려야 하는데, 그냥 놔둘 수
도 없는 일이고 엘리베이터의 관할구역 책임자는 오늘 근무 중인
경비라서 경비가 치워야 하니 차마 경비도 못 해먹을 일이더라, 경
비는 오만상을 해서 내가 눈 똥을 치우고 있었다.

그는 많이 해본 솜씨인 듯, 연신 투덜대면서도 아파트 앞 화단에
서 마른 흙을 삽으로 퍼다가, 우선 굵은 똥 덩어리 먼저 인절미에
콩고물 묻히듯 이리저리 데굴데굴 흙을 묻혀서 긁어내고는 다시 한
번 마른 모래로 바닥을 문질러 긁어낸 다음, 물 적신 마대로 여러
번 닦아내고 또 반복해서 마른걸레로 닦아내기는 하였으나, 변비
로 오랫동안 뱃속에서 숙성된 똥 덩어리의 냄새는 더욱더 심하여
쉽게 가시지 않았다.

서너 시간이 지난 지금도 그 냄새가 은은하여 모기약 스프레이
와 주민이 가져다준 방향제를 뿌리는 등 온갖 소동을 벌이면서, 경
비는 아마도 치매 걸린 나를 보고는 뭐라 할 수도 없을 뿐 아니라,
말을 해봤자 통할 것 같지도 않고 아무 소용도 없으니까 네가 오면
화풀이라도 하고, 한편으론 네 어머니가 엘리베이터 안에 싼 똥을
자기가 치우느라고 죽을 똥을 쌌다고 생색내려고 하였을 것이다.

언제나 내가 걱정되는 너는 네가 부재중에 잠깐이라도 내게 무슨
일이라도 생기면 급히 연락 좀 해달라고 정신이 맑은 옆집 경상도

할머니와 짱아 엄마에게 네 전화번호를 알려 주었을 것이다.

경상도 할머니는 내가 사고를 쳤으므로 네 연락처로 "네 어머니가 주민들이 타고 오르내리는 엘리베이터 안에 똥을 쌌다."라고 바로 연락을 했을 것이다.

옆집 경상도 할머니의 가정의 내부 사정이야 자세히 알 수 없지만, 겉으로 보기엔 아주 화목해 보였다. 나이도 내 나이와 같은 잔나비 띠로, 팔십이 다 되어가는 나이임에도 나와는 달리 사고력이나 모든 판단력이 젊은 사람처럼 올바르고, 정정하였다.

그는 젊은 새댁처럼 고운 앞치마를 두르고, 연하의 남편과 같이 먹으려고 맛있는 음식을 만드는 장면을, 복도에 오가며 열린 문으로 자주 눈에 보일 때마다 "저 사람은 저렇게 정정한데 나는 왜 이렇게 정신 줄을 놓고 살아 자식에게 짐이나 되고 왜 이러나!" 하고 정신이 들 때도 가끔은 있으나 대체로 그런 감정은 오래가지 못했다.

암튼 그 노인이 나도 그지없이 부럽기만 했다.

어디 그뿐인가 너처럼 환갑 지난 큰아들이 가족을 지방에 두고 서울에서 회사에 다니느라 자기 어머니 집에 와서 기거하는 주말 부부였다. 주말이나 빨간 글씨의 쉬는 날을 제외하고는 저녁이면 자기 어머니 집에 와서 자고, 아침이면 출근하는 늙은 아들의 뒷바라지로 밥도 해주고, 아들의 옷까지 웬만하면 세탁소 신세를 지지 않고 직접 세탁하여 입혔다. 하얀색 와이셔츠도 깨끗하고 빳빳하게 다림질까지 하여, 새신랑처럼 산뜻한 양복 정장을 매일 입혀 출근시키는 아주 깔끔한 성격의 노인이었다.

그런데 나는 어떤가? 내가 식사할 때 옷에 음식물을 흘리므로 목에 걸고 먹으라고 고운 색 앞치마를 네가 사다 준 적이 있었다. 나는 그 앞치마가 아주 곱고 보기 좋아서, 어느 추운 겨울날 속내의 바람에 고무장갑을 끼고, 그 앞치마를 입고, 김장하다가 나온듯한 차림으로 산책하러 나간 적이 있었다. 너는 기겁을 하여 그 즉시 그 앞치마를 없애 버린 적이 있었지 내가 또 그 앞치마를 입고 밖으로 나다닐까 봐서…

그런데 나는 옆집 할머니와는 달리 네 뒷바라지는 고사하고라도, 겨우 한다는 짓이 여럿이 사용하는 엘리베이터 안에 똥이나 싸면서 말썽을 부리고 있으니 얼마나 한심한 일이냐? 이쯤 되면 점점 심해져서 앞으로는 집 안 구석구석에도 똥을 안 싼다는 보장이 있겠냐?

사람들이 웅성거리는 것을 보고, 그 이유를 알고 난 옆집 경상도 할머니는 네게 전화를 걸어 내가 사고 친 일에 대하여 상세한 이야기를 해주었을 것이다.

"여보세요. 나 옆집 경상도 할맨데 좀 일찍 올 수 있으면 좋겠다. 경비가 내게 찾아와서 느그 어매가 엘리베이터 안에다 똥을 쌌는데 아마 경비가 그 똥을 치우느라고 죽을 똥을 쌌나 보더라!"라고 하면서 지금은 다 치우고 난 뒤이어서 긴급 상황은 아니라고까지 했을 것이다.

그리 알라고 귀뜀해주는 그 소리를 듣고 네가 너무 당황할까 봐, 지금은 똥을 다 치운 상황이라고 다시 한번 안심시키는 배려까지 해주었을 것이다.

그 전화를 받은 너는 적잖이 당황했을 것이 분명하다. 너는 이제 드디어 올 것이 왔구나, 하는 생각에 눈앞이 또 한 번 캄캄했을 것이다. 치매 환자가 흔히 벽에다 똥칠한다는 이야기가 보편적인 이야기이긴 하나, 아직은 당해보지 않아서 이것이 그 초기 단계는 아닌가, 하고 네가 눈앞이 캄캄하여 그 자리에 주저앉았겠지, 그리고 네 머릿속은 걱정거리로 온통 하얗고 뒤숭숭했겠지, 어쨌든 너는 태산같이 걱정을 하며 일이 손에 잡히지 않았을 것이다.

너는 급히 전철에서 내려 역에 매어 놓았던 자전거를 타고 내게로 달려오며, 아까 옆집 경상도 할머니가 전화로 한 말을 듣고 네가 너무 당황해서 얼떨결에 들어 어안이 벙벙했겠지만, 분명한 것은 '엘리베이터 안에 똥을 쌌다'는 것만은 사실이구나! 하고 많은 생각을 하였을 것이다.

드디어 올 것이 왔다고 큰 걱정을 했겠지! 내가 엘리베이터 안에다 똥을 싼 것은 분명하고, 또한 아파트경비는 내가 싼 똥이 냄새가 심하게 나고, 남의 어머니 똥이니까 더욱더 더러워서 그 똥을 치우느라고 "죽을 똥을 쌌다."고 하고, 그러면 내가 싼 똥은 경비가 치웠고, 경비는 내가 싼 똥을 치우느라고 "죽을 똥을 쌌다." 하니, 경비가 싼 똥은 누가 치우지? 그러면 경비가 내 똥을 치운 품앗이로 경비가 싼 똥은 네가 치워야 하는 거 아니냐?

어느덧 너는 현장에 이르렀고, 경비한테 사죄부터 해야 하는 것이 순서였을 것이다.

마침 경비는 네가 올 때를 기다리고 있었다는 듯이, 준엄한 표정으로 옷매무새도 바로 하고 올빼미가 새겨진 모자도 썼다 벗었다가 구겨진 모자챙도 바로잡아 써보고, 거울도 보고, 네가 왔을 때는 너를 똑바로 바라보고 준엄한 표정을 하고 있었을 것이다.

너는 순간적으로 '그렇습니다. 당신은 엘리베이터 안에 우리 어머니가 싼 똥을 치웠으므로 그 공로를 높이 인정하여 당신은 꼭 준엄할 수밖에 없고, 당신은 반드시 준엄해야 할 권리가 있는 사람입니다.'라는 생각으로 너는 꼬랑지를 바싹 내렸겠지!

그리고는 네 나이와 비슷해 보이는 대나무 등방석이 보이는 까만 회전의자에 기대앉은 경비에게 쫓아 들어가 경비원의 손을 덥석 붙잡고 "어르신 정말 죄송합니다. 너무 고생이 많으셨습니다."라며 몇 번이고 머리를 조아렸을 것이다.

그러자 경비는 "똥을 얼마나 마이 쌌는지 말도 몬 해요. 또한 냄새는 어찌나 심하던지!"라며 자리에 일어서서 밖으로 나와 때마침 일 층에 내려와 멈추어있는 몇 시간이 지난 아직도 어머니의 똥냄새가 은은한 짝수 층 엘리베이터 안에까지 직접 들어가서 똥이 놓여 있던 위치며, 똥 덩어리의 크기, 냄새의 농도 등 일일이 지적을 하면서 냄새가 아직도 난다며, 직접 들어와 냄새를 맡아보라고까지 했을 것이다.

마치 강력반장이 현장 답사 차 확인을 나온 경찰서장에게 살인

사건 현장을 설명하듯이 아주 상세하게, 그것도 똥냄새의 중화작용으로 방향제까지 뿌렸다며, 과학적인 방법으로 그 당시 상황을 실감 나게 설명하였을 것이다.

너는 몸 둘 바를 몰라 꼬랑지를 하도 내려, 꼬랑지가 있는지 없는지조차 모를 정도로 꼬리를 바싹 내리고, 그저 죄송하단 말만 되풀이했을 것이다. 그렇다고 해서 이 시점에서 과일이라도 사다 준들, 똥을 치운 직후라서 단맛이 있을 것이며, 속보이게 돈이라도 몇 푼 손에 쥐어 주는 것도 낯간지러울 것이고, 명절을 기다려 그때나 좀 인사를 할 속셈으로 죄송하다며 돌아섰을 것이다.

너는 내가 위층에서 그 광경을 내려다보고 있는지도 모르고, 가까스로 그 현장을 모면하고는 내게로 달려오더라. 나는 태연하게 너를 평상시처럼 아무렇지도 않게 당당하게 대했다. 너는 나를 보고 너무도 어이가 없는지, 나무라지도 못하고 거의 포기한 상태로 "엄니 한 층만 더 올라오면 집인데, 집에 화장실을 놔두고 왜 하필이면 생전 안 타던 여러 사람이 드나드는 엘리베이터 안에다가 똥을 쌌어? 주위 사람 보기 창피해서 살겠어?"라며 너는 이미 나를 포기한 듯 실망 가득한 일그러진 얼굴이었지! 나는 일언지하에 네 말을 가로막았다. "내가 괜히 똥을 싸겠냐? 화장실이냐고 웬 변기도 없는 화장실이 어디 있냐? 어쩌나 당황스러웠던지, 무슨 화장실이 그런지 모르겠더라!"라며 오히려 엘리베이터 내부가 변기 없이 잘못 제작된 화장실처럼 "변기 없는 화장실이 어디 있냐?"라며 오히려 네게 항변을 했다.

　어머니의 병세가 점점 깊어지면서 나는 요즈음 우울증에 시달리고 있다. 자꾸만 온 세상이 다 싫어지고 나 자신에 대한 자신감을 잃어가고, 점점 무기력해지고, 나만 죽으면 모든 것이 다 해결된다는 단순한 생각이 들곤 했다. 이 나이에 무슨 희망 타령이냐고 우습기도 하겠지만 내게 희망이라고는 눈곱만큼도 없어 보였다. 이렇게 사는 것이 내 삶의 전부인가 싶고, 이렇게 살려고 내가 그 고생을 하며 살았나? 싶었다. 내 삶이 너무 무의미하다는 생각에 정말로 살고 싶지 않았다. 죽고 싶은 충동과 힘들다는 생각이 자주 들곤 했다.

　'어머니가 불을 낼지도 모른다.'는 이웃 주민들의 입방아가 귀에 들어갔는지, 집주인이 집이 팔렸다고 비워달라고 했다. 이사를 해야 한다는 생각에 짜증도 났지만, 하는 수 없이 경상도 할머니와 떨어진 인접 동의 높은 층으로 이사를 가야 했다.

　앞뒤가 꽉 막혔던 이층에서, 앞이 탁 트인 인접 동의 십일 층으로 옮기니, 안 보이던 한강도 잘 보이고 막히지 않을 때는 올림픽대로와 강변북로에 시원하게 내달리는 차량도 볼 수 있어서, 오히려 이층에서 살 때보다 어둡고 답답했던 긴 터널 밖으로 빠져나온 듯이 시원한 기분이었다.

　그러나 어머니의 반응이 문제였다.

이리 이사하기 전 어머니를 위해서 삼층 이하인 저층으로 이사를 하려고 여기저기 부동산을 둘러보았지만 사서 들어오는 이의 이사하는 날짜에 맞추다 보니 마음대로 되지 않았다.

혹시 높은 층이라서 어머니가 '무섭다'라거나, 현기증으로 '어지럽다'고 하면 어쩌나 하고 내심 걱정했던 터였으나 그것은 기우에 지나지 않았다. 어머니는 개의치 않았다. 천만다행이었다.

그러나 내가 문제였다. 높은 층 복도식 아파트의 기다란 난간에서 자연스레 아래를 내려다보게 되는데 내가 자살을 할 때 "떨어져 죽는 장소가 어디가 좋을까?" 물색하며 내려다보다가 아파트 내부로 드나드는 출입구가 둥그렇게 시멘트가 깔린 휠체어 진출입로에 떨어지게 되면 수박을 내리쳐 깨트린 것처럼 머리가 깨져서 처참하겠지….

혹여 드나드는 재수 없는 사람 위로 떨어진다면 아무 죄도, 재수도 없는 다른 이에게도 피해를 주는 건 아닐까? 화단의 단풍나무가지 위로 떨어지면 어떨까? '죽는 놈이 죽으려면 아무 데로나 뛰어내려 떨어져 죽으면 그만이지 별것을 다 걱정을 한다.'라는 생각에 피식 웃었다.

그때, 갑자기 현직 시절에 같은 사무실을 사용하던 다른 팀의 형사들 생각이 났다. 고등학교에 다니다가 중퇴한 빈집털이 절도범 공범자 두 명을 검거하여 포승줄로 포박하지 않고, 피의자 두 명을 하나의 수갑에 같이 채워, 현장검증 하느라 피해자의 집을 찾아다니고 있었다.

절도피해 현장의 복도식 높은 아파트의 복도를 걷고 있을 때, 수갑을 한쪽씩같이 찬 두 명의 피의자가 느닷없이 동시에 높은 층 복도의 난간을 뛰어넘어 땅으로 떨어지는 것을 내려다보는 순간, 스카이다이버들이 비행기에서 뛰어내리다가 결정적인 순간에 극적으로 낙하산을 펴서 위기를 모면하는 묘기를 부리는 것처럼, 피의자 두 명은 양팔을 벌리고 수갑을 같이 찬 채로 몸을 날리던 모습이, 마치 숙달된 스카이다이버 모습이었다고 현장검증에 참여했던 직접 목격한 형사들의 진술이었다.

절도 피의자 두 명은 끝내 낙하산을 펴지 못한 채 생을 마감한 것이다.

현장검증 지휘 감독자나 여러명 중 한 명이라도 제대로 된 형사가 있어서, 규정대로 포박하여 동행했다면 그 큰 불행은 막을 수 있었는데도 너무 안이한 생각으로 변수 발생을 예상치 못해 발생한 불행한 사건이 아쉬움으로 남는 대목이다.

나는 어머니와 아파트의 높은 층으로 이사를 온 후로는 복도식 난간에서 아래를 내려다볼 때마다 여러 가지 생각에 젖어있었다.

첫 번째는 수갑을 함께 찬 절도 범인이 뛰어내리는 스카이다이버 모습의 상상, 두 번째는 서장실에서 뛰어내린 은행 강도의 탈출 당시의 상황, 그리고 세 번째는 어머니의 병간호로 힘들어 우울증을 앓고 있는 내가 뛰어내리는 모습과 뛰어내릴 때의 그 기분은 어떤 것일까?

군에서 훈련받을 때 겨우 십일 미터 높이의 모형 비행기에서, 단단한 동아 밧줄과 안전핀에 의해 안전하게 걸려있어 수천 명이 수만 번을 뛰어내리더라도 안전이 보장되는 안전한 시설이었는데도 인간이 가장 고소공포증을 느낀다는 십일 미터의 높이에서 씩씩하게 뛰어내리지 못하고, 주저주저하다가 억지로 뛰어내릴 때의 부끄러운 내 모습으로 봐서는, 과연 이 높은 층에서 뛰어내릴 용기가 있을까 싶지만 못할 것도 없다는 생각이 앞섰다.

뛰어내리면 어떤 기분일까?

아주 오래전 내가 취준생이던 어느 겨울 아침 집안 형의 자취방에서 연탄가스에 중독되어 잠에서 깨어 밖으로 나오다가 정신을 잃고 쓰러지면서, 꽁꽁 언 땅에 머리를 심하게 부딪쳤다. 그때의 '땅'하고 '멍'했던 아찔한 그 기분으로 "이게 마지막이구나!"라는 생각이 들자마자, 다른 생각하기도 전에 바닥에 떨어져 그 충격으로 즉사하고 말겠지, 라며 한참을 내려다보다가 뒤돌아서면서 공연히 높은 층으로 이사를 했나보다고 생각하였다.

나는 요양보호사가 오기 전에 어머니 식사를 마치려고 돼지고기를 잘게 갈아만 든 곤죽을 열심히 어머니에게 숟가락으로 떠먹이고 있다. 거의 한 시간째 아까 떠 넣은 두유를 한입 물고 목구멍으로 삼키는 것을 잃어버리고, 입안에서 두유가 오래되어 순두부처럼 응고되도록 입에 물고 도리질을 하면서 식사를 거부하고 있는 어머니에게 버럭 화를 내었다.

"입을 아 해봐요! 아 해! 먹어야 살지 아무리 건강한 사람도 먹어야 산다고, 안 먹으면 돌아가시는 수밖에 없어요."라며 얼른 먹으라며 밥(밥이라고 해봐야 곤죽 : 밥보다는 질고 죽보다는 된)을 뜬 숟가락으로 노리질하는 어머니의 입으로 가져다 대보지만, 입을 굳게 다물고 숟가락을 피해 머리를 돌리다가 손에든 숟가락을 치자, 숟가락에 있던 곤죽이 흘러서 철 침대에 딸린 간이 밥상과 덮고 있는 이불 위에 질질 흘렀기 때문이다. 병든 어머니에게 음식을 입에 물고 있다고 버럭 화를 내는 일이나, 모시기 힘들다고 어머니와 동반 자살까지 생각하는 자식이 어머니를 모신다는 것이 불효를 자초하는 일임을 왜 모르는 것일까?

입에 물고 있는 상태가 오래되면 될수록 '삼킴 장애'로 인해 삼키는 것을 잃어버리기 때문에 신속히 조치를 해야 한다.

조치라고 해봐야 입에 물고 있는 두유나, 물 등을 삼키기를 기다리던지, 아니면 빈 그릇을 입에 대어주면서 그릇에 뱉게 하던지, 둘 중의 하나다. 이미 삼키는 것은 불가능하고 뱉어내게 하는 일인데, 그 방법도 뱉고 안 뱉고는 어머니 마음에 달렸으므로, 나는 큰 그릇을 가져다가 어머니 입에 대고는 뱉어내라고 통사정을 하다가 안 되니까 그릇이 너무 커서 안 뱉는가 싶어서 좀 작은 그릇을 대고 통사정을 해보지만 모두가 허사였다.

어머니가 화장실에서 나오다가 넘어져 고관절 수술을 하고 십사일 만에 퇴원하면서, 그동안 병원에서 하는 병간호는 집에서 돌보는 것보다 몇 배가 힘이 들었다. 병간호인도 써보았지만, 그것도 돈은 돈대로 들고 내 마음과 몸이 그리 흡족하지 않았다. 어머니를 병간호하는데 시달리다 보니, 힘에 겨워 내가 병이 날 지경이어서 당분간이라도 요양병원에 입원을 시키면 좀 나을까 싶어서 집에서 가까운 요양병원에 입원을 시켰다.

의사는 정신과 의사인지 내과 의사인지 전공과목이 무엇인지도 모를 어수룩한 페이 닥터가 한 명이 있고, 십인 실 병실에는 나이 많은 외국인 병간호인 여자 한 명이 환자 열 명을 돌보고 있었다. 이주일이 지나자 어머니가 음식을 입에 물고만 있어 도저히 먹일 수가 없으니 주사기로 유동식을 넣기 위한 콧줄을 끼워야겠다고 병원에서 연락이 왔다.

"콧줄? 유동식?" 젊고 건강한 교통사고 환자인 경우는 콧줄로 임시 유동식을 공급하다가 건강을 회복하면 콧줄을 빼고 정상적인 식사를 하여 회생 할 수 있겠으나, 어머니의 경우는 한번 콧줄을 끼게 되면 다시 회복하기 어려우므로 그대로 돌아가시겠다 싶었다.

집에서 시간이 오래 걸리더라도 억지로라도 먹이는 수밖에는 달리 방법이 없다는 판단을 한 나머지, 어머니를 퇴원 시켜 집으로 다시 모시고 왔다. 나는 어머니 상태가 점점 안 좋아지고 오랜 세월 동안 시달려 지치게 되자 가족들을 요즘처럼 미워해 본 적이 없었다. 내가 어머니를 모시게 되면서 모두가 남의 일처럼 여기고 있는 것만 같았다. 그 이유를 도무지 알 수가 없었다.

나는 오늘 여러 번이나 벼르고 벼르던 유서를 쓰려고 한다. 유서란 죽음을 준비하는 단계 중 하나인 예비단계에 속한다. 이제까지 인생을 살면서 나처럼 남의 유서를 많이 읽어보고, 뜻 모를 내용을 해석해보고, 죽은 사람 본인의 필적이 맞는지, 그 유서가 죽을 수밖에 없는 상황이었는지 외부세력에 의하여 강압에 못 이겨 항거 불능상태에서 강요에 의해서 쓴 것인지 등을 연구해본 사람도 그리 많지는 않을 것이다.

그런 유서를 그저 남의 일로만 여겼지, 내가 직접 유서를 쓰리라고는 미처 생각 못 했기 때문이다. 유서는 될 수 있으면 안 쓰려고 했다. 왜냐하면, 유서는 자살의 예비단계이자 죽음의 준비행위이기 때문이다. 그러나 유서는 자신이 꼭 죽어야 할 이유, 또는 원인과 동기, 사랑하는 유족에게 보내는 당부의 메시지, 그렇게 하지 않으면 안 될 상황의 변명 등…. 유서를 읽어 보면 원인도 동기도 내용도 사연도 모두 달랐고, 사회적인 지위도 학식도 빈부 차이에 따라 전부 제각각이었다.

모 재벌이나 전직 대통령 그리고 국회의원, 또는 지방 자치단체장 등 남들이 볼 때는 명예도 있고, 돈도 있어 전혀 죽을만한 이유가 없는 사람들로 보이는데도 쉽게도 죽는다. 반면 파렴치 한 죄를 저질러 놓고도 죽을 용기마저도 없어 뻔뻔스럽게 낯짝을 들고 다니며 '똥 묻은 개가 겨 묻은 개 나무란다.'고 오히려 큰소리치고 돌아다니는 낯 두꺼운 정치인들도 있다.

그러나 유서는 자살 사건에서 자신이 죽을 만한 이유를 변명하기 위한 의사표시에 지나지 않지만, 정작 유서로 득을 보는 사람들도 있다. 그들은 변사사건을 수사하는 담당 경찰관들이다. 그들에게는 유서가 불필요한 수사 인력을 낭비하거나 헛고생하지 않게 하는 데 매우 유리하게 작용한다. 뛰어내리거나 목을 매 자살한 사건에서 간혹 유서가 발견되지 않는 경우는 극히 드물기는 하나, 유서 없는 자살 사건에서는 형사들이 애를 먹기 일쑤였다.

왜냐하면 변사사건 발생 시 유서는 수사의 단서가 되기 때문이다. 그래서 변사사건이 발생하면 형사들이 현장에 임장하여 제일 먼저 조치를 취하는 것은 현장 보존이고, 그다음 확인하는 것은 유서나 증거를 찾는 일이다. 물론 아무 데서나 또는 모든 변사사건에서 유서를 찾는 것은 아니다. 더러는 정신질환이나 심한 우울증을 앓고 있던 사람들의 우발적인 자살이나, 뇌경색 뇌졸중 등으로 중풍을 앓고 있던 사람들의 경우에는 수족이 불편하여 자기 손으로 유서를 쓰기가 불가능하기 때문에 간혹 유서가 발견되지 않는 경우도 있다.

자살의 종류도 여러 행태로 나타난다. 목매달아 죽거나, 음독자살하거나, 높은 아파트나 건물 옥상에서 뛰어내리는 추락사 등이 대부분이고, 차 안에서 번개탄이나 연탄가스를 피워놓고 질식사하던지, 고의로 자기의 차를 몰아 물속으로 돌진하거나 옹벽에 고의로 충돌하여 발생하는 교통 사망사고로 간혹 나타나는 자살 사건도 있다.

나는 여러 건의 변사(자살, 타살)사건을 접하면서 '사람이 그렇게 쉽게 죽을 수 있는 것일까?'를 항상 의아하게 생각해왔다. 그러나 내가 막상 유서를 쓰려고 하자 어릴 적에 고생고생하고 자란 나는 더욱더 슬퍼지면서 내 뇌리에 하나 가득 세찬 파도처럼 밀려왔다. 사실 내 가슴속에는 늘 나 자신이 불행하다는 생각으로 가득 차 있었고 나만 죽으면 모든 것이 다 해결될 것이라는 단순한 생각으로 나는 유서를 이렇게 써 내려갔다.

- 유서 -

유서를 쓰려니 제일 먼저 생각나는 것은 자식도 마누라도 아니고, 나 자신이었다. 그동안 무엇 때문에 그렇게 평생을 허둥대며 살아왔는지, 왜 나 자신을 위해서는 돈 쓰는 것에 그렇게 인색했으며 내게는 투자를 안 했는지….

왜 그리 여유도 없이 쫓기듯이 살았는지, 아직도 잊히지 않는 것은 지금은 다 커서 결혼하여 가정을 이루고 자식 낳고 남보란 듯이 잘살고 있지만, 우리 아이가 어릴 적에 생활이 궁핍하여 그 흔한 유치원이나 학원 한번 보내주지 못한 것이 아직도 늘 미안한 마음뿐이다.

내가 그토록 아버지로부터 사랑받고 자라는 것이 소원이었으면서도, 자식에게 한 번이라도 따뜻하게 불러주거나 안아주지 못하고, 늘 불행하게 키운 것이 못내 미안한 마음이 가슴 한구석에 응어리져있다. 사랑도 받아본 사람이 주는 법인데 생전사랑을 받아 보지 못하고 산 때문이었는지도 모른다.

가정형편이 아무리 어려워도 아예 공부를 특출나게 잘했으면 전액 장학금으로 아무 어려움 없이 학교에 다녔겠지만 어정쩡했던 나는 침식제공만 받는 열악한 조건으로 연년생으로 각기 학년이 다른 형제들 집에 가정교사로 들어간 적이 있었다.

그 아이들이 학년이 달라서 따로따로 서로 다른 시간에 가르치어야 하므로 시간과 노력은 두 배로 들어야 했다. 그래도 그것마저도 감지덕지 잘릴까 봐 찍소리도 못하고 열심히 가르쳤다.

고등학생인 나는 한창 먹을 나이였다.

도시 사람들이 길들여진 작은 밥공기에 차려 주는 보리밥은 마음먹고 서너 숟갈 뜨면 없었다.

흔한 말로 뱃속에 거지가 들어있는지 먹어도 배가 고팠다. 아무리 배가 고파도 '밥을 더 달라' 소리는 한 번도 하지 못했고, '밥이 적으면 더 먹어라' 소리도 한 번도 듣지 못했다. 지금도 어쩌다 보리밥을 보면 배고팠던 그때 생각이 절로 났다.

항상 'ㅁ'자형 그 집 대청마루에서는 경쾌하고 신나는 지르박 음악이 흘러나왔고, 지금쯤 무더운 뙤약볕에서 농사일하느라 허리 한번 제대로 펴지 못하고 비지땀을 흘리고 있을 우리 어머니와 연배가 비슷해 보이는 이 집 안주인과 문간방에 세든 해외 출장이 잦은 항공사의 부인은 서로를 비비며 날렵한 스텝으로 신나게 돌아가고 있었다.

이런저런 생각에 힘들었던 어릴 적 추억에서 다시 나를 맴돌게
했다.

시금 병석에 누워있는 어머니도 병들고 난 후 뒤늦게 모셔다가
저리 고생시킬 일이 아니었다. 어머니 모시기를 반대하는 마누라와
싸워 이혼하는 한이 있더라도, 일찌감치 도시로 모시어야 했다. 도
시로 모시어 손발에 흙을 덜 묻히고, 일찌감치 편안하게 살게 해드
렸으면 이런 일도 없었을 것인데, 그러지 못한 것이 가장 아픈 가
슴앓이로 남는다. 안타깝지만 현 상태로서는 해보는 데까지 해보
자는 것뿐이고, 달리 방법이 없어 지금 돌아가신다면 모든 것이 전
부가 내 탓이고 내게는 한으로밖에는 남지 않을 것이다.

보통 사람들은, 자기가 어렸던 어린 시절을 동경하며 어린 시절
로 돌아가고 싶다고, 또는 '십 년만 젊었어도, 아니면 몇 년만이라도
젊은 시절로 돌아갈 수 있다면'이라며 그 시절을 동경하며 아쉬워
들 하고 있다. 하지만, 나는 누가 열 번을 물어도, 아니 백번을 물
어도 젊은 시절이나 어린 시절로 돌아가는 것에 대해 부정적이다.
그 어린 시절에 너무 많은 고생을 하면서 살았기 때문이다. 나의 어
린 시절은 내게는 크나큰 시련이었고 악몽이었다.

그러니 그 악몽 같은 고생을 다시 하기 싫은 나는 어린 시절로
돌아가고 싶지 않다는 것이 나의 지론이었다. 나는 이런저런 생각
으로 지금 죽으면 너무 억울하다는 생각으로 기어이 유서를 마무

리하지 못했다.

아마도 죽기는 싫은 모양이었다.

벌써 여러 날 동안 어머니는 저러고 있다. 화장실 변기 위에…

나는 어머니의 변(똥)에 대한 노이로제에 걸려 있는 관계로, 요양보호사가 오지 않는 토요일부터 아예 어머니 옆에 붙어 있다. 대변을 볼 때가 되었기 때문이다. 지난번 몇 번을 어머니의 대변으로 고생을 하고 나서는 아주 신경이 곤두서있다. 어머니가 아파트 엘리베이터 안에 변을 본 후로는 더욱더 그러했다. 그 뒤로는 경비원을 볼 때마다 늘 미안하여, 사람을 피해 도망가는 오소리처럼 고개를 처박고 땅만 쳐다보며 신속히 경비실 앞을 지나치곤 했다.

한 번씩 어머니가 방바닥에 싼 변을 치우고 나면, 그 냄새가 코에 배어있어 어디를 가든 그 냄새를 잊을 수 없다. 더군다나 변비가 있음으로, 대장 내에서 몇 날 며칠간 발효되어 칡뿌리나 작은 수세미처럼 단단하게 압축되어 발효된 그 지독한 냄새는, 안 맡아본 사람은 가히 짐작하기 어려울 것이다.

우리가 어려서 친구들과 학교를 다녀오다가 인분을 주고 있거나, 인분을 준 지 얼마 되지 않은 고구마밭이나 무밭을 지날 때, 그 지독한 냄새를 피하려고 코를 막고 뛰던지, 숨을 참고 뛰던지, 그 고구마밭을 지나치고 나서야 숨을 헐떡이며 몰아쉬고는 깔깔대던 그 어린 시절에 맡던 그 인분 냄새와도 구별된다.

어머니가 변에 대한 통제력을 잃으면서 엉덩이와 허벅지에 똥 범벅이 되는 것은 물론이고, 오랜만에 보는 변이라 양도 많아, 입었던 기저귀에 차고도 넘쳐 기저귀가 그 하중을 못 이겨 축 늘어지므로, 바짓가랭이 사이로 흘러나온 변이 방바닥이고, 거실이고, 화장실이고, 뚝뚝 떨어진다. 인지력이 없으니 그것도 모르고 똥을 저벅저벅 밟고 왔다 갔다 하므로, 밟은 데를 또 밟아서, 발자국마다 밟은 똥이 묻어, 순식간에 기하급수적으로 온 집안 전체가 똥칠이 된다. 바지 속이 축축하므로 자신도 모르게 바지 속에 손을 넣어, 축축하거나 물컹한 물체가 만져지면서 손에 똥이 묻어 나오는데 물로 손을 씻을 생각은 미처 못 하고, 손에 묻은 똥을 벽이나 옷이나 냉장고 문짝이나 아무 데나 닥치는 대로 문지르게 된다. 이것이 곧 벽에 똥칠한다는 거다. 그러나 그게 다가 아니다.

어머니를 옷을 벗기어 따뜻한 욕조에 담근 다음 비누와 비누 그릇을 가지고 장난치며 놀게 해놓고 방바닥에 떨어진 왕 덩어리를 휴지로 싸서 주워 담고, 물을 축여 세제를 묻힌 걸레로 온 집안 바닥을 몇 번이고 문질러가며 깨끗이 닦아내어도, 어디서 그렇게 냄새가 계속하여 나는지, 나중에는 세제를 재차 사방에 뿌리고, 젖은 걸레로 문질러 닦고, 마른걸레로 닦아내어도 소용이 없어, 냄새를 없애려면 더 독한 락스 세제로 다시 전체를 닦아내어도 냄새는 금방 없어지지 않는다. 언제인가 욕조에서 졸고 있는 것을 발견한 후부터는 똥을 치우는 사이사이 욕조에서 어머니가 잘 놀고 있는지도 자주 확인을 해야 한다.

얼마 전만 해도 어머니의 머리를 감길 때는, 더운물을 받아 몸을 담가놓고 머리를 욕조 밖으로 내밀게 하고 양손으로 욕조의 난간을 잡으라고 하면, 시키는 대로 잘 잡고 목에 힘도 들어가 있어서 머리를 감기기가 수월했었다. 그러나 이제는 그 말도 못 알아들어, 목에 힘도 주지 못하고 난간도 잡지 않아서, 머리에 샴푸질을 할 때 목에 힘이 안 들어가므로 목을 다치지 않도록 주의해야 했다. 얼굴을 씻기고, 양팔과 등 배 다리 발가락까지 거품을 내어 때수건으로 씻기고, 똥이 묻었던 곳은 더욱 깨끗이 닦아야 할 부분인데도, 내 손으로 직접 닦을 수가 없어 어머니보고 직접 닦으라고 하면, 제대로 닦아야 할 곳은 닦지는 않고 엉뚱한 수도꼭지나 욕조 난간이나 벽에 붙은 난방 파이프를 계속 닦으면서 "알았다."라고만 한다.

치매증세가 자꾸만 날로 심해져 간다는 생각에 더욱더 속상해지는 마음이 앞서자, 어머니를 향하여 "그것도 못 닦느냐?"라고 퉁명스럽게 내뱉지만 안쓰러운 마음에 가슴이 짠하다. 수도꼭지를 닦고 있는 거품 수건을 빼앗아 고개를 돌려 다른 곳을 보며, 똥이 질편했던 어머니의 중요한 그곳을 어림잡아 비누 거품으로 깨끗이 닦아내고 물을 뿌려 깨끗이 마무리를 한다. 어머니가 혼자의 힘으로 일어서지 못하므로 팔다리를 걷어붙이고 욕조에 들어가 어머니를 일으켜 세우고 수건을 주며 몸의 물기를 닦으라고 하면, 수건을 받아서 수건걸이 파이프에 걸어놓고는 그냥 서 있다. 혹시 좀 알아듣지나 않을까 싶어 "자식 앞에서 창피하게 옷도 안 입고 그렇게 그냥 서 있냐?"고 일부러 잔소리한다. 하지만 어머니는 멍하니 벽의 타일 개수만 세면서 벽만 바라만 볼 뿐 내 말에는 아랑곳하지 않는다. 할 수 없이 어머니를 부축하여 방으로 와서 의자에 앉혀 놓고, 온몸의 물기를 닦고, 기저귀를 입히고, 바지와 속옷 겉옷을 갈아입혔다. 얼굴에 바르라고 손에다 제비가 입에 물어다 버리는 새끼의 똥만큼 로션을 손바닥에 짜주면서 양손으로 비벼 얼굴에 바르는 것까지 확인해야 했다. 얼굴에 바를 것으로 생각하고 다른 일을 하면 얼굴에 바르지 않고 머리에 바르던지, 아니면 신으라고 준 양말에 닦아버린다. 그러고 나서 머리를 빗기고 손발톱을 깎아주고 양말을 신기면 끝이다.

손발톱은 어머니가 깎을 때는 별문제가 없었으나, 언제부터인가는 손발톱까지 깎아주게 되었다. 처음에는 손발톱을 깎아 주는데 너무 바싹 자르면 아프지나 않을까 싶어 조금씩 여러 번 깎았다. 내 어머니라 할지라도 무좀 걸린 발가락이 물에 퉁퉁 불어있는 두꺼운 발톱을 처음 자를 때와 틀니를 닦을 때는 불결한 생각이 들어 선뜻 내키지 않았다. 그러나 여러 번 반복하다 보니 이제는 아무렇지도 않았다.

어머니가 나를 낳아서 기를 때 내가 싼 똥을 수천 번, 아니 수수만 번이나 치우면서도, 어머니가 지금의 나처럼 유세를 부리고 자식더러 생색을 내며 힘에 겨워했을까? 다시 말해서 내가 어머니에게 하는 것처럼, 자식 놈의 똥이 더럽다고 생난리를 치면서, 비닐장갑을 끼고 어린 자식 놈이 똥 쌌다고 궁 시렁 대며 똥을 치웠을까? 아니다.

　오히려 어머니는 자식 놈이 싼 똥을 보고, 된똥을 보면 즐거워했을 것이다. 건강하다고…. 또한 반대로 푸른색의 묽은 설사를 하면, 그 색깔이나 농도를 보고 크게 걱정했을 것이다. 어디가 아픈 모양이라고…. 소화가 잘 안 되는가보다고…. 혹여 이질은 아닐까 하여 큰 걱정을 했을 것이다. 또는 변비가 걸려 몇 날 며칠을 똥을 못 누면, 아마도 엎어놓고 안타까운 마음으로 손가락으로라도 후벼 파내었을 것이고, 똥에 회충이라도 섞여 나오면 회충약을 먹여가며 길렀을 것이다.

　그렇다면 나는 어머니가 나를 기를 적에 내게 한 것처럼, 지금 어머니에게 그처럼 할 수 있는가? 고작 내가 할 수 있는 것이란, 일주일간 변을 보지 못해 병원에서 주는 변비약도 듣지 않는 상황에서, 어머니가 아무 데나 또 똥을 쌀까 봐 전전긍긍하여, 토요일부터 오늘이 화요일이면 벌써 나흘간을 툭하면 화장실 갈 것을 권유하여, 어머니의 의사에 반해서 수시로 변기에 앉혀 놓는 것이 자식으로서 할 수 있는 일의 전부란 말인가? 어머니도 변의(변을 보고 싶은 느낌)가 있으므로 화장실을 권유하면, 마다하지 않는다. 평소와는 달리 화장실 변기위에 약 삼십 분 이상 쪼그리고 앉아 있으면 다리도 저려서 걸어 나올 때는 비틀거린다. 혹시 저러다 쓰러져 골절상이라도 입게 되는 것은 아닌지 은근히 걱정되기도 했다.

　어머니가 변기에 앉았다가 밖으로 나올 때는, 영락없이 어머니의 어깨 너머로 어릴 때 헛간의 짚동가리 위에서 암탉이 꼬꼬댁거리며 나올 때 알을 낳았는지 아닌지, 닭이 앉았던 자리를 들여다보듯이, 어머니가 대변을 보았는지 여부를 확인하기 위해서 변기로 달려가서 흘끔 쳐다보았다. 그러나 노란 소변만 보이지 굵은 옥수수나 숨을 쉬러 물 밖으로 삐죽 나온 자라머리 같은 똥 덩어리는 보이질 않았다. 다시 말해 대변을 보는 데 실패 한 것이다. 그렇다고 관장을 해본 적도 없으니, 어머니를 관장해 줄 수도 없으나, 만일 관장을 한다고 해도, 잘못하면 온통 똥으로 뒤집어쓰는 등의 변수가 발생할 것이 걱정되었다. 병원으로 모시고 가면 의사가 혹시 해주려나? 싶어서 자주 다니는 내과 의사를 찾아가 간청을 했으나, 그 의사의 표정은 도리질뿐이었다. 하도 답답하여 오히려 설사 나게 하는 약을 처방받아 복용케 하였으나, 그것도 허사였다. 아니면 설사를 나게 하는 약을 장기간 먹으면 한번 쏟고 멈추면 되는데, 필요 이상으로 그 약의 효과가 지속된다면 며칠간을 질질거리고 설사를 할 것이 분명해 보였다. 그리되면 탈진이나 탈수증세로 이어져 병약해지면 그 또한 보통 문제가 아니므로 그리할 수도 없는 노릇이었다. 그렇다고 어머니가 내 어려서 변비를 후벼 파듯 내가 할 수도 없는 일이어서, 정말로 이럴 수도, 저럴 수도 없이, 대책이라고는 단지 변기 위에 앉혀놓고 기다리는 방법이 전부였다.

그래서 토요일과 일요일은 특별한 경우를 제외하고는, 꼬박 어머니 곁에 붙어있으면서 틈만 있으면 "어머니 화장실…" 하면서 화장실을 가라고 성화를 한다. 또 어머니도 산기가 있으면 혹시나 해

방에 가서 들어 눕는 산모처럼, 어머니도 변의가 있음으로 화장실에 잘도 가서 앉기도 한다. 화장실 문을 자바라(주름커튼)식으로 해놓아 그 틈으로 어머니가 앉아있는지 서 있는지 다 보이므로 "엄니 똥 나와?"라고 물으면 "안 나와"라고 대답한다. 나는 실망이 가득한 어투로 "큰일 났네 똥을 눠야 하는데…"라고 걱정을 하면서 화장실 문 앞을 지나치려면 똥냄새가 난다. 그러면 다짜고짜로 "엄니 똥냄새가 나는데 똥이 나오나 부지?" 하면 어머니는 "조금 나오다 들어가구, 조금 나오다 들어 가구 한다."라며 대변보는 일이 쉽지 않은 일임을 적나라하게 표현한다. 정상인 같으면 똥이 나오려 할 때 계속 힘을 주어 강제 배설도 할 수 있겠지만, 그마저도 못하고 그냥 허리춤을 올리고 비틀거리며 나오는 어머니가 몹시도 안쓰러워 보인다.

"엄니 넘어져요, 조심해서 나오세요!"라며 쫓아가서 부축하여 의자로 가서 앉힌다.

벌써 토요일, 일요일, 월요일, 오늘이 화요일 아침인데, 기저귀 갈아입히기 전에 소변볼 때 소변 겸 대변을 볼 줄 알았는데, 화장실에서 나오는 어머니의 어깨너머로 흘깃 훔쳐보았으나, 칡뿌리나, 옥수수 혹은 참았던 숨을 쉬러 물 밖으로 내민 자라머리 같은 똥 덩어리는 여전히 보이지 않았다. 기저귀를 갈아입히면서 보니까 어머니의 아랫배가 불러 보이는 듯도 했다.

변비약도 소용이 없자 나는 궁리 끝에, 내 경험에 비추어 새로운 방법을 시도해보기로 했다. 그전에 내가 변비 걸린 적이 있었는데, 공복에 찬 우유를 두어 잔 마시면 영락없이 대변을 보곤 했기 때문이었다. 그러나 노인인 어머니가 젊은 나처럼 아침 공복에 찬 우유를 일부러 벌컥벌컥 많이 마셔 줄 수가 있을까 하는 것이 문제였다. 그래도 시도해 보기로 했다. 암튼 냉장고를 열어 찬 우유를 꺼내어 큰 잔에 따라서 어머니에게 마시기를 권하니, 얼음장처럼 차다며 조금 마시고는 물려놓으며 속이 쓰리다는 등 엄살을 부렸다. 자꾸만 안 마시려고 이 핑계 저 핑계 대는 것을, 아기 달래듯 하여 간신히 한잔을 전부 마시게 했다. 내 마음 같으면 내킨 김에 한잔을 더 마셨으면 효과가 있을 성싶었으나 더는 방법이 없었다. 그만큼이라도 찬 우유를 마셔 준 것만으로도 만족해야 했다. 대신에 아침식사는 시간을 늦추었다. 그러면서 어머니에게 "배가 아프냐?"고 물었더니, 어머니는 "배가 왜 아프냐?"라고 되물으면서 나를 향해 웃는다. 순간 나도 그렇지 우유 마신 지가 한 시간도 안 됐는데…. 임신한 지 겨우 이삼개월 된 임산부더러 "산기가 오느냐?"고 묻는 것과 다를 바 없다는 생각에, 묻는 내가 잘못이라는 생각이 들어 어머니와 같이 웃고 말았다.

오후 두 시 쯤 되어 어머니는 스스로 화장실에 들어가 변기에 앉더니, 약 한 시간은 족히 지나서 비틀거리며 나오기에, 냄새도 나고 하여 어머니 어깨 너머로 변기를 흘끔 보았더니, 드디어 성공한 것이다. 얼마나 큰 덩어리로 대변을 보았는지, 길쭉한 한 덩어리로 된

굵은 똥이 물속 변기 구멍에 중간쯤 잠기고도 변기 수면 위 겉으로 나온 부분이, 마치 저수지 물속에서 참았던 숨을 쉬러 수면 위로 올라와 내밀고 있는 큰 자라의 머리처럼, 물 밖으로 삐죽 나와 있는 그 부분에서 냄새가 진동했다. 우선 냄새는 고사하고라도 어머니가 볼일을 보았으니 안심이 되었다. 그리고는 잽싸게 변기에 물을 내렸다. 그런데 그때였다.

밑으로 내려가는가 싶더니 변기 속에 있던 '똥' 덩어리는 눈에 보이지는 않았으나, 정화조로 내려가야 할 물이 위로 올라와 변기가 넘치는 것이었다. 아마도 수세미 열매처럼 단단하고 굵은 똥 덩어리가 내려가다가 구멍에 턱 걸려서 파이프가 꽉 막힌 모양이었다. 그전에도 그런 일이 있었을 적에, 웬만큼 막힌 변기를 물만 두서너 번 내리면 뚫려서 내려갔는데, 오늘은 그전과 사뭇 달랐다. 이번에는 영락없이 용코로 걸린 듯싶었다. 물이 내려가지 않으므로 변기 뚫는 압축기로 펌프질을 수없이 하고, 물을 열 번을 넘게 내려도 변기 밖으로 똥물이 넘치기만 할 뿐, 아무 소용 없는 일이었다. 혹시 어머니가 다른 이물질을 나 몰래 변기에 넣은 것은 아닌가? 등 별별 생각이 다 들었다.

어머니가 얼마나 대변을 오랫동안 못 보았으면 똥 덩어리가 칡뿌리처럼 굵고 단단하여, 어머니 말처럼 똥 덩어리 끝부분이 연 삼일간을 '나왔다 들어가고 나왔다 들어가고'를 반복하였으니 어머니는 오죽이나 힘들었을까? 만일 내가 어려서 그 지경이었다면, 어머니는 내게서 들락거리는 그 단단한 칡뿌리 같은 똥 덩어리를 어떤 방법으로든 꺼내 주었을 것이다. 이미 변기에서 똥은 내려가다가 중간에서 막힌 것이고, 변기 손잡이로 물을 내리면 바닥으로 흘러넘치기만 하였다.

이럴 때는 나도 타고난 좋은 머리를 써야 했다. 물을 계속 내리면 물만 바닥으로 흘러넘치기만 할 뿐, 막힌 곳은 요지부동이어서 궁리 끝에 작전을 변경하지 않으면 안 되었다. 시간 끌기 작전이었다.

전력이 약한 축구팀이, 후반 십 여분을 남겨놓고 여러 번이나 꼴대를 맞고 나오는 불운의 전력이 우세한 상대팀의 자살골로 억지로 겨우 한 점으로 이겨놓고, 관객석의 야유와 심판의 경고를 받아가며 공을 밖으로 차내며 시간을 끄는 팀의 전략처럼, 나도 그렇게 시간을 끌기로 했다. 만일 어머니가 이물질을 넣었으면 꽉 막혀서 안 내려 갈 것이고, 그렇다면 변기를 뜯어내는 대공사를 해야 할 것인바, 똥 덩어리가 막혔으면 시간을 끌어서 꽉 막힌 똥 덩어리가 물에 불어 물렁물렁하게 될 때까지 기다려 보자는 공산이었다.

나는 그 상태로 그냥 놔두고 다른 일을 하다가 약 한 시간여가 지난 후에 다시 시도했다. 물이 틈새로 조금씩 빠졌는지, 변기에 가득했던 똥물이 줄어들어 조금뿐이 없었다. 이번에는 변기의 물을 내리지 않고 압력을 가하기 위해 큰 물통으로 많은 양의 물을 받아 한꺼번에 순식간에 부어버렸다. 처음에는 안 내려가는가 싶더니, 두 번째로 물을 채우고는 나팔같이 생긴 압축기를 변기에 넣고 펌프질을 해대자, 그제서야 커얼 컬컬하면서 막혔던 변기가 뚫리는 것이었다. 아주 기분이 상쾌했다. 나는 변기를 뜯어서 대공사를 해야 할지도 모른다는 무거웠던 생각에 기분이 더욱 홀가분하고 상쾌해지는 것이었다. 아마도 딱딱하게 굳어 칡뿌리 같은 단단한 '똥' 덩어리는 내가 한 시간 이상을 시간을 끌며 작전을 변경한 끝에 더 이상 버티지 못하고 물렁물렁해져 시원하게 내려가자 마치 이를 지켜보던 관중들의 우렁찬 함성과 함께 우레와 같은 기립박수를 보내는 것 같았다. 내 작전은 대 성공적이었다. 어머니의 힘든 작업은 이렇게 반복되고 있었다.

어머니는 신발에 너무 집착하였다. 신발을 수건으로 돌돌 말아서 장롱 안이나, 이불속이나, 그때그때 다르지만, 잘도 숨겨놓았다. 지난밤에 신발을 누가 훔쳐 갔다며 신발 단속을 잘해야 한다는 것이다. 처음에는 어머니 신발과 화장실 슬리퍼와 베란다용 슬리퍼만을 숨기었지, 아들 신발이나 남의 신발은 만지지도 않는 등, 참으로 신기한 일이었다. 물론 나중에는 아들 신발도, 어머니를 돌봐주러 온 요양보호사의 신발도 예외는 아니었다.

화장실 슬리퍼를 수건에 싸서 텔레비전 뒤에 감추거나, 내가 작업을 하다가 미처 덮지 못하고 자리를 뜬 노트북의 자판 위에나, 또는 싱크대 위나, 심지어 식탁 위에까지 신발을 수건으로 돌돌 말아 올려놓았다. 아마도 그래야 신발 도둑으로부터 안전하다고 느끼는 모양이었다. 그래도 다행인 것은 아직까지는 냉장고 안에는 신발을 넣지 않는다는 사실이다.

나는 잠시도 한눈팔 시간이 없이, 밖에서 볼일을 끝낸 후에는 서둘러서 집으로 달려와야 했다. 혼자 집에 있는 어머니가 걱정되기 때문이다. 어머니를 여러 번 잃어버렸지만 멀리 떨어진 파출소에서 찾아온 후로는 더욱 그러했다. 잠깐이라도 어머니를 두고 외출하거나 밤에 잠든 사이라도 문을 따고 나가는 것을 방지하기 위하여 최후의 수단으로 차라리 안에서는 열지 못하도록 도어 록의 손잡이를 안에서 잘라버렸다. 그 때문에 그전처럼 내가 잠든 사이에 잠금장치를 돌리고 나갈 수 없게 하였다.

　아파트 현관문을 열고 들어가면, 열 번 중 여덟 번은 어머니가 밖으로 나오려고 현관문 손잡이를 달그락거리다가, 문을 따고 들어가는 나와 마주치는 것이다. 요양보호사가 일을 끝내고 밖으로 난 가스 밸브를 잠그고 나가자마자, 어머니는 신발을 신고 한여름에도 외출 준비로 털모자를 쓰고, 완전무장한 후, 현관문 앞에 나와서 손잡이를 돌리며 밖으로 나오려고 애를 쓰다가, 아들이 문을 열고 들어가면 마주치는 것이다.

　그런 어머니가 안쓰러워 바람을 쐐 준다며, 기껏해야 같이 산책로를 거닐거나 복도식 아파트의 복도의 양쪽 끝을 오가며 걷는 정도를 하게 할 요량으로 "엄마 밖에 나가서 바람 좀 쐬고 올까?" 할라치면 "안 나간다. 금방 나가보니 바람이 많이 불고 춥더라! 그래서 추워서 들어 왔다." 하면서 마치 밖으로 나가지 말라는 자식의 간곡한 부탁을 저버리고 억지로 나가려다 들킨 것이 미안한 마음인 양, 태연하게 이야기를 한다.

처음 보는 사람이 들으면 금방이라도 어머니가 밖에 나갔다가 들어 온 것으로 착각하기에 십상이었다. 그러나 사실은 요양보호사가 퇴근을 하고 나면 계속 밖을 나가려고 문손잡이와 계속해서 씨름하는 것이다. 이럴 때마다 나는 어머니를 가둬놓았다는 죄책감에 시달려 어머니를 똑바로 쳐다볼 수조차 없었다.

과연 어머니를 이렇게 가둬 놓는 것만이 능사란 말인가? 이방법 외에는 달리 방법은 없는 것일까? 나는 숱하게 고민하고 또 고민해 보았다. 그냥 놔두면 어디론가 무작정 가출하여 발길 닿는 데로 정처 없이 돌아다니기 때문에, 누군가가 한사람이 한눈팔지 말고 계속 매달려 있어야 하는데 그것도 쉽지만은 않은 일이었다.

어머니를 감금하는 방법을 가지고도 여러 가지를 생각해야 했다. 잠시 용무가 있어 집을 비우더라도 어머니가 밖으로 못 나가게 하는 방법은 없을까? 고민 끝에 내부의 도어록의 잠금장치를 아예 잘라버려 밖에서 잠그면, 안에서는 손에 안 잡히게 하여 열지 못하게 한 것이다. 기어이 열려면 일자 드라이버나 숟갈총이나 자동차 열쇠 등을 넣어 돌리면 쉽게 열리겠지만, 현재 어머니의 인지력으로는 그것을 열기가 불가능하므로 그런 방법을 택한 것이다. 나로서도 못내 힘들고 죄송스러워 항상 마음이 무거웠다.

자식이라고 하는 놈이, 겨우 어머니를 도시로 모셔다가 감금이나 해놓고 있는 자신에 대하여 늘 어머니께 불효한다는 죄책감에서 벗어낼 수 없었다. 내가 문을 열고 들어서면, 어머니는 문이 왜 안 열리냐고, 그 간 문을 열려고 숱한 고생을 하였다는 듯이 이야기한다. 그러면 달리 변명의 여지가 없어, 문이 고장 났다고 둘러대는 수밖에는 없었다. 그렇다고 시장을 보거나 잠깐이라도 집을 비우지 않을 수도 없는 일이었다.

어머니에 대한 안쓰럽고 죄송한 마음에, 사서 들고 온 간식이나 식자재 등으로 식사를 챙겨드리려고 부지런히 움직였다. 그러다 보면, 어머니는 저녁에 먹어야 할 국 냄비에 물을 가득 붓고, 간을 한다며 소금을 있는 대로 다 부어 버리고, 양념을 한다는 생각으로 세탁기 옆에 있는 세제 가루도 인심 좋게 여러 숟가락 듬뿍 퍼 넣어 음식을 전부 못 먹게 만들어 놓았다. 그리고는 밖으로 잠가놓은 가스 밸브와 연결된 가스레인지 위에 올려놓았다. 밥도 있는 대로 여러 그릇에다 수북수북 퍼서 신발장 안에다 넣어 놓기도 하고, 이불로 덮어 놓기도 하였다. 김치도 꺼내놓아 전부 시어 꼬부라져서 하나도 못 먹게 만들고, 모든 음식을 못 먹고 전부를 버릴 수밖에 없게 해놓는다. 그 순간 나도 모르게 어머니를 감금한 행위에 대한 속죄의 마음과 죄책감은 금방 망각하고, "왜 이렇게 음식을 못 먹게 해놓았느냐?"며 짜증부터 내고 만다. 그러면 어머니는 나름 합리성을 주장하며 맞선다. 주로 항변하는 이유는 "아들 먹으라고 아들 밥을 퍼 놨다."라는 것이다. "나만 먹으면 돼? 배고픈 아들도 먹어야지!"라며, 자기를 가둬 놓은 몹시 나쁜 불효자식 놈을 미워하기는커녕, 나쁜 아들놈이라 할지라도 배곯지 말고 맛나게 많이 먹어야 한다고 했다. 불효막심한 아들놈을 배불리 먹으라고 사랑 가득한 마음으로 밥을 한 사발 꾹꾹 눌러서 퍼 놓고 청양고추를 숭숭 썰어 넣고 맛있는 어머니 표 된장찌개를 끓여 놓는다고 그리하였을 것이다. 이런 어머니에게 더 무슨 이야기가 필요하겠는가?

어머니가 꽃을 보면 좋아할 거라고, 흰 눈처럼 하얗고 자잘한 꽃이, 굵은 대공은 하나인데 잔가지가 수도 없이 많이 벌어져 그 끝으로 탐스럽게 한 다발로 피는 안개꽃다발 같은, 아주 예쁜 꽃 화분을 그녀가 사 왔다. 그 화분은 매일같이 하얗고 예쁜 꽃을, 마치 행사장에 쓰려고 만든 꽃다발처럼 한 아름이나 되는 풍성하고 탐스럽게, 신기할 정도로 많은 꽃을 매일같이 피워냈다. 참으로 보기 좋아, 그 꽃을 보면 꼭 그녀의 심성을 보는듯한 느낌으로 아주 좋았다. 하루는 들어와 보니 어머니가 양지바른 베란다에 앉아 그 하얗고 예쁜 꽃을 하나도 남김없이 전부 따서 신문지를 펴고 예쁘게 널어놓았다. 깜짝 놀라. 이제는 그 예쁜 꽃을 더는 못 보겠구나 싶어 많이도 아쉬웠는데, 다행히도 그 화분은 이틀 뒤에 언제 그랬느냐는 듯이 다시 하얗게 한 다발이나 되는 예쁜 꽃을 또다시 피워놓고 있었다.

"세상에 이런 꽃도 다 있다니!"

그 화분 옆에는 이웃 짱아엄마가 이사를 가면서 주고 간, 또 다른 예쁘고 아주 꽃망울이 작아 앙증맞기도 한 새빨간 아기 장미

화분도 햇빛이 잘 들어 꽃이 많이 피었다. 그 장미는 놓아두고 하 필이면 하얀 꽃만을 따 놓은 것을 보고, 장미는 가시가 있어 꽃을 못 따나보다고 생각했다. 하지만 며칠 후에, 어머니는 어김없이 그 장미꽃도 전부 따서 신문지로 덮어놓는 것으로 보아, 그 장미도 어 머니의 손끝을 피해 갈 수는 없었나보다. 그러나 장미는 꽃망울이 제한적이라서 한번 모조리 따 놓으면 꽃을 다시 보기란 그리 쉽지 않았다.

이미 어머니는 못된 자식 놈이 감금 시켜 놓았기 때문에, 그에 대한 앙갚음으로 그리 나를 여러모로 힘들게 하는지 모를 일이었 다. 왜냐하면 자식이 제일 싫어하는 일만 골라 하기 때문이다. 신 발이나 화장실 슬리퍼를 신고 이 방 저 방 저벅저벅 돌아다니기, 쥐나 뱀이 올라온다며 설거지해놓은 깨끗한 그릇을 전부 꺼내어 하수도 구멍을 막아 다시 설거지를 하게 하기, 더운물을 싱크대에 수시로 틀어놓아 온 집안이 마치 대중탕처럼 수증기로 가득 차게 하기, 국에다가 날계란을 껍질 채 넣고 음식 재료를 이것저것 있는 대로 골고루 집어넣어 소금과 가루세제로 간 맞추기, 밥솥에서 밥 이 끓으면서 '칙칙' 소리 나면 그것이 그리도 궁금한지 버튼을 눌러 밥솥을 열어보고 그대로 두어 밥 설게 하기, 다된 밥솥 열어놓아서 찬밥 만들기 등등이 엄마가 할 수 있는 일은 부지기수로 아주 많기 도 하였다.

내가 어린 시절에는 화장지가 없었다. 자연을 최대한 이용해야 했다. 수풀이 무성한 산속에서 급히 대변을 보고는 여러 겹의 칡 이파리를 따서 뒤처리하다가 힘 들어간 가운뎃손가락으로 칡잎을 뚫었던 아픈 기억이 있을 것이다. 그 때문이었을까? 어머니는 각티슈나 화장지를 보면 아주 귀하다는 생각이 들었는지 엄마의 소변에 젖은 바지 주머니 속에는 차곡차곡 접은 그 귀한 화장지와 꼬깃꼬깃 접은 비닐봉지, 밤톨, 동전, 화투짝, 빨래집게 등 귀하다고 생각되는 보물들이 잔뜩 들어 있었다.

처음에는 뽑아 쓰는 티슈를 평상시나 식사 전후의 입을 닦거나, 노안으로 흐르는 눈물을 닦는 등 어머니가 편하게 사용하도록 식탁에 놓아두었다. 그러나 어머니는 제 용도에 사용하지 않고 단번에 전부를 꺼내어 차곡차곡 접어서 바지 주머니에 넣었다.

처음에 나는 그것도 모르고 어머니의 오줌에 흠씬 젖은 바지를 그냥 세탁한 적이 있었다. 세탁이 끝나고 세탁물을 널려고 꺼내 보니 어머니 옷은 물론이고 내 옷까지 하얗게 풀어진 화장지가 이 옷, 저 옷 유색 옷에 달라붙어 세탁을 다시 해야 하는 등 고생을 한 적이 있었다. 거기서 얻은 교훈으로 요즈음은 세탁하기 전에 잘 뒤지는 편이다.

그래도 오줌에 흠뻑 젖은 어머니의 바지 주머니에 손을 집어넣는 기분은 마치 어린 시절 물새를 잡으려고 직각으로 경사진 언덕에 파놓은 물새 굴에 손을 집어넣었던 기분과 흡사했다.

그때 그 물새 굴에는 물새가 아닌 다른 차디찬 무언가의 기분 나

뻔 촉감의 것이 만져졌다. 분명 뱀의 느낌이었다.

짓궂은 동네 형들이 나를 목마에 태워 높은 언덕에 파놓은 물새 굴에 뱀이 들어 있는 줄도 모르고 손을 집어넣었던 끔찍한 기분처럼 그리 유쾌하지 않았다. 만일 그때 뱀의 입에 물새 새끼가 한입 가득 물려있지 않았더라면 아마도 뱀이 내 손가락을 물고 딸려 나왔을 것이다. 잠시 후 형들이 길 다란 작대기로 그 굴을 쑤셔대자 목이 불룩한 큰 뱀이 흙벽을 타고 느릿느릿 기어 나오고 있었던 끔찍했던 기억이 아직도 생생하다.

오늘도 어머니가 병원에 가야 하는 날이다. 평소와는 달리, 아침에 일찌감치 서둘러 목욕을 시키고 부지런히 준비해야 하기 때문에, 나름 바쁘게 움직여야 한다. 평소에 넉넉한 시간을 두고 해도, 오줌에 젖은 옷과 기저귀를 벗게 하는 일, 목욕을 시키는 일, 새 기저귀와 새 옷으로 갈아입히는 일 등이 순조롭게 이루어지지 않았고, 여러 번 반복적으로 잔소리를 해야 하고 일일이 내 손을 거쳐야 하기 때문이다.

하물며 오늘은 예약된 이른 시간에 도착하려고 일찍 기상 시켜 서두르니 어머니가 당황하여 거부반응이 나오는 것은 너무도 당연한 일이었다.

여느 때와 마찬가지로 어머니를 잠에서 깨우기 위해 방으로 들어가 어머니의 움직임을 살피며, 아직도 먼동이 겨우 틀 무렵 어두운

방에 불을 켜면서 "엄마!" 하고 안방으로 들어가자, 어머니는 째깍 거리며 돌아가는 벽시계에 시선을 고정하고, 꼼짝을 않고 누워서 초침을 하나, 둘, 세고 있었다.

어머니의 시선을 내 몸으로 가로막고 어머니와 눈이 마주쳤을 때, 어머니는 비로소 양손을 머리 위로 쭉 뻗으며 만세를 부르듯 기지개를 켜면서 긴 하품을 하고 반듯하게 돌아누우면서도 나를 아는 척도 하지 않았다.

사물에 대한 별다른 지각이 없는듯했다. 불빛에 보니 어머니의 눈은 충혈되어 있는 것으로 보아 아직도 평소의 기상 시간보다는 두어 시간이 이르다는 것을 말해 주고 있었다. "잘 주무셨어요? 어머니."라며 어머니의 동태를 살피며 "어머니, 오늘 아들하고 병원에 가야지."라고 말을 건네자 어머니는 "병원에?"라고 물으며 병원에는 왜 가는지, 가서 무엇을 하는지, 그 의미조차 염두에 두려 하지 않는 표정이었다.

암튼 어머니의 기상을 재촉하고 있는 사이, 조금 전 어머니 방에 들어오기 전에 욕조에 틀어놓은 수돗물이 쏟아지는 소리에, 그제 서야 나는 욕조의 물이 뜨거울지도 모른다는 생각이 들어, 얼른 욕조가 있는 화장실로 가서 물에 손을 담가보았다.

생각했던 데로 물이 너무 뜨거웠다. 얼른 수도꼭지를 반대로 돌려 찬물을 틀어 놓고 어머니를 채근하러 방으로 들어왔을 때, 어머니는 그대로 누워있었다.

병원의 예약 시간을 맞추기 위해, 다시 어머니를 어르고 달래어 겨우 손을 잡고 욕조로 돌아와서 보니, 이번에는 욕조에 물이 넘치고 있었다. 물에 손을 넣어보니 아까와는 반대로 물의 온도가 너무 낮아, 수도꼭지를 얼른 또 반대로 완전히 돌렸다.

욕조 안의 물속에서 소변을 보는 것을 방지하기 위해서, 우선 변기에 앉혀 소변을 보게 하고, 그사이 나는 얼른 안방으로 돌아와 어머니가 깔고 잔 흠뻑 젖은 신문지의 네 귀퉁이의 꿰맨 실을 가위 끝으로 톡톡 끊어서, 젖은 신문지를 둘둘 말아 버리기 좋게 신발장 위에 얹어놓고 어머니가 앉아있는 화장실로 갔다.

어머니는 그때까지 변기에 앉아있었다. 나는 어머니를 향해, 바쁜데 아직도 왜 그리 오래 앉아 있느냐는 표정을 지으며 "엄니 똥 뉘?"라고 퉁명스럽게 물었다. 엄니는 "아니 오줌 조금만 더 누고."라고 했다. 어머니는 변비가 있어 며칠에 한 번씩 대변을 보는데, 거의 한 시간가량을 앉아있어야 해서, 시간이 늦을 까 봐 은근히 걱정되었다. 그렇다고 중간에 스톱을 시키면 '병원에 가는 도중에 차 안에 일을 보지는 않을까?' 싶어 걱정되어서였다.

엘리베이터 안에도 일을 본 적이 있는데, 그까짓 자식 놈의 차 안에 똥을 누는 일은 이미 식은 죽 먹기 일 것이다. 어머니는 변기에 앉아서 내가 화장실 앞으로 갔다, 방으로 갔다, 들락거리며 분주히 움직이는 모습을 바라보며 자식 놈이 왜 저리 정신없이 왔다 갔다 분주한 걸까? 하고 궁금해하는 듯이 보였다.

어머니가 다니는 대학병원의 중식中式 식당의 점심시간에는 언제나 손님이 긴 줄로 서 있다. 병원의 의사, 간호사, 환자, 면회자, 각종 의료 기구를 납품하는 사람, 나 같은 환자 보호자, 기타 병원 관계자 등, 나는 그 식당에 자주 들리는 편은 아니었으나 가끔 가보면 점심시간은 언제나 붐볐다. 어머니의 식사 시간 또한 길었다. 집에서도 여덟 시 반경에 식사를 시작하면 아홉 시 오십분에도 식사가 끝나지 않았고, 요양보호사가 열 시에 바통을 넘겨받아 식사를 계속하게 하는데, 적어도 열한 시나 열두 시는 되어야 식사를 겨우 마치는 정도이니, 어느 정도 인지 미루어 짐작이 갈 것이다. 그래서 좀처럼 그 식당에 잘 안 가고, 식사 시간이 좀 지났다 싶어도 바로 집으로 직행하여 집에서 편하게 식사를 하는 편이 더 나았다. 그러나 오늘 같은 날처럼, 어쩔 수 없이 그 식당에서 식사할 수밖에 없는 경우가 있었다.

어머니의 정밀검사가 오전부터 오후 늦게까지 계속 이어지거나, 또는 보호자가 두 사람이 필요로 할 때가 있어 어쩔 수 없이 요양보호사를 동행하게 되는데 그때는 모처럼 식사를 한 끼 대접하고 싶어서였다.

그러면 식사 속도가 느린 어머니와 식사를 하는 내내, 자기 차례가 오기를 기다려 길게 줄 서 있는 사람들 쪽으로 나도 모르게 시선이 자꾸만 갔다. 그럴 때마다 나는 식사를 하는 둥 마는 둥 하기가 일쑤였다. 종업원들의 시선 또한 따갑게 느껴졌다. 그러다가 어렵사리 어머니의 식사가 끝나고 일어서기가 무섭게, 식당 종업원은 줄 서 있는 다른 손님을 그 자리에 다시 받기 위해 잽싸게 달려와서 먹은 그릇을 주섬주섬 치워버리고, 언제봐도 정결해 보이는 하얀 식탁보를 원형 테이블에 깔고는, 얼른 손님을 맞이한다.

　나도 어머니가 변기에 앉아있는 동안에, 식당 종업원이 다음 손님을 받기 위해 잽싸게 달려와서 손님이 먹고 일어선 빈 그릇을 주섬주섬 신속히 치우고 식탁 위에 하얀 식탁보를 깔아 깨끗하게 세팅하듯이, 어머니가 어젯밤 깔고 잔 젖은 자리는 잽싸게 치우고, 오늘 밤에 깔고 잘 요 위에다가 잽싸게 새로 신문지를 두껍게 깔고 뽀송뽀송한 체크무늬 새 깔판을 바늘로 네 귀퉁이를 꿰매어 세팅을 하였다.

　'어머니가 똥을 오래 누게 되면 병원 예약 시간이 촉박할 텐데'라고 생각하며, 작업에 사용했던 가위와 실뭉치를 들고 일어서서 화장실을 향해 엄니 "똥 눠?" 하고 다시 물었다. 어머니는 "아니."라며 그제서야 일어서 나오면서 "다리가 왜 이리 아프냐?"고 했다.

　당연했다. 변기에 그리도 오래 앉아있었으니 다리에 피가 안 통해서 다리가 저리지, 왜 안 저릴까, 젊은이들도 변기에 오래 앉아있으면 다리가 저린데, 하물며 어머니는 노인인데 라고 생각하며 어머니가 일어선 변기통을 흘끔 보았다. 똥을 눈 것은 아니었다.

　노란 오줌뿐이었다. "엄니 물 내려야지!"라고 말한 후에야, 비로소 이제는 어머니가 용변 후에 변기의 물을 내리는 것마저도 할 줄 모른다는 것을 겨우 생각해냈다. 나는 잽싸게 손잡이를 눌러 변기의 물을 내렸다.

이제부터 어머니와 실랑이를 버릴 일만 남았다. "엄니 바지 벗어요! 목욕하게." 어머니는 안 벗는다고 했다. 그냥 나는 다급한 맘에, 어머니가 안 벗는다며 잔뜩 움켜쥐고 있는 바지를 아래로 내렸다. 그리고는 바지를 겨우 벗기어 오줌으로 흠씬 젖은 바지 주머니를 뒤져 화장지 조각이나 동전 등 주머니에 들어 있는 여러 가지 보물들을 제거한 후, 세탁기에 집어넣었다. 다음은 기저귀를 벗겨야 하는데 기저귀를 안 벗으려고 양손으로 또 잔뜩 움켜쥐고는 놓지를 않는다. "이 일을 어쩌지?"라며 잠시 고민하다가, 식당에서 손 씻으라고 주는 돌돌 말린 물티슈처럼 동그랗게 말린, 어머니가 움켜쥐고 있던 기저귀 옆구리 부분을 가위로 톡 하고 잘라냈더니, 그제 서야 기저귀가 힘을 받지 못하고 힘없이 흘러내렸다. 어머니는 끝까지 쥐고 있던 기저귀가 힘을 받지 못하자 그제서야 더는 다른 재간이 없음을 알고 할 수 없다는 듯이, 하중을 못이길 만큼의 오줌에 젖은 무거운 기저귀를 내게 벗어 건네주었다.

더운물의 욕조로 들어가지 않으려는 어머니를 어린애 달래듯 "아이고 우리엄니 착하게 잘 들어가네! 깨끗하게 목욕 시켜 드릴게요."라며 속은 터지나 마음에도 없는 칭찬으로 달래고 달래었다. 기어이 따뜻한 물을 가득 받아놓은 욕조로 들여보내는데 겨우 성공했다.

어머니는 욕조에 들어가 앉아있으면서도 "물이 뜨겁다."라며 자꾸만 엄살을 부리었다. 욕조에 들여보내는 데 성공한 나는 안심이 되어, 플라스틱 바가지로 따뜻한 물을 퍼서 어머니 어깨 및 등짝에다가 좍좍 부어드리면 그제야 어머니는 언제나 그러하듯 "시원하다." 라며 좋아했다. 한겨울이라서 체온이 떨어지는 것을 방지하기 위해, 아까처럼 욕조에 있는 물을 바가지로 수시로 퍼서 어머니 등에 부어주고는, 수도꼭지를 돌려 욕조의 더운물의 온도가 은근히 유지되게 계속 틀어 보충했다.

머리를 먼저 감기고, 세수를 시키고, 겨드랑이 쪽으로 가죽만 남아서 늘어지는 연약한 양쪽 팔을 거품 낸 수건으로 깨끗하게 씻겼다.

욕조의 물을 빼가면서, 서서히 들어서 나는 등과 팔다리 부분은 내가 씻겨주지만, 늘어진 젖가슴과 중요한 부분은 아직도 내가 씻기지 못하고 온갖 잔소리를 해가며, 될 수 있는 한 어머니가 직접 닦게 하려고 잔소리를 하지만 내 마음대로 되지 않아 언제부터인가 그곳도 강산을 보며 불편한 자세로 내가 닦아 드리고 있다.

어느 날 나와 비슷한 처지에서 어머니를 모시던 친구가 기어이 상을 당했다. 서로를 위로하며 어머니를 목욕시키는 것이 제일 힘들다며 하소연하는 내게 "그래도 자네는 행복하다고 생각하게."라고 했다.

"그래도 자네 어머니는 아들을 알아보지 못하니 다행이네." 하였다.

자기 어머니는 우리 어머니와는 달리 몸만 못 움직일 뿐 정신이 말짱해서 "자식을 알아보아 아들이 목욕시키는 것을 무엇보다도 민망해하며 죽기보다 싫어했다."라고 했다. 그 말을 들으니 그나마 감사한 일이라는 생각이 들었다.

이제는 목욕을 시키는 것조차 쉽지가 않았다. 다리(무릎관절)가 아프다며 욕조에서 혼자 일어서질 못하므로 양팔로 뒤에서 안아서 세운 다음, 수건걸이 손잡이를 잡게 하고 다시 샤워기를 틀어 전신을 헹궈내고는, 머리와 온몸의 물기를 닦고 욕조에서 꺼내어 새 기저귀와 세탁된 깨끗하고 뽀송뽀송한 속옷으로 갈아입히고, 얼굴에 로션을 바르게 하고, 머리를 빗기면 목욕 절차는 전부 끝나는 일이다.

이렇게 자기 부모를 목욕시키는 것도 힘이 드는데, 하물며 남의 부모를 목욕을 시키는 요양보호사들이나 방문 목욕을 하는 자원봉사자들은 천사와도 같은 마음을 가진 사람들이라는 생각이 들었다.

7장

엄마의 동생

미국의 L제약회사에서 시행하는 임상시험에 자원한 지 벌써 반
년이 지났다. 이번에는 좀 차도가 있기를 기대했으나 이 역시 별다
른 차도를 보지 못하고 있다.

그 임상시험기관의 절차에 따라 매월 정해진 날에 주사 약물을
투약하고, 두 달에 한 번씩 의사의 정밀검사를 받는 등의 여러 단
계의 복잡다양한 절차로 많은 시간이 걸리기 때문에, 온종일 검사
에 임해야 하므로 아침 일찍부터 분주하게 움직여야 하는 날이다.

오늘도 평소보다 일찍 어머니를 깨워 젖은 기저귀를 벗기면서 욕
조에 온수를 받아 놓았다. 물에 들어가지 않으려는 어머니의 손을
잡고, 직접 내가 다리를 걸어 올리고, 욕조에 들어서서 뜨겁지 않
다는 것을 보여주니 그제서야 겨우 들어서면서 가득 받아놓은 온
수에 겨우 몸을 담근다. 언제나 그러하듯 일단 물에 들어가면 좋

아한다. 욕조에 들어간 어머니는 여느 때처럼, 어느새 욕조 난간을 뽀드득뽀드득 맨손으로 닦고 있다.

오늘따라 샴푸로 감기는 어머니의 머리가 온기라고는 하나도 없었다. 마치 야자수 열매의 속껍데기처럼 단단하고 작게만 느껴졌다.

샴푸 질을 두 번 반복하고, 얼굴을 씻길 때도 목에 힘이 들어가지 않았다. 물 위에 띄운 비누만 가지고 장난을 치거나, 욕조의 난간을 손으로 열심히 문질러 닦기만 하지, 씻기는 데 전혀 협조하지 않았다.

앉은자리에서 머리를 감기고 세수를 시키고, 비누 거품과 때가 둥둥 뜨는 욕조의 가득한 물을 서서히 빠지게 하니 가죽만 남은 어머니의 몸이 점점 드러난다. 더운물을 뿌려가며 물비누로 손가락이 안 보이도록 거품 낸 곱창 때 타월로 등이며 가슴이며 어머니의 몸을 아프지 않게 골고루 가볍게 문질렀다.

아무리 바싹 마른 가벼운 어머니지만, 혼자서는 일어서지 못하는 어머니를 목욕시킨 후 욕조에서 꺼내는 일은 생각처럼 쉽지만은 않았다.

뭐니 뭐니 해도 안전이 우선이므로, 미끄러운 바닥에 같이 넘어지지 않도록 안전에 유의하며 어머니를 아기 달래듯 목욕을 시키고 조심스레 꺼내었다. 좋은 옷은 아니나 언제나 정갈하고 깨끗하게 세탁한 뽀송뽀송한 옷으로 갈아입혔다. 로션도 바르고 머리도 곱게 빗기어 차량 뒷자리에 태우고는 병원으로 향했다.

가끔 룸미러로 어머니를 힐끔힐끔 훔쳐보면, 어머니는 때로는 기분이 매우 좋아 보일 때는 차창을 내다보고 파란차가 어떠니, 빨간 차가 어떠니, 하면서 어린 아이처럼 좋아한다. 숨을 들이마시면서 하나, 둘, 셋… 하면서 계속 지나가는 차의 숫자를 세면서 좋아할 때도 있으나, 어떤 때는 멀미를 하는지 속이 메스껍다며 토할 때도 있었다.

메스껍다고 하면 관광차 가이드처럼 길가에 차를 세우고 미리 준비한 비닐봉지를 신속히 꺼내어 토하게 해야 하므로, 자주 룸미러로 뒷좌석의 어머니를 관찰해야 한다.

어머니가 기분이 좋으면 나도 덩달아 기분이 좋아서 "엄니 지금 어디 가시는 거야?"라고 물으면 지나가는 차량을 세다 말고 "글쎄 어디 간다고 나왔지? 장에 간다고 나왔나?" 하고는 룸미러에 비친 나의 수심 가득한 눈을 보고 활짝 웃는다.

병원에 간다고 며칠 전부터 이야기하고 "병원에 가는 길이니 잊어버리지 말고 의사나 간호사가 물으면 잘 기억해 놓았다가 묻는 말에 대답을 잘하라."라고 조금 전에도 신신당부를 하였건만, 그런 아들의 기대와는 상관없이 어머니는 "알았어!" 하고는 이내 관심 밖이었다. 금방 물어봐도 금방 잊어버리는 것이었다.

출근 시간이 지났는데도 계속 긴 줄로 늘어선 차량이 고가에서 내려와 합류하는 병목 지점에 많이 밀린 차량으로 인해 더욱 정체가 심했다. 차가 정차하고 있자 "아! 이놈의 차들이 왜 이렇게 안 가지?" 하면서 차가 막히는 것에 잠깐 관심을 보이고는 이내 차창 밖의 차량을 하나, 둘, 셋… 하며 반대편 차선으로 지나가는 차량을 세기에 몰두한다.

그럭저럭하다 보니 어느덧 병원에 이르렀다. 병원에 도착하여 여러 절차에 따라 인지검사를 마치고 순서를 기다려 담당 의사의 진찰실로 어머니와 같이 들어갔다.

내가 믿음이 간다고 극찬을 하던 산신령처럼 생긴 백발 노장의 치매 전문 권위자인 나이 많은 의사는 처음 초진만을 하고, 그 후로는 얼굴도 한번 못 보고 다른 젊은 여의사로부터 계속 진료를 받아오고 있다.

"어서 오세요. 할머니 잘 지내셨어요?"라고 하면서 약 삼십 대 초반의 젊디젊은 요즈음의 유행인 브이 라인의 계란형 얼굴을 한 예쁜 여의사가 인사를 건네자, 어머니는 웃는 얼굴로 "야! 잘 있어유!"라고 대답했다. 어머니는 의사를 마주 보고 의자에 앉았고, 나는 여의사가 뚫어지게 들여다보고 있는 컴퓨터의 큼지막한 두 개의 모니터 뒤에 숨다시피 하며, 마치 형사 앞에서 대질 조사를 받는 피의자의 자세처럼 양손을 무릎 사이에 모으고 공손한 자세로 어머니의 왼편에 나란히 의자에 앉았다.

의사는 이런저런 이야기를 물어 문진하며 어머니의 인지검사에 들어갔다. 의사는 어머니더러 "할머니! 저를 따라해 보세요!"라며 틀에 박힌 문장을 그대로 따라 해보라며 '말 따라 하기'를 주문했으나, 어머니는 그전엔 잘도 따라 했는데 이제는 아예 묵묵부답이다.

연거푸 두 번에 걸친 문진을 하던 의사는 어머니가 대답을 전혀 못 하고 빙그레 웃기만 하자, 나란히 앉아있는 옆의 나를 가리키며

"할머니! 옆에 앉아있는 이분은 누구세요?"라고 물었다. 어머니는 왼쪽으로 고개를 돌려 나를 한참 쳐다보더니 "내 동상!"이라고, 남이 보면 진짜로 어머니 동생인 것처럼 천연덕스럽게 대답을 한다.

이미 모자지간이라는 관계를 알고 있는 의사는 더 이상 묻지 않고, 다음번 예약일과 먹어도 낫지도 않는 약을 처방하고는 이내 어머니의 진료를 끝냈다. 아들을 몰라보고 "내 동상!"이라는 소리에 다시 한번 눈앞이 캄캄하고 머릿속이 하얘진 나는, 의사에게 인사도 제대로 못 하고 서둘러 어머니 손을 잡고 진료실을 나왔다. 그날부터 나는 졸지에 '엄마의 동생'이 되고 말았다.

어머니가 이리되기 전 이미 전조 증상이 있었다는 것을 뒤늦게야 알았다. 아버지가 소천하고 난 뒤 처음 맞는 추석 명절에 고향에 내려갔을 때였다.

어머니는 명절 준비를 하나도 해놓지 않았다. 그전 같으면 명절 차례상에는 녹두전을 꼭 올려야 한다며, 굳이 녹두를 맷돌에 둘둘 타서 물에 담가 불려놓고 자식들이 오기를 기다렸다.

어려서부터 입맛에 익숙한 약간 막걸리 냄새가 나는, 살짝 쉰 듯이 달착지근하고 새큼한 맛이 감도는 검은깨가 살짝 뿌려지고 대추 과육과 곶감과 맨드라미 빨간 꽃잎 조각이 드문드문 박힌 막걸리로 만든 어머니 표 '기주 떡'도 미리 쪄서 도시에서 내려온 손주들의 고사리 같은 손에 푸짐하게 한 덩어리씩 들려주었다.

또한 송편도 손이 많이 가니 시장에서 사다가 차례를 지내자고 여러 해 설득해보았지만, 어머니는 절대 듣지 않았다. 정성이 들어가야 한다며, 늦게라도 며느리들이 오기를 기다려 밤이 이슥하도록 직접 송편을 빚어 무겁고도 투박한 떡시루에 쪄내었다.

집 안팎으로 쓸고 닦아 오래된 투박한 박달나무 마룻장이 반들반들 윤이 나도록 닦아놓아야 직성이 풀리는 어머니였다.

심지어는 자식들이 하룻밤 자고 가는데도, 도시 며느리들이 깨끗하게 편히 자고 가라고, 농사일로 그 바쁜 와중에도 언제 하였는지 사람 수대로 베개 껍데기 하며 이불까지도 전부 뜯어 빨아서, 풀 먹인 하얀 소창껍데기를 다림질까지 하여 씌워, 흡사 휴가철의 민박집처럼 방방이 정갈하게 개어 놓는 부지런하고 억척스러운 어머니였다.

그런데 오늘은 그전과 달리 아무것도 해놓지 않았다. 그리고 집 안 구석구석을 아무리 둘러보아도 치우거나 쓸고 닦지 않았다. 집안을 치운 흔적이라고는 전혀 보이지 않았다.

그전 같으면 손주들을 보고 반색을 하고, 안아주고, 쓰다듬고, 귀여워 어쩔 줄 모르던 어머니가 무표정했다. 많이 변했다. 우리 형제들은 우리가 늦게 도착하여 화가 나서 우리 형제들과 며느리들이 늦게 도착하는 버릇을 고치려고 그러는가보다 하며, 죄송한 마음으로 부지런히 쓸고 닦은 후에, 더 늦기 전에 서둘러서 읍내 시장으로 가서 전과 과일 생선 고기 등을 사고, 떡집에 가서 송편을 사고, 구색을 갖추어 모든 명절 음식 준비를 다 해왔다.

좀 뒤늦게 준비는 했지만, 차라리 간단하고 좋았다. 단지 아쉬운 것은, 고소한 기름 냄새를 풍기며 부산한 모습이 없음으로 마치 모조품으로 추석 명절을 준비한 것 같아 좀 어색하기는 하였다. 따라서 형형색색의 송편을 사 왔다고 어머니로부터 한 소리 들을 줄 알았는데, 우리와는 달리 색깔이 예쁘다며 오히려 좋아했다.

그러나 그것뿐이 아니었다. 언제나 명절엔 대목 장사를 해야 하는 애교 많은 막냇동생 내외가 밤이 저물어서 왔는데, 그들이 들어오면서 인사를 하자 "간다더니 왜 돌아왔느냐?"며 시큰둥했다. 그것도 '늦게 내려온다고 서운해서 그러나 보다' 하고 그냥 넘어갔다. 그런 일이 오래 지속하지 않고 어쩌다 순간순간으로 나타났기 때문에, 평소 재치 있는 어머니가 농담으로 하거나 서운해서 그런가 보다 하고 생각했지, 달리 이상하다고 생각지는 못한 것이다.

명절을 마치고 다시 돌아갈 때는, 언제나 직접 농사지은 들기름 병과 고춧가루 등, 하다못해 담장에 열린 애호박까지도 뚝 따서 신문지에 돌돌 말아 짐 보따리 틈바구니에 삐죽 나오도록 넣어주었고, 인삼밭에서 다 캐고 남은 잔뿌리를 일일이 주워 모아 말려서 빻은 인삼가루도 한 봉지씩 넣어주곤 하던 어머니가, 이번엔 아무것도 주지 않았다. 그전에는 형제 중 한 사람 정도는 부모님과 하루 더 있다가 올라오기도 하였지만, 그날따라 공교롭게도 모두 다 올라가게 되었는데 "왜들 다 올라가는 거냐?"라며 나더러 장남인 네가 자고 가야 한다며 한사코 자고 가라는 것이었다. 사실 전에 없는 일이었다. 그전에는 으레 직장생활 때문에 올라가야 하는 줄 알았고 서운해도 기꺼이 보내주었던 어머니였다. 내일이 당직 날이 아니라면 꼭 자고 가고 싶었지만 할 수 없이 매정하게 뿌리치고 올라왔던 그때, 그 상황이 어머니에게 있었던 전조 증상이라는 것을 알아차리지 못한 것이 아직도 마음에 걸렸다.

어제 '자고 가라'는 고향의 어머니의 간곡한 부탁도 매정하게 뿌리치고 전조증상이 있는 어머니를 뒤로 한 채 올라와, 어수선했던 명절을 마치고 드디어 당직 날이라서 출근을 하였다. 고향을 다녀온 형사도, 고향을 가지 못한 형사도 먹고살기 위해 전부 나왔다. 이렇게 명절 연휴에는 평소보다는 사건 발생도 적고 조용하게 넘어가는 경우가 많았다.

형사들은 밤을 하얗게 지새우기를 밥 먹듯이 한다. 아무리 건장한 형사라고 해도 꼬박 밤새워 수사하고 새벽녘이 되면 힘에 겨워 지치기 마련이다. 형사들이 당직하는 날은 순서에 의해 사건을 배당받는다. 그렇게 해서 사건이 많을 때는 몇 건씩을 배당받는데, 흔히들 "세 바퀴다, 네 바퀴다."라고 말한다. 이 말은 형사가 하루 당직을 하면서 형사 한 사람당, 사건을 피해자나 피의자의 인원수와 관계없이 순서대로 돌아가며 건(件)별로 세 건씩을, 혹은 네 건씩을 받아서 수사한다는 뜻이다. 그렇게 밤새도록 들어오는 사건을 취급하다 보면 밤을 새우지 않을 방법이 없다.

밤을 꼬박 새워보지 않은 사람은 잠 못 자는, 그 고문 같은 고통을 헤아리지 못한다. 자신을 뼈를 깎고, 살을 에는 아픔으로 자신을 고문하는 것이다. 반면에 범인들은 시간이 가면 갈수록 점점 자신의 인신 구속 여부에만 신경 쓰기 때문에, 밤새워 피곤해하는 형사들과는 달리 새벽이 될수록 신경이 예민해지고 정신이 더욱더 맑아진다. 즉 도망갈 궁리를 한다는 것이다.

수사서류를 철할 때 사용하는 송곳이나 커터칼 등을 사용하고는, 필통에다가 꽂아놓지 말라고 침이 마르도록 틈 있을 때마다 당부하여도 건성으로 듣거나, 서류를 꿰매고는 송곳이나 칼을 그냥 필통에 무심코 꽂아놓는 것이 습관이 되어, 검거된 강도 피의자가 커트 칼을 입속에 넣고 씹어서 자해하거나 졸리는 눈으로 수사를 하는 형사들을 갑자기 송곳으로 찌르려 위협하는 등의 안전사고가 발생하기도 한다. 그뿐만 아니다.

조금만 주의를 기울이면 될 것을 이를 태만히 하여, 수갑을 관심 없이 아무렇게나, 아는 놈 묶듯이 느슨하게 잘못 채우면 수갑에서 손을 빼고 도주할 가능성이 크니 주의하라고, 시간이 날 때마다 교양해도 어렵게 검거한 범인을 단 한 사람의 관리 소홀로 놓치거나, 특히 타 기관에서 인수한 피의자를 놓치고는 그를 검거키 위해서는 경비는 물론이고 인력도 몇 배, 몇십 배로 많은 형사 인력이 소모되므로 다른 많은 형사까지 생고생을 시키는 직원이 있게 마련이다.

형사는 업무 자체가 힘들고 외로운 직업이다. 많은 고생을 해도 알아주는 이는 아무도 없다. "구급 공무원 각자 책임."이라고 형사들이 늘 입버릇처럼 하는 말 그대로다. 형사는 자기가 검거한 피의자나, 타 기관으로부터 인수된 피의자를 자기가 능력껏 매끄럽게 수사를 하여 명쾌하게 처리해야 한다. 여기서 말하는 명쾌한 수사란 듣거나 말하기에는 쉬우나 실천하기에는 그리 쉽지 않은 단어들이다.

특히 형사란 직업은 욕을 안 먹을 수가 없다.

살인이나 강도, 강간, 다액절도 등, 강력 사건을 당한 피해당사자나 그 가족은 범인을 빨리 안 잡아넣는다고 형사를 욕을 하지만, 나름대로 열심히 뛰어서 힘들게 범인을 검거하여 구속을 하면, 구속된 피의자나 그의 부모 형제들은 자기 자식이나 부모 형제가 범죄를 저질러 피해자가 고통받는 것은 아랑곳하지 않고, 오히려 잡아넣었다고 형사들을 원망하고 욕을 한다. 형사는 이래도 욕, 저래도 욕, 양쪽에서 그야말로 구조적으로 욕을 먹게 되어 있다.

오늘은 조용하게 넘어가는가 싶었는데, 형사가 장가를 가려고 맞선 볼 당시에 여자가 "취미가 무엇이냐?"라고 물었다. 그는 거침없이 "나는 취미가 수사입니다."라고 당당히 말한 박 형사가 불심검문으로 가스총을 소지한 불법무기 소지 용의자를 검거하여 당직 반으로 동행했다. 이 용의자는 현직 대통령의 큼지막한 금장 명함을 내보이면서 현직 대통령의 비자금 담당이라며, 풀어달라고 되레 큰소리를 치고 있었다. 그가 소지한 공공칠가방 속에는 가스총 외에 헐지 않은 백만 원권 수표 뭉치가, 흡사 일만 원권 신권 돈뭉치처럼 깔끔하게 번호순서대로 묶인 수표 여섯 다발(한 다발 : 일억 원, 여섯 다발 : 육억 원)과 다액의 지폐뭉치가 있었다. 수표 한 다발이 일억 원이란다. 나는 내 평생 일백만 원짜리 수표가 백 장, 한 묶음이면 일억 원이라는 사실을 처음 알았고, 수표 한 다발을 처음 만져 보았다. 사실 만져보면 뭐 하나 싶었지만, 호기심으로 이럴 때 안 만져보면 언제 만져볼까 싶어 장난삼아 일부러 만져보았다. 그 외에 오만 원권, 돈다발 뭉치와 일만 원권 지폐, 사 오백만 원 등, 다액현금과 거기다가 복권 수백 장, 현직대통령의 금장 명함 다수 등, 여러 가지 수상 한 점이 한두 가지가 아니었다. 돈에 대한 출처를 추궁하자 용의자는 현직 대통령의 비자금 담당이라며 "빨리 풀어주든지 아니면 높은 사람과 면담을 시켜 달라!" 하며 되레 큰소리 치고 있었다.

그날의 당직 반장은 대통령의 비자금 담당이라는 말만을 믿고 지휘계통으로 보고하여 현 정권 실세의 줄에 선 경찰 서장에게 인도되었다. 이층 서장실에는 서장과 형사과장과 그때까지만 해도 자칭 대통령 비자금 담당 등 셋이 있었고, 부속실에는 당직 반장과 담당 형사가 대기하고 있었다. 용의자는 인접 관할의 젊은 여당 출신 국회의원 이름을 대며, 그 사람이 자기에 대해서 잘 알고 있으므로 연락해보면 금방 알 수 있으니 속히 전화 연결하기를 원하였다.

경찰서장은 친절하게도 그 여당 국회의원을 전화로 연결하여 통성명하면서 그를 바꿔 주려고 하자, 용의자는 갑자기 서장실 창틀 밑에 고정으로 설치된 난방용 히터를 밟고, 2층에서 아래층으로 뛰어내려 정문에 근무하는 초병의 눈을 피해 경찰서 뒷마당으로 황급히 도주하였다. 구청과 경찰서의 경계 담장을 뛰어넘어 구청 쪽으로 도주하였고, 2층 서장실에서 뛰어내릴 때 화단의 단풍나무가지를 잡고 뛰어내렸으므로 성인 팔뚝만 한 단풍나무가지가 쭉 찢어졌는데, 아마 지금도 그 나무엔 흔적이 있을 것이다.

경찰서장이 그 여당 국회의원에게 전화하여 현직 대통령의 비자금담당(이하 은행털이 강도범: 박도주)의 이름을 대며 "아는 사람이냐?"라고 묻자 그 국회의원은 무슨 영문인지 모르나 말도 제대로 하지 못하고 우물쭈물하는 사이에, 은행털이 강도범이 자기의 실체가 밝혀질 것이 두려운 나머지 갑자기 창문을 열고 밖으로 뛰어내려 도주한 것이다.

경찰서장은 그 즉시 당직반과 강력반을 동원하여 범인이 버리고 간 가방 속의 수표를 추적하려 하였으나, 시내의 모 은행지점장이 발행한 수표로서, 그 지점에 조회하려 해도 명절 연휴가 유난히도 길어 아무조치도 취할 수가 없었다. 더군다나 경찰서장이 면담 도중 범인이 서장실에서 도주하였으므로, 경찰서 출입 기자들이 냄새를 맡을까 봐 전전긍긍하면서 강력반 형사들만 암암리에 조용히 출동 시켜 현장을 중심으로 주변을 수색하고, 퇴로를 차단하고, 범인을 추적하는 방법 외에는 달리 방법이 없었다. 정확한 사건의 전모를 밝히려면 발행지점에 답사하여 수표가 발행된 경위를 수사해야 하는데, 추석 명절의 긴 연휴가 끝나기를 기다리는 수밖에 달리 방법이 없었다. 경찰서와 그 주변을 돌고 돌면서 수색을 해보았지만, 강도범 '박도주'를 조기 검거하는 데 실패하고 말았다. 밝혀진 박도주의 인적사항을 범인이 도주한 후에야 범죄경력을 조회한 결과 여러 건의 강도 전과자였다.

하루가 지나고 다음 날 오후쯤 꺼졌던 용의자의 핸드폰이 잠시 켜졌다가 다시 꺼진 곳은, 생전 가보지도 들어보지도 못한 부산의 부민동 산 중턱의 동네 한가운데였다. 교활한 은행 강도 '박도주'는 일부러 수사에 혼선을 주기 위해서 도주 즉시 핸드폰의 전원을 끄고, 익일 부산에 도착해서도 아무 연고도 없는 엉뚱한 부산의 부민동으로 가서, 궁금해하는 자기 처와 연락을 주고받느라고 핸드폰을 잠시 열었다가 전원을 또 끈 것이었다. 똥줄이 탄 경찰서장은 즉시 난다 긴다 하는 강력반 형사 두 개 반을 투입하여, 다닥다닥 붙은 부민동의 판잣집은 물론, 그 부근 일대의 숙박업소, 고시원, 원룸, 사찰암자 등을 이 잡듯이 샅샅이 뒤지고 탐문 수사를 하였으나 허탕만 쳤다. 그 이후, 핸드폰이 마지막으로 뜬 데가 용의자가 지나간 행적이므로, 중요한 수사의 단서로서 뒤진 데 또 뒤지는 등, 사오일간 탐문 수사를 하였으나, 아무런 단서도 잡지 못한 채 허탈해할 때쯤 '해운대' 해수욕장 백사장에서 범인의 핸드폰이 다시 뜬 것이다. 우리 수사팀은 그동안 오르내렸던 부민동 일대를 미련 없이 뒤로하고, 즉시 해운대 해수욕장으로 이동했다.

추석 명절이 지나서 날은 서늘해졌다고 하여 해수욕장은 폐쇄되었어도 늦더위로 인해 한낮의 햇살이 아직은 따가웠다. 백사장에는 아직도 많은 인파가 몰려들었다. 밤이면 여기저기서 술 먹고 노래도 부르고, 싸우기도 하고, '피~익 피~익 따다닥 딱딱' 폭죽을 터트리는 사람들도 있었다. 익사할까 봐 백사장을 순찰하는 여름경찰서 경찰관들의 만류에도 아랑곳하지 않고 물속에 뛰어들어 장난치는 젊은이들의 시끌벅적한 소리. 연실 바닷물이 들락거리며 내는 철썩철썩 거리는 파도 소리가 어우러져 바닷가의 낭만은 더 이를 데 없었다. 놀러 온 것이 아닌 형사들은 오로지 범인이 어디에 숨어있는지에만 집중하고 있었다. 솔직히 이 수많은 인파 속에 범인이 자유자재로 활개 치고 다녀도 알 수 없는 노릇이고, 또한 그렇게 하고 있는지도 모를 일이었다.

유난히도 길었던 추석 연휴가 끝나자 경찰서에 남아있는 또 다른 형사팀은 수표발행 지점을 찾아가서 거액의 수표 다발 뭉치에 대해 문의하자, 은행직원들은 깜짝 놀라며 강도당한 수표라는 것이었다. 그 당시 육칠개월 전에 강도를 당했던 지점장은, 그에 대한 문책 인사로 금융감독원에서 교육을 받으며 퇴직 준비를 하고 있었고, 그 당시 상황을 직접 당한 그 지점의 차장은, 우리가 범인을 모두 검거한 것으로 알고, 그 당시를 회상하며 새파랗게 질려 몸서리치고 있었다.

그 당시 박도주 일당에게 털린 은행 관할 경찰서의 그 사건담당 강력반 형사들이 그 지점 은행직원의 연락을 받고 급히 달려왔다. 은행 강도가 발생한 지 거의 육칠개월이 다 되어 가도록 강도의 인적사항조차도 밝혀내지 못하고 있었다. 강탈 당한 수표도 간혹 여기저기서 한두 장씩 나 올 뿐 달리 단서가 없어 답보상태에 있었으므로 영원히 미제사건으로 남을 것으로 판단하고 실의에 빠져 있을 즈음이었다고 했다.

그도 그럴 것이 강도 사건 현장에 있는 호텔의 CCTV가 노후 되어 거기에 찍힌 범인들의 인상착의를 전혀 알아볼 수 없었다. 일부러 심하게 모자이크 처리라도 한 듯이 사람의 형태가 솜방망이처럼 흐릿하여, 겨우 단서라고 하는 것이 무슨 물체가 두세 개가 지나가는 듯한 모습일 뿐, 여자인지 남자인지조차도 분간하기 어려운 상태여서 수사의 단서가 되기란 더욱 어려워 수사에 난항을 겪던 중 그나마 아주 큰 물고기가 그물망에 걸렸다가 어부가 허술하게 간수하여 놓친 큰 물고기처럼, 서장실에서 도망간 강도범의 인적사항을 확인했으므로 미궁에 빠졌던 이 사건에 강도의 전력이 있는 박도주라는 용의자 인적사항이 겨우 처음으로 나온 것이다.

범인이 과연 어떻게 대도시 한복판에 있는 은행을 대낮에 털었을까, 하는 것이 매우 궁금했다. 평소 개인 고객이 은행 돈 좀 빌리려면 이것도 있어야 하고, 저것도 갖추어야 하고, 있어야 할 것이 한둘이 아니었고, 갖춰야 할 것도 한둘이 아니었다. 너무도 까다로워서, 서민들에게는 은행 문턱이 높디높은 곳인데, 이런 은행이 강도들에게 당하는 데는 속수무책이었나 보다.

이번에 서장실 창문을 넘어 도망간 범인 박도주는 은행 강도 주범으로 감방동기생들이 모여 은행을 털기로 마음먹었다. 요즘이야 낮은 저금리 시대가 도래하여 예금유치에 소극적이지만, 그때만 해도 예금을 유치하기 위해 혈안이 되어 있던 터라서 거액을 입금하면 은행에서 큰 고객으로 대우를 해주던 시절이었다.

박도주 일당이 그 범행대상을 물색하던 중, 이번에 당한 도심의 유명한 은행의 그 지점을 범행 대상으로 마음먹은 것이다. 다행히도 도난수표로 지급정지하면 그만인 강탈 당한 수표가 칠억으로, '네가 저지른 일이니 책임지고 해결하라'는 본점의 지시로 아직도 근무 중인 그 지점의 차장에게, 박도주는 잘생긴 외모에 그럴듯하게 차려입고 여러 번에 긍해서 "나는 LA에 사는 한인회장 누구누구의 아들인데 아버지를 통해서 약 삼백팔십억 정도를 예금시켜줄 수 있다."라고 접근하여 여러 날 동안 식사대접을 하는 등, 공을 들여 그 지점의 차장을 포섭하고 그를 통해 지점장을 포섭한 것이다. 지점장은 거액을 유치하게 됐다며, 유능하다는 본인의 능력을 인정받으려고 본 점에 보고하여 본점의 부행장까지 포섭한 이후, 범인들은 범행 장소를 범행하기 쉬운 도시 중심가의 이름 있는 호텔이기는 하나 번화가의 오래된 허름한 S호텔을 범행 장소로 잡은 것이다.

나중에 안 사실이지만 범인들은 새로 지어진 일류호텔은 경비가 삼엄하고, 경비 시스템이 완벽하므로 범행을 하더라도 신형의 CCTV가 설치되어 있어 신원이 쉽게 밝혀져 바로 검거될 우려가 있어 일류 신축호텔을 피해 호텔의 경비가 허술한 오래된 호텔(수사하면서 확인한바 CCTV도 노후 되어 사람 형체를 알아볼 수 없을 정도의 경비 시설이 엉망인)을 미리 파악하여 방을 잡아놓았다.

미리 치밀한 계획을 세워 은행에서 이들이 요구하는 많은 현금과 수표를 준비할 수 있는 이틀간의 시간을 충분히 주고, 은행이 마감될 시간 내를 이용하여 "달러를 현금과 수표로 환전해야 한다."며 "현금과 수표를 포함하여 우선 십억 원을 맞추어오라."고 지점장에게 전화했다. 또한 안심을 시키기 위해서 "큰돈을 운반할 때는 경비를 필히 가스총으로 무장 시켜 조심히 운반하라."는 필요 없는 당부까지 그럴싸하게 하여 지점장과 차장을 안심시켰다.

이틀 후의 그 날은 "LA 한인 회장인 박도주의 아버지가 귀국하여 거하게 식사대접을 할 것이니, 부행장과 지점장은 필히 부부동반으로 부인을 대동하라."고 신신당부하여 아주 큰 대접이나 받는 줄 알고, 그날 그 시간에 맞추어 본점의 부행장 부부와, 강도당한 지점의 지점장 부부와, 그 지점의 차장과, 가스총으로 무장한 그 지점의 경비 등, 도합 여섯 명은 의기양양하게 근엄한 표정으로 백만 원권 수표 일곱 뭉치 칠억 원, 오만 원권 이억 원, 일만 원권 일억 원 등, 도합 십억 원을 범인이 원하는 대로 아주 제대로 맞춰서 단단히 준비했다. 큰돈을 바퀴 달린 커다란 여행용 가방에 넣어 약속한 호텔방문의 초인종을 누를 때, 강도 세 명 중 두 명은 방안에서 전자 충격기와 야구방망이를 들고, 강도 한 명은 밖에서 미리 대기하며 그들이 오기를 기다렸다. 드디어 지점장 일행이 호텔방문을 열고 들어설 때 안에서는 당기고 밖에서는 강제로 밀어 넣고 하여, 소리 지를 새도 없이 순식간에 은행경비를 야구 방망이로 내려치고, 부행장, 지점장 등은 목덜미를 닥치는 대로 전자 충격기로 짖어서 기절 시켜, 미리 준비한 청테이프로 부행장과 지점장의 부인들까지 눈을 가리고 손발을 순식간에 묶어 놓고는, 돈이든 가방과 은행경비가 차고 있던 가스총까지 탈취하여, 떼강도가 유유히 호텔을 빠져나가 도주하였다.

범인들은 과거 경험으로 보아, 백만 원권 수표는 현금화하기가 어려우므로, 현금만 공평하게 분배하고 수표는 욕심 많은 주범 박도주가 떠안고 뿔뿔이 헤어졌다. 박도주는 사고 수표로서 이미 지불 정지 된 수표이므로 현금으로 환전키 어렵다는 사실을 알고 있어, 수표조회가 어려운 휴일 및 야간을 이용하여, 목이 좋아 장사가 잘 되는 복권판매점만 찾아다니며 로또복권, 연금복권, 즉석복권 등을 가리지 않고 닥치는 대로 사면서 백만 원권 수표를 현금으로 환전했다.

백만 원권 수표를 내면 복권 상에게 의심을 받을 수가 있음으로, 일부러 현금과 수표를 빵빵하게 넣은 두꺼운 지갑을 복권 상에게 내보이면서 "요즘 사업도 잘 안 되는데 어젯밤에 꿈을 잘 꾸었으니 복권이나 한번 사볼까?"라며 복권 상에게 접근하여 다량의 복권을 사면, 일백만 원짜리 수표를 환전할 수 있는 잔돈이 있는지를 미리 확인하고 '로또복권, 연금복권, 즉석복권 등을 섞어서 삼사십만 원

어치의 복권을 달라고 했다. 그 나머지는 육칠십만 원은 현금으로
거슬러 받고, 잔돈이 좀 모자란다고 하면 그 잔돈에 맞추어서 다량
의 복권을 산다고 하니, 복권 장사는 한두 장씩을 팔거나 기껏해야
한 사람에게 십만 원 정도를 겨우 파는데, 한꺼번에 삼사십만 원이
치를 파니까, 누이 좋고 매부 좋고, 도랑 치고 가재 잡는다 싶어 좋
아하고 판매한 것이다. 은행 강도가 그렇게 사서 모은 뜯지도 않은
즉석복권 다발, 연금복권 뭉텅이, 로또복권 등 다수가 가방에 있던
이유가 바로 거기 있었다.

또한 도주 당시에 서장실에서 젊은 여당 국회의원을 잘 안다고
하여, 서장이 지면이 있는 그 여당 국회의원과 전화로 연결하여 범
인의 이름 박도주를 대며 "현직 대통령의 비자금 담당을 아느냐?"
라고 하자, 그 국회의원이 차마 말을 못 하고 우물쭈물하고 있었던
타당한 이유가 바로 따로 있었다. 그 국회의원은 대학재학 중에 반
정부시위를 주도하여 파출소에 화염병을 던져 방화하여 국가보안
법위반혐의로, 이 범인 박도주는 강도죄로, 각각 구속되어 형무소
의 같은 감방에서 수감생활을 같이 했던 감방 동기생이었다.

나중에 알고 보니 반정부 시위주동자들이 시대가 바뀌어 국회는
물론이고 장관 또는 정부 요소요소에 요직을 맡고 있거나 감방동
기생이 국회의원이 된 것을 알고는, 위기에 몰리거나 할 때면 잘 아
는 사이라고 둘러대고 그 국회의원의 이름을 팔았다.

안 그래도 강도행각이 들통날까 봐 도망갈 틈을 보고 있었는데,

경찰서장이 현 정부의 실세의 줄에 서 있었으므로, 박도주가 정말로 현직 대통령의 비자금 담당인줄 알고 범인에게 필요 이상으로 친절을 베풀어 그 국회의원과 통화를 하게 하려고 시도를 하고 있었으니, 박도주의 입장에서는 금방이라도 자기 신분이 노출될 것이 두려운 나머지, 순간적으로 반쯤 열린 2층 창문으로 이판사판으로 죽기를 각오하고 뛰어내려 도주한 것이다. 이쯤 됐으면 범인을 잡는 것이 급선무가 아닌가? 어디서부터 어떻게 수사를 해야 할지를 수사 방향을 잡는 데 최선을 다해야 했다.

해운대 해수욕장 일대의 수많은 호텔이며, 콘도며, 심지어 민박집까지, 합치면 이제까지 수사해 오던 언덕배기 부민동의 이름 없는 사찰 주변과는 비교도 안 될 만큼의 수사 범위가 넓어졌다. 그야말로 해운대 해수욕장 백사장의 모래 속에서 잃어버린 금반지나 바늘을 찾으러 온 기분이기도 했다. 참으로 난감하기 이를 데 없었다.

우리 강력반 형사팀은 겨우 확보한 범인 박도주와 그의 부인, 그리고 어린 쌍둥이 딸아이 두 명 등, 네 명의 사진을 한 장의 복사지에 컬러로 나름 선명하게 인쇄하여 곳곳에 붙이고, 뒤늦게 휴가를 즐기러 온 사람들이나 놀러 온 이들에게, 또는 호텔의 종사자들에게 일일이 전단지를 나누어주며 "이런 사람을 본 적이 있느냐? 그냥 버리지 말고 자세히 보고, 포상금이 있으니 보게 되면 꼭 신고해 달라." 하고 신신당부를 했다.

물론 이번 명절에 고향을 갔을 때 "부디 자고 가라."라며 치매의 전조증상을 보이던 어머니를 잃어버리기 전이었지만, 마치 집을 나가 잃어버린 어머니를 찾을 때처럼 간절하게 부탁도 하고, 별의별 수단을 다 동원하여 최선을 다하고 있었다.

또한 경찰서장이 자기 집무실에서 놓친 범인이므로, 기자들이나 상부에서 눈치를 챌까 봐 쉬쉬하면서 공개 수사도 못하고, 내부적으로 현상금까지 내거는 등 별짓을 다 해가며 전단지를 돌려보지만, 바닷가 백사장에 주로 쌍쌍이 놀러 온 사람들은 관심조차 보이지 않는 사람들이 대부분이었다. 형사라며 수배 전단지를 나누어 주자 상세히 들여다보는 사람도 있었으나, 받으려 들지도 않는 사람들도 있었고, 받아서 몇 발짝 가다가 그냥 땅에 버리거나 꾸깃꾸깃 꾸겨서 손에 쥐고 가는 사람들이 대부분이었다.

수사방향을 이곳 해운대로 옮긴지 약 일주일이 지날 무렵, 형사들 전부가 지쳐서 기진맥진 해 있을 때, 때마침 태풍이 세차게 몰아쳐서 바닷물이 온통 뒤집어졌다. 지금은 전부 강제 수용되어 없어지고 초 고층건물이 들어섰지만 우리가 숙소로 묶었던 그 유명한 콘도의 지하 술집과 슬롯머신 장까지 바닷물이 가득차서 양수기로 퍼내는 상황으로 하루가 별다른 수사의 진전이나 성과도 없이 또 날이 저물었다. 인적도 드물고 돌아다닐 때도 만만치 않을 뿐, 야간에는 더욱더 뒤져 볼 곳도 없었다.

컴컴한 백사장에 바람이 심하게 불고 파도가 높아 그 많던 인적도 드물어, 모처럼 형사들이 방안에서 카드놀이 등을 하며 놀고 있을 때, 형사들의 사기도 올려줄 겸 카드놀이를 좋아하지 않는 형사 한 사람과 헛일 삼아 횟감을 구하러 바닷가로 나왔으나, 그 많던 회를 파는 난전도 태풍으로 파라솔과 천막을 바람에 날아가지 않게 단단히 묶어놓고 들어가, 상인들의 인적이라곤 찾아볼 수가 없었다.

바로 그때 어떤 나이 많은 아주머니가 바람에 날아갈까 봐 미흡했던 파라솔을 점검하러 일부러 나온 듯, 캄캄한 밤에 허리를 굽혀 일을 하고 있었다. 나는 그를 보고 헛일 삼아 "할머니! 혹시 팔다 남은 횟감이라도 있나요?"라고 물어보았다. 물어보면서도 '이렇게 태풍이 부는데 횟감이 어디 있노? 이런 정신 나간 사람 보았나?'라며 아무래도 무뚝뚝한 경상도 노인네로부터 핀잔이라도 한마디 들을 것만 같았다.

그런데 '지성이면 감천이라 했나!' 아주 뜻밖에 그 할머니는 허리를 구부린 채로 나를 올려다보더니 "혼자서는 몬 먹는다!"라며 엎드려서 하던 일을 계속하고 있었다. 고기가 있기는 있다는 이야기였다. 나는 다시 물었다. 친숙함을 더하기 위해 잘하지는 못하는 서투른 바닷가 사람들의 억양으로 "할매~ 있긴 있능교?" 했더니, 아주 큰 고기가 있으니 여러 명이 먹으려면 몰라도 있기는 있다는 이야기였다. 내가 고기를 보자고 재촉하였더니, 굵고 검은 고무줄로 꽁꽁 묶어놓은 고무 함지를 열어 보여주었다. 정말로 엄청나게 큰 농어가, 그것도 수족관도 아니고 큰 고무 함지에 딱 한 마리가 고기가 커서 휘어져 있었다.

그런데 이 고기는 오늘 아침 배로 잡아 온 자연산이고, 크기도 엄청나게 큰 농어라서 비싼 값에 팔려고 손님을 기다리다가, 너무 커서 임자가 없어 못 팔고 있었는데, 태풍이 오래 지속되면 고기가 죽을 것도 같고, 만일 농어가 죽으면 원가는 고사하고라도 단돈 몇 푼조차도 못 받을 것 같아서 걱정되었던 터라, 태풍도 불고하니 적당한 금액에 팔아야겠다고 판단을 하였는지, 회를 떠 주는 조건으로 십만 원을 달라고 했다. 그야말로 엄청나게 가격이 싸다는 것을 아는 나는 찍소리 안 하고 그의 제안대로 돈을 주고 그 즉시 사버렸다. 참으로 기적 같은 일이 아닐 수 없었다.

이 정도의 양이면 횟집에서는 몇십 만 원은 족히 나오고도 남을 것이라는 생각에 아주 흡족한 마음이었다.

사실 이제 말이지만 나는 바다를 좋아하여 이곳에 가끔 휴가차 놀러 왔으므로, 횟감에 대하여 꽤나 알고 있는 편이었다. 바닷가에서 자란 사람들은 회를 큼직큼직하게 썰어서 마늘과 청양고추를 다져서 섞은 된장에 듬뿍 찍어 한입 가득 먹는 것을 좋아하는가 하면, 나는 육지에서 자라서인지 큰 고기도 얇게 썰어서 소주 한잔 마시고, 겨자를 진하게 탄 간장에 듬뿍 찍어 코끝이 찡하도록 먹어야 제맛이 났다.

역시 횟감은 어종불문하고 생선이 굵어야 회 맛이 구수하며 깊은 맛이 있고, 특히 자연산 농어는 구수하면서도 단맛이 도는 아주 좋은 횟감임에는 틀림이 없었다. 이 정도의 분량이면 아직은 검거하지 못했으나 일주일이 넘도록 서장이 놓친 범인 검거를 위해서 고생하는 먹성 좋은 형사들 여러 명에게 먹이기에는 넉넉한 분량이었다. 태풍이 몰아칠 때 일부러 놀러 온 것은 아니지만, 형사들에게 바닷가에서 이런 좋은 기회를 맞는다는 것은 신의 축복이 아니고는 절대 있을 수 없는 기적 같은 일로서, 아직도 기억에 남을 정도로 정말로 맛나게 먹었다.

다음날 날이 밝자 밤새 몰아치던 태풍이 그치고, 언제 그랬느냐는 듯이 태양이 뜨겁게 내리쬐고 있었다. 우리 일행이 묵고 있는 콘도 지하실 앞은, 모래를 담은 국방색 마대들이 즐비한 채 지하실에서 어제부터 아직도 양수기로 물을 계속 퍼내는 것을 보아, 어제의 태풍이 어떠했는지 그 위력을 가히 짐작할 수 있었다.

암튼 우리는 끈질긴 근성으로 발로 뛰어야 먹고사는 형사들이므로 다시 뛰기 시작했다. 언제나 그러하듯 수사에 쉬운 일은 하나도 없었다. 해운대는 바닷가 유원지라서 여행객들이 슬리퍼를 신고 편안한 자유복 차림이나 심지어는 비키니 차림으로도 호텔이나 콘도 등을 마구 드나들어도 개의치 않았다.

따라서 형사들이 큰 불편 없이 드나들며 수사를 할 수 있었던 것도 다행이었다. 아무리 바닷가 유원지라고는 하지만, 비 온 후라 습도가 높고 날씨도 후덥지근하고, 수사의 진전도 없어 짜증이 났다, 윗사람들은 자기들 방에서 범인을 놓쳤으므로 상급 관청이나 기자들이 냄새를 맡을까 봐 쉬쉬하며 보안유지에 전전긍긍하고 있었다.

빨리 검거치 않으면 보안 유지도 어려워 서장의 문책도 예상될 뿐 아니라, 형사 여러 명이 여러 날 투입되어 수사하고 있음으로 수사비가 너무 많이 지출된다며 빨리 잡으라는 것이다.

직원들에게 이 같은 상부의 입장을 알리고 독려하였으나, 집을 떠나 온 지도 오래된 가정이 있는 형사들도 지칠 대로 지쳐서 한마디씩 했다. "뭐 누가 일부러 안 잡나? 자기들이 와서 한번 잡아보라지!"라며 볼멘소리로 투덜댔다. 콘도 앞의 콩나물 해장국집에서 간단한 점심이라도 하려고 들어설 때, 뒷주머니에 진동이 울리는 전화가 왔다. 그런데 깜짝 놀랄 제보가 들어 온 것이다. 우리가 뿌린 전단지를 보고 전화를 했다는 것이다.

해수욕장의 백사장에 인접한 제일 크고 좋은 호텔 1734호에 범인 박도주가 투숙하고 있다는 제보였다. 그 당시 범인 박도주 부부와 어린 딸 쌍둥이가 한 달이 넘도록 이 호텔에 묵으며 바닷가에서 여름을 보낸 탓에, 어린 여자아이들의 얼굴이 햇빛에 새까맣게 그을려서 마치 흑인 아이들 같았고, 애 엄마가 아이들에게 뽀글뽀글하게 파마해주어 영락없는 흑인 아이들 같아서 우리가 배포한 수배 전단지를 보고 금방 알아볼 수 있었다는 호텔종업원의 진술이었다. 그 사실을 지배인에게 보고하여 의논까지 하고 나서 신고를 한 것이고 "이 사건에 걸린 수배자 신고 현상금을 주는 것이 사실이냐?"라고 까지 묻는 것이었다. 범인 박도주의 거처가 틀림없었다.

이 강도범인 박도주는 우리나라에서 가장 유명한 해운대 해수욕장에서 여름 휴가철 가장 성수기에, 그것도 백사장에 인접한 일류 호텔의 가장 비싼 방에서 묵었다.

언제봐도 아름다운 시퍼런 해운대 앞바다를 한눈에 내려다 볼 수 있는, 바닷가 쪽의 조망이 가장 좋은 고급스러운 객실에 투숙하며, 가장 비싼 양식을 위주로 하는 일류 뷔페식당에서, 은행 강도짓으로 강탈한 그 돈으로 재벌처럼 온 가족이 호의호식하는, 풍족하고 호화로운 생활을 하고 있다는 것이다.

우리는 바로 작전을 짜서 객실로 진입하여 객실에 있는 범인을 검거키로 했다. 그러나 객실에서 밖을 내다보고 문을 열어주지 않으면 진입조차 어려워 검거에 실패하거나, 또는 뛰어내려 추락사하는 등의 여러 가지 변수를 고려하여 미리 치밀한 검거 작전을 세우지 않으면 안 되었다. 이제까지 열심히 수사를 해왔는데 검거 작전을 어설프게 하여, 범인이 뛰어내려 사망에 이르거나 도주하여 검거치 못하면 이제까지 고생한 것이 보람도 없이 모든 것이 물거품이 되기 때문이었다. 우리는 우선 호텔관계자에게 이 사건은 은행을 턴 흉악한 떼강도범임으로 반드시 검거해야 한다는 현재의 절박한 수사 상황을 간략히 설명하고, 검거하는 데 적극적으로 협조해 달라고 당부했다. 호텔 측에서도 형사들이 장기간 머물면서 수사하던 상황을 익히 잘 알고 있었으므로, 흉악범인 은행 강도를 검거한다고 하니 매우 협조적이었다. 끝으로 지배인은 신고한 직원에게 포상금을 준다는 것이 사실이냐고 다시 물으며 내게 다짐까지 받아냈다.

호텔에 묵고 있는 박도주의 현 상황에 대해서 객실 담당 직원에게 알아본바, 때마침 강탈한 수표를 환전하기가 점점 어려워서인지는 모르겠으나 객실료 및 식대가 어제부터 밀려서, 어제 전화로 독촉을 했다는 것이다.

그러나 내 판단으로는 범인이 수표가 들어 있는 가방을 놓고 도주하였으므로 몸에 소지한 수표가 다 떨어져 그러할 것으로 판단되었다. 지금은 여름 성수기라서 단 하루라도 숙박비나 식대가 밀리면 독촉하여 가차 없이 퇴실 조치하는 것이 호텔의 입장이라고 했다.

우리 형사팀은 신중하게 행동해야 했다. 이 범인의 일당은 강도범들로서 전자충격기와 야구방망이, 흉기, 가스총 등을 사용할 것에 대비하여 나는 총기까지도 준비했다. 검거과정에서 박도주가 창문으로 뛰어내리는 등의 변수에 대비하여 객실로 들이닥치면서 바닷가 창문 쪽을 형사가 가로막아 범인의 추락사를 방지하는 계획까지도 세웠다.

그리고 자해방지를 위해 신속히 제압하여 수갑을 뒤로 지르는 일, 또는 여의치 않아서 밖으로 도주할 것에 대비하여 비상구 계단에도 적의하게 형사를 배치하는 등, 치밀한 작전까지 완벽하게 세워 놓았다.

호텔 객실 통로에 근무하는 종업원들이 전부 밝은 팥죽색에 소매와 목 부위에 까만 테두리를 한 호텔 유니폼을 입고 있었으므로, 우선 형사들을 그 복장으로 입혀서 위장하지 않으면 진입도 어렵고, 호텔 내에서 잠복도 어려웠다.

나는 급히 호텔관계자의 도움을 받아 호텔 객실 관련 근무종업원의 유니폼을 세탁하는 세탁실로 가서, 형사들의 체구에 맞는 유니폼을 구해 호텔종업원처럼 잘 어울리지 않는 형사들에게 유니폼을 입혔다.

어느 형사는 키가 큰 것은 물론이고, 체구도 크고, 발도 커서, 옷과 구두가 잘 맞지 않아 애를 먹기도 했으나, 어렵게 위장을 하여 범인이 투숙하고 있는 객실로 진입하여 범인을 검거하기로 했다.

어제부터 전화로 숙박비 독촉을 한 실제 이 호텔종업원을 앞세워 초인종을 누르게 하고, 안에서 작은 구멍으로 밖을 내다볼 때 여러 명이 안 보이도록 형사들은 문 양쪽 벽에 거미처럼 바싹 붙어서 조심스럽게 접근하였다. 나중에 들은 바로는 초인종을 누르기 전에는 안에서 아이들이 떠드는 소리가 났었는데, 초인종을 누르자 안에서 인기척이 없었다는 것이다. 아마도 우리가 예상한 대로, 안에서 밖으로 내다보는 것이 틀림이 없어 보였다.

그 종업원이 연이어 초인종을 누르자, 그제서야 범인의 부인으로 보이는 여자의 목소리가 들렸다. "누구세요?", "아~네 객실료 때문에 전화 드렸던 프런트 직원입니다."라고 하니까 그제야 출입문이 열리고, 그러자 숨을 죽이고 벽에 바싹 붙어 있던 형사들이 일제히 진입하였다. 초인종을 눌러 문을 열게 한 종업원을 제치고, 형사들이 진입했을 때 철모르는 어린아이들은 물을 가득 받아 놓은 욕조에서 장난감을 가지고 놀고 있었으며, 형사들이 들이닥치자 욕조에서 놀던 아이들은 들이닥치는 형사들이 아빠인줄 알고 아빠! 아빠! 하였다. 형사들은 아이들이 아빠! 아빠! 하여 범인 박도주가 방안 어디엔가 숨어 있는 줄 알고 옷장이며, 심지어 침대 밑까지 확인했으나, 범인 박도주는 출타 중이었고, 현재 객실 안에는 없는 것이 분명했다.

문제는 이제부터였다. 사실 수사를 하다 보면 범인이 있어 바로 검거하게 되면 더없이 다행한 일이나, 지금처럼 범인이 부재중일 경우 잘못하면 영영 잠적을 할 수도 있어, 또 다른 변수가 생기기 때문이다.

형사들이 진입하였을 때 그의 부인은 대체로 담담한 표정이었다. 그 이유는 여러 가지일 수 있었다. 첫째는 강도범과 살다 보니 이런저런 흉악한 꼴을 여러 번 당해서 그럴 수도 있겠고, 두 번째는 자기 남편이 저지른 죄가 크다는 것을 알고 있음으로, "올 것이 왔구나!" 하고 아예 체념했기 때문일 것으로 생각했다.

어찌했거나 대체로 담담하게 받아들이고 있는 것은 분명해 보였다. 부인의 말에 의하면 범인이 매일 객실에 있는 일반전화로 내부 동정을 묻고 나서, 투숙 여부(들어올지 말지)를 결정하고 들어온다는 것이었다. 이럴 경우 부인이 범인에게 걸려온 전화를 받아서 "형사들이 와있다."라고 'ㅎ'자만 내비쳐도 범인은 절대로 들어오지 않는다는 것은 너무도 자명한 일이기 때문이었다.

만일 일이 안 되려면, 이러고 있을 때 범인이 본래 지은 죄가 있어 아주 극도로 예민하므로, 들어오다가 이 광경을 눈치채고 도주하여 영영 검거치 못할 수도 있다는 생각에, 종업원 복장을 하지 않은 설득력이 있는 형사 두 명만 객실 안에서 대기 시켜, 그 부인을 설득하기로 했다. 나머지는 범인이 묵는 객실에서 신속히 철수시켜 호텔종업원 복장으로 형사를 17층 복도 양쪽에, 비상통로와 엘리베이터 앞에 각각 배치하고, 그 외에 나머지 형사들은 불필요하게 서성거리면 오히려 범인이 눈치를 챌 수 있음으로, 객실 내에 있다가 범인이 들어오면, 범인들이 강도질 할 때와 똑같은 방법으로 밖에서는 안으로 밀어 넣고, 안에서는 잡아끌어 들이는 형태로 순식간에 검거하기로 작전을 세우고 잠복에 들어갔다.

객실 내에서는 대체로 담담한 그 부인에 대해서 설득하는 공작을 계속하면서 회유 작전도 병행하고 있었다. 우리 형사들이 부인을 회유, 설득하는 것도, 이 범인을 검거하는데 무엇보다도 중요한 일이었다. 범인이 언제 들어올지, 전화가 언제 올지도 모르는 상황에서 설득을 빨리 끝내고 범인을 유인해야 하기 때문이었다. 내용은 간단하고도 인간적인 대화로 설득해야만 했다. 안 그러면 범인의 전화가 왔을 때 부인이 전화기에 대고 한마디로 도망가라든지, 형사가 와 있다든지, 아니면 자기네들끼리 약정한 신호나 어떤 방법으로라도 형사들이 와 있다는 것을 알려 눈치를 채게 되면, 그 즉시 도주하여 검거하기가 더 어려워지기 때문이었다. 우리는 그 부인을 진지하게 설득하기 시작하였다.

아직도 젊은 나이인데 언제까지 이렇게 숨어서 힘들게 살 것이냐? 어린 애들을 생각해서라도 범죄의 손을 씻고 하루속히 새 출발 해야 할 것이 아니냐? 등등, 그야말로 우리가 고생하는 것을 생각하면 부인마저도 미운 생각이 들었다.

하지만 형사들도 인간이기에 측은한 생각도 들었다. 박도주가 구속된 후의 어린아이들에 대한 생계가 걱정되는 것도 사실이었다. 그렇다고 형사들이 범인 가족의 생계까지 책임질 수는 없는 일이었다. 범인은 반드시 검거하여 벌해야 한다는 것은 우리 형사들에게 너무도 당연하고 분명한 이치이고 사명이자 책무였다.

객실에 배치된 형사는 마음에 없는 말까지 해가며, 한편은 강압적으로, 또는 온갖 감언이설로, 때로는 인간적인 진지한 마음으로 설득을 하여 협조를 해주겠다고 약속을 받았다.

범인으로부터 전화가 오면 "아이들이 먹고 싶어 하니 들어올 때 양념 통닭 좀 사 오라."라는 능청까지 떨도록 모든 준비를 완벽하리만큼 다 해놓고 있었다. 그날따라 전화가 올 시간이 지났는데도 전화가 없어 더욱 궁금해지는 것이었다. 혹시 우리가 잠복해 있는 것을 눈치챈 것은 아닐까? 부인이 어떤 방법으로라도 형사들이 와 있다는 것을 알려 준 것은 아닐까? 등, 별의별 잡다한 생각까지 다 들었다. 그래서 부인에게 "이미 알려 준 거 아니냐?"며 정색도 해보았지만, 아니라는 것이다. 반드시 들어온다는 것이다.

숨을 죽여 가며 반나절 이상을 잠복하며 기다리고 있는데, 잠복이 지루할 때쯤 되자 드디어 범인이 부인에게 연락도, 예고도 없이 모습을 나타낸 것이다.

우리는 범인을 잡기 위해서 전단지를 하도 들여다보아서, 눈을 감고 그리라고 해도 범인의 얼굴을 그릴 정도였고, 헤어스타일이나 복장을 바꾸어 변장했다고 하더라도, 얼굴만 보면 금방 이목구비를 부분별로 다 알아볼 수 있을 정도였다.

범인 박도주가 머무는 17층에서 호텔종업원 복장을 하고 잠복 중인 태권도 오단, 합기도 사단, 유도 삼단 등 도합 십이단의 마 태복 형사는 엘리베이터를 타고 올라오다가 일부러 중간층에서 내려 비상계단으로 걸어 올라오는 끝까지 교활한 행동을 하는 박도주와 마주쳤다. 그동안 오랜 기다림 끝에 반갑기도 하고 긴장이 되어, 온몸에 소름이 쫙 돋고 머리털까지 쭈뼛 섰다. 마음 같아서는 그 자리에서 이단옆차기로 때려눕혀서 당장 해치우고 싶었으나, 내국인은 물론 외국인 관광객이 묵는 고급 일류 호텔의 특수성이나 치밀하게 세운 작전계획 등을 고려하여 개인행동이나 개인감정을 억누르고 작전계획대로 범인 박도주를 향해 정중히 허리를 굽혀 인사를 하니, 종업원의 얼굴이 낯설어서인지 자꾸 쳐다보더라는 것이었다. 나중에 안 사실이지만 호텔 종업원들은 자연스럽고 가벼운 미소와 묵례를 하는 게 보통이었으나, 마 형사는 숙달되지 않은 조폭의 행동대원 수준으로, 아무 말이나 미소도 없이 거의 구십 도로 허리를 굽혀 인사를 했고, 표정도 경직되어 있었다고 했다.

그러든 말든 범인은 이제 독 안에 든 생쥐 신세가 된 것이다. 범인이 드디어 문을 열고 들어서자, 우리는 범인들이 호텔에서 강도 짓 할 때와 같은 방법으로, 안에서는 당기고 밖에서는 순식간에 대

들어 객실로 밀어 넣고, 수갑을 지르며 "귀하를 특수강도 혐의로 체포한다. 변호인을 선임할 수 있는 권리가 있고, 묵비권행사의 권리가 있으며, 모든 발언이 법정에서 불리하게 작용 할 수 있다."라고 짤막하면서도 정확하게 미란다원칙을 고지했다. 수갑을 뒤로 채우고 몸수색을 하여, 흉기나 기타 독극물을 소지하였는지 여부를 확인하고 압송하려 하였으나, 범인은 모든 것을 체념이라도 한 듯 "아이들이나 한번 안아보고 가게 해 달라."라고 애원을 하는 것이다.

사실 전자충격기로 부행장 부부와 지점장 부부의 목 뒷덜미를 지져서 실신시키고, 경비원을 야구방망이로 내리치고, 가스총과 거액을 탈취하는 등, 흉악한 강도질을 한 죄질이 지극히 불량하고 악질적인 은행 강도범이다.

또한 약 한 달 가까이 범인을 검거하기 위해 그 무더운 날씨에 여러 명의 형사가 얼마나 많은 고생을 해야 했나 등등, 이런저런 생각을 하면 처음의 작전대로 수갑을 즉시 뒤로 질러 인정사정 볼 것 없이 압송하는 것이 원칙이었다. 더욱더 본래 교활한 범인이라서 또 다른 변수를 저지를 가능성이 있음으로 "아이들을 한 번만이라도 안아보고 가게 해 달라." 하는 제안을 "안 된다."라고 나는 일언지하에 거절했다. 하지만 일부 형사들이 그렇게 해 주자고 하고, 또한 독 안에든 생쥐라서 결국은 허락을 했으나, 긴장하면서 지켜보고 있으니 머리가 곱슬곱슬한 흡사 흑인 아이처럼 생긴 쌍둥이 아이들을 양팔로 끌어안고 박도주가 대성통곡을 하였다. 양팔에 안

긴 두 아이까지 따라서 울어 마치 초상집이나 다를 바 없었다.

　잠시 후 수갑을 다시 채우고, 고속도로를 달리면서 압송 도중 남은 공범자를 검거하기 위해 공작을 계속하고 있으나, 범행 즉시 헤어지고 나서 한 번도 연락이 없었다고 믿기도, 안 믿기도 힘든 대답만 계속할 뿐, 머리만 푹 숙이고 공범의 행적을 모른다고만 하였다. 금방 벌어진 사건도 아니고, 육칠 개월이 지난 사건의 공범자 소재를 순순히 알려주기를 기대하기는 어려우나, 캐묻는 것은 당연한 형사의 업무로서, 혹시나? 하는 사건의 특성상 기대가능성 없이 물어본 것이다. 그러나 차 속에서 공범자의 인적사항 전부를 밝혀냈으므로, 앞으로 박도주는 사건발생지 경찰서에 인계하여 나머지 공범자를 계속 수사할 일로서 이렇게 하여 은행 강도 박도주의 도주 행각은 막을 내린 것이다.

　범인을 검거하고 나면 그동안 고생했던 긴장이 한꺼번에 풀려 허탈한 마음마저 들었고, 유원지 해운대해수욕장에서 수사 중 태풍 부는 날, 아주 얇고도 도톰하게 썰어서 겨자 간장에 듬뿍 찍어 코 끝이 쌔 하도록 농어회를 안주로, 술 한 잔을 맛있게 먹었던 기억은 뇌리에 오래 머물 것이다.

　애야! 큰 애야! 네가 말도 안 통하고, 자식인 너를 내 동생으로 여기고 사는 나를 장기간 돌보느라고 고생이 많다.

나 때문에 우울증에 시달리던 지난여름, 천둥과 번개를 치며 밤새 소낙비를 쏟아붓던 어느 날 밤중에, 너는 작심이라도 한 듯 네 방에서 "더는 엄마나 나나 더 살아야 할 의미가 하나도 없다."고 너 혼자 중얼거리며 깡 술을 마시고 있었다.

　그러너니 뭐가 그리도 분한지, 아니면 많이 억울하기라도 한 듯 소리 내어 꺼억꺼억 거리며 "나와 함께 뛰어내려 같이 죽어버리자." 하며 한쪽 끝을 입에 문 나일론 끈으로 비닐처럼 얇은 가죽으로 덮인 가늘다가는 내 팔과 네팔을 같이 묶고 있었다.

　나는 죽음이 무엇인지 네가 왜 이러는지, 그에 대한 두려움보다도, 오래전 병석에 누워있어 입맛이 없는 너의 아버지를 먹이려고 텃밭에 쑥갓이며 상추를 뜯으러 갔다가, 끈 풀린 이웃집 개에게 뼈가 보이도록 물렸던 팔이 그냥 놔둬도 오늘같이 비 오는 날에는 쑤시고 아픈데, 굵은 너의 팔뚝과 너도 보다시피 가늘디 가느다란 뼈다귀만 남은 힘없는 내 팔뚝을 피도 안 통하도록 꽁꽁 묶고 있었다.

　나는 순간 팔이 끊어지는 것처럼 너무 아팠다. "아파죽겠다!"라고 소리를 쳐도 네가 내 말을 듣지 않고 울면서 계속하여 꽁꽁 묶는 바람에 그 아픈 통증을 나는 도저히 참을 수가 없었다. "그러지 말아, 아파죽겠어! 아아아!"라며 소리 지르며 도저히 참을 수가 없어 한쪽 손으로 생전 매 한번 안 들고 귀하게 기른 너의 머리칼을 개에게 물렸을 때처럼 사력을 다해 잡아당겨 너의 오른쪽 귀를 물어뜯어 귀가 반쯤 찢어져 너덜거리자 너는 그제야 죽기를 멈춘 후 묶었던 끈을 풀어버리고는 내가 '불쌍하다'며 "엄마! 엄마!" 하며 나를 껴안고 대성통곡을 했다. 네 통곡 소리마저도 세찬 장대 빗소리에 파묻히고, 마치 어릴 적에 네가 안질에 걸려 징징댄다고 네 아버지가 너를 구들 짝으로 마당에 눌러 놓던 날처럼 아무리 소리 내어 통곡해도, 이웃집에도 안 들릴 정도로 많은 비가 오던 날이었다.

그 무렵에, 네 마음속에 네가 정신적으로 의지 할 수 있는 훌륭한 여인이 있었지? 말하자면 그녀가 너와 나를 구해 준 셈이야! 아마 그날은 네가 정말로 일을 저지를 것 같은 마음이었는데 네가 죽기를 멈춘 것은 아마도 네 마음에 그 여인이 자리하고 있어서였을을 것이다. 그러나 지금 너는 크게 잘못하고 있다는 것을 알아야 한다.

물론 요즘 같은 세상에 부모를 모시고 산다는 것이 결코 쉬운 일은 아니다. 더군다나 나 같이 의사가 전혀 통하지 않는 치매 환자와 같이 생활한다는 것은 더욱더 힘들겠지만, 그렇다고 네가 나를 두고 자살을 하거나, 나와 동반 자살하거나 하는 것이 모두가 부모에게 불효하는 짓이고, 인간 도리에 어긋나는 일이니, 앞으로는 절대 그런 마음을 먹으면 안 된다. 내 속으로 너를 낳아 네 성품은 내가 더 잘 알고 있다. 너는 천성이 착한 사람이고, 효성이 지극한 사람이라서 그런 악 한 짓은 해서도 안 되고, 할 사람도 아니고, 네게는 자살이라고 하는 유전인자가 없는 사람이기에 유서를 몇 번이고 쓰다가 말고, 쓰다가 말고를 여러 번 반복하다가 결국은 마무리를 짓지 못한 것이다. 설령 그 여인이 아니었더라도 너는 절대로 그리해서는 안 된다는 말이다.

　그 여인은 아주 큰 일을 하는 사람이었는데, 네가 자꾸 만나자고 보채니까, 네가 싫어서가 아니고, 큰일을 하는데 네가 장애가 될 성싶고 하니, 어떤 일인지 말을 안 해서 잘은 알 수 없으나, 자기가 시작한 프로젝트를 마무리 할 때까지는 너를 오랫동안 볼 수 없다고 판단한 것이다. 그나 너나 지성인으로서 이성을 찾고 견디자는 뜻에서 그가 네게 "아주 영원히 잠적을 할 수도. 연락이 두절될 수도 있다."라고 문자를 보낸 것이다.

　너는 사랑하는 여인이 네 곁을 아주 떠나는가 싶어서 불안한 마음을 가누지 못하여 밤새 뒤척이며 밤잠을 못 이루는 것 같았다. 아침에 눈두덩이 부석한 얼굴로 이른 잠자리에서 일어나 반쯤 눈을 감은 채로, 무언가 아주 많이 심기가 불편한 얼굴로 내게 검정 비닐봉지와 새로 갈아입힐 새 기저귀를 가지고 왔다. 내가 옷 갈아입다가 넘어질까 봐, 늘 준비 해 놓은 의자에 내 오줌이 묻을까 봐, 신문지를 미리 깔아놓고, "엄마 바지 벗어 옷 갈아입게."라고 하면, 나는 젖은 옷을 갈아입을 생각은 않고, 다른 데로 가려고 했다.

　"어디로 가 여기서 갈아입어야지." 하면서 나를 붙잡으면 나는 "가만 있어 봐, 나 저기 좀 갔다 올게."라며 네 손을 뿌리치고 네가 기거하는 작은 방으로 가서, 그 창문 너머로 긴 교량을 타고 넘어오는 차들을 바라보며 일본말로 하나 둘 셋 넷… 하며 숨을 들이마시고 내쉬면서 지나가는 차를 일일이 세곤 했다. 그냥 두면 온종일이라도 그러고 있을 판이었다. 이런 것도 따지고 보면 나의 일과의 일부분이었다. 그러면 너는 내게로 달려와서 "엄마 이제 그만 옷 좀 갈아입읍시다." 하면서 내 옷 소매를 끌고 간다. 그때 내가 못 이기는 척 따라가서 네가 시키는 대로 옷을 갈아입으면 되는데, 나는 또 딴짓을 한다. 이번엔 네가 오줌으로 흠뻑 젖은 내 옷을 강제로 벗기려 했다.

나는 허리춤을 양손으로 잔뜩 움켜쥐고 "알았어! 내가 갈아입을게." 하고 나서도 옷을 갈아입지 않고 딴짓을 했다. 너는 그제서야 생각난 듯 썩는 속을 억지로 추스르며 "아이고 우리 엄니 착하기도 하네! 옷도 잘 갈아입고!" 하며 어린애 달래듯이 했다.

나는 그제서야 어린애가 되어 순한 양처럼 밤새도록 오줌을 싸서 기저귀에 오줌을 흡수시키기 위해 들어 있는 기저귀 속의 작은 알갱이가 퉁퉁 불어 흠뻑 젖은 기저귀를 벗어 네게 건네주었다. 너는 마치 크기와 색깔도 똑같은 알 밥에 들어가는 자잘한 날치알같이 생긴 기저귀속의 수분흡수용 알갱이가 수분을 흡수하여 머금다 못해 젖고도 모자라, 오줌이 줄줄 흐르는 돼지고기 두어 근 정도는 족히 되는 묵직한 무게의 기저귀를 받아서, 잽싸게 검정비닐에 꽁꽁 묶어서 신문지에 돌돌 말았다.

그러고는 마치 고향에서 시제를 지내고 나서 시제에 참석한 사람들 편에 시제에 참석지 못한 노인이나 어린아이들에게 주라고, 떡이며 과자며 조금씩 나누어 싸서 손에 들려 보내 주는 떡 봉송같이 예쁘게 신문지에 싸서 얼른 신발장 위에 올려놓고 새 기저귀를 입히려고 내게로 신속히 온다. 나는 네가 내게 오는 불과 몇 초 사이에, 네가 나더러 입으라고 건네준 새 기저귀를 입지도 않고 어디다 감추어 놓고, 이미 벗겨놓은 어제저녁에 입고 잤던 오줌에 흠뻑 젖은 그 바지를 내가 다시 입으려고 다리에 꼬이고 있노라면, 너는 질색을 하며 "엄마 새 기저귀 어디 있어!"라며 소리쳤지. 너는 내가 다리에 꼬이고 입던 오줌에 젖은 바지를 빼앗아 한 손에 들고, 내가 감추어 놓은 새 기저귀를 찾느라고 여기저기 뒤지다 보면 새 기저귀를 끝내 찾지 못하고, 다시 새 기저귀를 하나 더 꺼내어 내게 건네주면, 나는 네가 지켜보는 가운데에 비로소 새 기저귀를 갈아입었다.

네가 내게 입힐 새 바지를 장롱문을 열고 찾고 있을 때, 나는 그 순간을 놓치지 않고 아랫도리는 기저귀만 입고 바지도 입지 않은 채 벌거숭이로, 또다시 저쪽 네가 쓰는 작은 방으로 다시 가서 창밖을 내다보았다. 그러면 북쪽에서 남쪽으로 정체 풀린 긴 교량을 전속력으로 내 달리는 자동차를 숨을 들이마시고 내쉬며 "하나, 둘, 셋…" 하고 또 세고 있었다. 너는 내게로 달려와 "엄니 아들 앞에서 이렇게 하고 다니면 어떻게 해 창피하지도 않아?"라며 내게 '창피한 것 좀 분간하고 알아듣게 하려고' 그런 말을 일부러 하면서 내 손을 잡고 나를 다시 안방으로 데려가서 새 옷으로 속옷까지 갈아입힌다. 그리고 나서는 "엄니 이리와 세수해야지!"라며 세면기에 물을 받았다. 한여름에도 내가 찬물을 싫어하니까 일부러 더운

물을 받아 놓고 나를 기다리고 있었다.

　내가 젊었을 적에는 찌는 듯이 무더운 여름 지금처럼 샤워 시설이라고는 전혀 없던 시절이었다. 깜깜한 밤에 시골집 삽짝 문 뒤에 있는 우물가에서, 삽짝 문을 걸어 잠그고 차디찬 샘물을 펌프로 퍼 올려 가득 받은 물통에서 바가지로 퍼서 머리 어깨 등짝에다가 죽죽 끼얹으며 목간을 하곤 했다.

　아무리 더운 날에도 샘물이 하도 차가워서 달려들던 모기도 다 도망갈 정도였다. 젊어서는 헉헉 흐느낄 정도로 시원한 찬물이 좋았지만, 이제는 이렇게 나이 들고 병든 몸이 되니, 한여름에도 찬물이나 찬바람이 싫어졌다. 그래서 무더운 한여름에도 문을 있는 대로 꼭꼭 닫아서, 너는 물론이고 나를 보살피러 온 요양사도 쪄죽을 정도였다. 그러나 나를 이해하는 네가 한여름에도 더운물로 세수하게 해 주는 것을 나는 항상 고맙게 생각한다.

　너는 내가 미덥지 못하니까, 그리고 될 수 있는 한 내 손을 자주 움직이게 하려고, 등 뒤에서 마치 나를 어린애로 취급을 하며 "우리 엄니 세수 참 잘하시네!, 자 얼굴에 물 칠하고, 또 목두 닦고, 머리에도 물 칠하고, 엄니 머리에 물 칠! 한 번 더 해, 뒷머리가 허부성해 까치집같이."라며 잔소리를 한다.

　그리고 나서는 내 뒤를 끝까지 떠나지 않고, 내가 하라는 세수는 하지 않고 멍하니 거울에 비친 내 얼굴을 이리저리 보고 눈도 크게 떠보고 하면서 하라는 세수는 하지 않고 시간을 보내고 있노라면,

너는 또 재촉한다.

"엄니 비누! 그렇지, 비누를 물에 덤벙, 그렇지, 막 문질러 얼굴에, 목두 닦고, 아니, 머리에 비누칠을 뭐하려해?"라고 잔소리를 하고 있으나 나는 내 맘대로 한다. 머리에 비누 거품도 칠해보기도 하며 거울을 보다 말고 얼굴에 비누를 닦아내지도 않은 채 느닷없이 세면기에 물을 내린다.

너는 내 등 뒤에서 내게 줄 수건과 내 얼굴에 바를 로션을 들고 옛날 장교의 당번병처럼 뒤에 서 있다가, 얼굴에 비누를 씻지도 않고 세면기에 물을 내리는 나를 보고 기겁을 하며 "아니 왜? 세수도 하지 않고 물을 왜 내려? 얼굴에 비누가 그냥 있잖아!"라며 짜증 섞인 말로 투덜거렸다. 너는 한발만 들여놓고 세면대에 물을 다시 받아주고 나서 "얼굴을 다시 씻어, 목두 씻고." 하면서 끝까지 세수하는 것을 감시했다. 마지막으로 얼굴에 화장품을 바르는 것까지 확인하고 나서야, 네가 손수 요리한 내가 좋아하는 감자국을 따뜻하게 데워서, 더운밥과 물까지 상을 차려주고는, 밥 먹으면서 보라고 TV까지 틀어 주고 나서 내 방 정리를 시작했다.

식사를 마친 내게 늘 복용하는 약과 네가 스스로 처방한 아스피린과, 치매 예방이나 치료에 효능이 있다는 비타민 C까지 잘게 부수어 내 입에 넣어주고 삼키는 것까지를 확인을 해야 직성이 풀리는 너였다.

너는 아침도 먹지 아니하고, 연휴를 맞아 모처럼 너의 동반자들과 예약한 스크린 골프를 하러 가기 전, 종이컵에 커피를 한잔 타서 한 모금 흘짝 마시고는, 어젯밤에 그녀와 불편하게 문자를 주고받던 그녀에게 메시지로 밤새 생각했던 네 심경을 이렇게 밝히더라! 어제는 너와 둘 사이에 무슨 일이 있었는지는 몰라도 몹시도 불편한 심경인 듯이 말이다.

"선생님 새날은 밝았으나 즐겁지 아니하고, 이 힘든 삶이 물먹은 솜처럼 어깨에 한 짐이나 됩니다."

"사랑을 잃는 것은 세상을 다 잃는 것과 같은 것이어서, 무기력하기만 한 내 삶의 무게가 한낱 보잘것없어 보일 뿐입니다."

"신뢰 없는 사랑은 마치 나뭇가지에 앉은 새와도 같은 것이어서."

"그저 바라만 볼 뿐, 이러지도 저러지도 못하고…."

"날아가겠다는 것도. 또한, 그 자리에 계속 앉아있겠다는 것도."

"나뭇가지에 앉은 새의 마음인 양, 한 가닥 나의 바람일 뿐, 불안하기만 합니다."

"진실한 사랑이란 때로는 생명과도 같은 것이어서 매우 소중하기만 합니다."

"영원히 잠적을 할 수도. 연락이 두절될 수도 있다. 고 하심이 암튼 제겐 큰 충격이었습니다.", "선생님 제가 부담스럽다면 언제든지 말씀하세요. 부담스러운 사랑은 있을 수도… 있어서도 안 됩니다."

"한 가지 분명 한 것은 저는 선생님을 진심으로 사랑하고 있다는 것입니다."

라고 문자를 보내고는, 너는 내가 어젯밤에 흠씬 적셔 벗겨놓은 오줌 보따리와 내가 밥 먹다가 씹어서 뱉어 놓은 음식물 쓰레기 등을 주섬주섬 싸 들고는, 어디를 다녀오겠다고 나간 것이 아까 말한 연휴에 모처럼 예약한 스크린골프 하러 가는 것으로 나는 알고 있다.

그래 잘했다. 나 때문에 자나 깨나 고생하는 네가 모처럼 그런 재미라도 있어야 하지 않겠냐? 그러나 아무래도 너는 스크린 골프를 하면서도 마음은 편치 않았을 것이다. 그녀의 답장이 아직 오지 않았기 때문이다. 네가 거의 도착할 무렵에 동반자중 너를 아끼고 챙기는 타일 대리점을 크게 운영하는 '오타진'사장이 네게 전화했을 것이다. 네가 나 때문에 연락도 없이 한 십 여분이 늦었는데도 도착을 하지 않으니까, 네가 스크린 하는 것을 잊은 건 아닌지, 아니면 어떤 사정이 있어서 못 오는 것인지를 확인하려고 했기 때문이다.

스크린 골프장에 이르러 엘리베이터가 열리자 계산대에서 어느 방인지를 확인하고, 네발에 맞는 신발과 장갑을 가지고 한 층을 더 올라가려고 엘리베이터를 다시 타면서 힐끗 본, 계산대 옆에 서 있는 나이 들어 보이는 여자가, 바로 네가 얼굴을 몰라 궁금해하던 "이 골프장 회장 부인인가 보다."라고 중얼거리며 어느덧 너를 기다리는 방에 도착했을 것이다. 네가 좀 늦게 스크린 방에 들어섰을 때 '오타진'사장 일행인 그 사람들은, 너처럼 치매 걸린 어머니를 돌보는 일이 없는 사람들이니까 미리 도착하여 준비운동이며, 스윙 연습을 마치고 늦게 도착한 너보고, 인사치레로 스윙 연습 좀 해보라고 했다.

그러나 너는 약속 시간에 늦은 것이 미안해서 타석에 올라가 연

습 스윙을 하는 둥, 마는 둥, 두어 번 채를 휘둘러보고는 그냥 시작
하자고 했겠지, 너는 몇 타나 치는지는 모르겠으나, 그녀의 문자를
기다리느라 제대로 타수가 나오기나 하겠냐?

첫 번째 홀은 잘하나 못하나 모두 ALL PAR로 마무리하고, 두
번째 홀을 돌고 있을 때쯤 '삐리리' 하고 그녀로부터 네게 문자가 왔
을 때 다시 화해하자고 온 것은 아닐까, 하는 반가움 반, 아니면 아
주 절교를 하자고 온 것은 아닐까, 하는 두려움 반으로 문자를 열
어 보았을 것이나 화답이었을 것이다.

내용인 즉슨,
"때로는…. 전장에 나가는 장수의 마음과 같다고 하겠다."
"때로는 표현이 과하다 해도 삶이 전쟁터가 아니더냐?"
"승리든 패배든 결과는 분명한 세상….."
"사사로운 감정에 흔들려 이내 집중하지 못한다면."
"대의는 물론이요, 자신과의 약속 또한 어긋남이니, 최선이라 말
함은 전부를 걸겠다 하지 않았던가, 매사가 그러하지 않았던가?"
"또다시 매정하리만큼 자신을 다잡으며 단단히 마음먹는다."
"농담이든 진담이든 억지소리에 적잖이 충격이고 못내 서운해함
을 능히 안다. 부담스러운 사랑이라면 아예 하지 않겠다."
"이 사람도 목석이 아니거늘, 그 마음 왜 모르리오."
"진심으로 미안한 것을…."

"진심으로 고마운 것을…."

"사랑은 기다림이라 했다. 서로가 변함없이 그 자리에 있다면 늘 함께함이 아닌가? 아직은 끝이 아닌 것을…."이라고

마치 장군이 전쟁터에 나가기 전, 전쟁 공포증으로 떨고 있는 병사들에게 사기를 돋워주어 전쟁 공포증을 없애주고 필승의 굳은 의지를 심어 주는 양.

너를 안심시켜주기 위한 담대한 메시지를 담은 화답이어서 더욱 사랑의 신뢰는 굳어졌고, 마음은 날아갈 듯한 기세였을 것이다. 그 여인도 그럴 것이, 내가 보더라도 심성이 참 천사와 같이 착한 이라, 진실한 마음으로 대하는 너를 그래도 잘 본 거야. 그런데 너는 그 여인과 육체적인 관계도 없으면서 어찌하여 그렇게도 서로를 사랑할 수가 있는지가 궁금하구나! 그게 진정한 사랑인지도 모르지.

그런데 네가 만나는 사람 중에는 개성이 강한 사람들이 왜 그리 많으냐? 저쪽에 너와 필드에 가끔 나가는 또 다른 팀의 동반자들은 프로도 아닌, 이제 겨우 백 돌이를 면할 정도인 주제에 스크린 하면서 술이라도 한잔하자고 하면 집중력이 떨어진다며 "무슨 경우에 어긋나는 소리를 하느냐?"라며 아주 질색을 하지 않더냐?

그런데 오늘 만나는 '오타진'사장 일행은 시작하기도 전에, 아예 탕수육에다가 독한 중국술을 한 잔씩하고 얼근한 상태로 시작을 하잖아. 그런데도 술 먹고 치는 이 사람들을 보면, "무슨 술이냐?"며 짜증을 부리던 사람들보다 실력이 월등하지 않더냐?

쇼맨십이 강한 '오타진'사장은 그린에서 꽤 멀리 떨어진 거리의 홀컵을 향해 '퍼팅'을 하고는 뒤도 돌아보지 않고 타석에서 내려와 의자에 앉으려고 하면 그제서야 '땡그랑' 하고 홀컵에 공 떨어지는 경쾌한 소리와 함께 기계음이기는 하나 큰소리로 "나이스버디" 하며 박수 소리가 터져 나오면 모두가 한바탕 웃음바다가 되곤 한다며?

참 알다가도 모를 일이다. 중국 영화의 〈취권〉은 물론 영화이기는 하지만, 술을 먹으면 먹을수록 한 손에 술병을 들고 마시면서 싸워도 싸움을 더 잘하기도 하지.

그리고 네 동료 중, 한 사람은 승진시험 볼 때도 오전에 객관식 시험을 치른 후, 오후 주관식 시험을 치르기 전, 점심을 먹으면서 긴장을 풀려고 맥주 한 병을 마시고도 승진시험에 합격했다고 하여, 네가 그를 볼 때마다 '취권'이라고 놀려 댄 사람도 있었다.

또 어떤 이는 운전면허시험 중 코스시험을 볼 때 너무 긴장하여 여러 번 떨어졌으므로, 이번에도 또 떨어질 것 같은 불안한 마음에 긴장을 풀 요량으로 맥주를 한잔하고 코스시험을 보아 합격을 했다지? 그래서 자기는 음주 운전면허라고 여러 사람이 모인 자리에서 농담하는 사람도 있잖아, 암튼 무슨 일이든지 과하게 술을 먹고 하면 정교함이 떨어지는 건 당연한 이치일 것이다.

아침 일찍 어머니를 목욕을 시키고, 진땀을 흘리며 겨우 욕조에서 알몸의 어머니를 꺼내어 몸의 물기를 닦고 있었다. 순간, 끓어

넘치는 국 냄비의 '칙 치 글' 소리를 듣고, 가스레인지의 불을 끄려고 나온 사이, 어머니가 혼자 나오다 화장실 문턱에 걸려 넘어지면서 비명을 질렀다. 넘어지는 것을 직접 목격한 나는 "이제 정말 큰일이 났다." 하는 생각이 들었다.

어머니는 알몸으로 엎드려서 꼼짝도 못 하고 신음하고 있었다. 미처 물기를 제대로 씻기지도 못한 상태로 급히 옷을 입혀 병원으로 후송했다. X-RAY 촬영을 한 결과, 아니나 다를까? 고관절 골절이었다.

갈수록 태산이었다. 어머니는 병원에서 고관절 수술을 받고 이주일 만에 퇴원하여 꼼짝도 못 하는 상태에서 침대에만 누워있음으로, 일일이 대소변을 받아 내야만 했다. 이제부터 본게임의 시작이었다.

옷 갈아입힐 때 창피함도 모르고, 자식 앞에서 알몸으로 방안을 서성거리는 어머니를 이해 못 했다. 그러나 지금 이렇게 꼼짝을 못하고 누워만 있으니, 오히려 "그래도 그때가 좋았다."였다. 그때가 더 그리워지는 것은 인간의 간사함과 한없는 욕심 때문일게다. 매일 침대에 누워 있는 환자의 대소변을 받아 낸다는 것은 말로만 들었지, 실제로 해본 사람은 그리 많지 않을 것이다. 나 역시도 남들이 하는 말에 그저 그런가보다 하였지, 내 손으로 직접 이렇게 손에 대소변을 묻혀가며 받아내게 되리라고는 전혀 생각도 못 했었다.

고관절이 골절되기 전에는 입는 기저귀와 옷만 갈아입히고 수시로 목욕만 시키면 되었는데, 이제는 그에 필요한 깔판과 대형 겉 기저귀, 속 기저귀 등을 산더미처럼 사 놓았다. 기저귀를 갈 때 보면, 밤새도록 누워서 소변을 보았으므로 등허리까지 흠씬 젖기 때문에, 젖은 옷을 벗기고 더운 물걸레로 엉덩이며 등짝까지 깨끗이 닦아내었다.

뽀송뽀송한 옷을 갈아입히는 것은 물론이고, 얼굴이며 손까지 일일이 수시로 닦아줘야 하므로 보통 번거로운 일이 아니었다. 때때로 더운 물수건으로 전신을 닦아내어 옆으로 뉘이고, 새 기저귀로 갈아입히자마자 바로 또 소변을 보아 온통 적시었다. 그럴 때면, 미리 다른 수건을 깔아 대비치 못한 나 자신의 탓을 하지 않고, 오히려 어머니에게 소리를 버럭 지르며 온갖 짜증을 퍼부어 댄다. 거기다 어떤 때는 똥을 다 치우고 물수건으로 깨끗하게 닦아 내었는데, 그때부터 다시 떡방아간의 기계에서 떡가래가 꾸역꾸역 나오듯이, 다시 누런색의 떡 가래가 꾸역꾸역 나올 때도 여러 번이었다. 그때는 아무리 내 어머니라고 하더라도 별소리가 다 나왔다.

이제까지는 하지 말아야지 하며 굳게 참아왔던 말들이, 한번 튀어나온 후로는 습관처럼 따발총처럼 마구 튀어나왔다. "이렇게 살려면 차라리 죽는 게 낫다!"는 둥, "엄마가 자식한테 해 준 게 뭐가 있어 이런 고생을 시키느냐?"는 둥, "똥을 싸려면 진작 싸던지, 다 치우고 씻기고 갈고 난 뒤에 싸면 어떻게 하느냐?"는 둥, "자식에게 이렇게 구박을 받으면서도 살아야 하느냐?"는 둥, "내 팔자가 어떻다!"는 둥, 구시렁거리며 있는 말 없는 말로, 불효자가 할 수 있는 불효를 한껏 다 했다. 그리해놓고 나서 막말한 자신을 꾸짖고 후회를 한들 무슨 소용이 있겠느냐 싶었다.

이제는 어머니가 오랫동안 누워 있다 보니 미추(꼬리뼈) 윗부분의 등짝에 욕창이 생기기 시작했다. 치료 약으로는 과산화수소, 뿌리는 마데카솔 가루, 바르는 알보칠, 욕창 발진 전에 붉은 살에 바르는 아셈지 크림 등등을 잔뜩 사다 놓고 치료를 하여 완쾌되나 싶었는데, 어느 틈엔가 그사이에 또 욕창이 재발하여 그 상처가 자꾸 커져만 가고 있다.

욕창 치료를 할 때도 마찬가지였다. 어머니를 옆으로 뉘이고, 욕창의 환부를 소독하고 약을 바르고 있을 때 그 상처 부위가 근질거리므로, 어머니는 손을 뒤로하여 잽싸게 그 상처를 긁었다. 순간 나도 모르게 어머니의 환부에 가루약을 뿌리던 손등으로 어머니의 손을 급히 뿌리쳤다. 어머니의 손등이 전동 철침대의 쇠파이프에 부딪치자 어머니가 "아야!" 소리를 내며 아프다고 한다. 분명히 멍이 들것이라는 생각이 들면서 나 혼자 중얼거렸다. "이 나쁜 놈아, 이게 존속 학대가 아니고 뭐가 존속학대야! 존속 폭행이고, 낭중에라도 멍이 들것이 분명한데, 이것은 명백한 존속 상해란 말이다."라며 미친 사람처럼 중얼거렸다. "너는 어머니를 마지막 단계인 존속살인만 안했을 뿐, 너는 분명히 중죄인이란 말이야! 이렇게 하려면 차라리 모시지 말란 말이야!" "너는 날이 갈수록 점점 더 불효의 강도가 더 심해지고 있잖아!"라며 중얼거렸다. 언젠가 동생이 오랜만에 찾아와 고생하는 어머니를 보고 안타까워하며 "이렇게 살려면 차라리 죽는 게 낫다."라는 동생에게 "그게 무슨 소리냐?"고 핀잔주던 네가 그 단계를 훨씬 넘어서, 이제는 네 입으로 직접 어머니더러 "차라리 죽는 게 낫다고 하는 놈이 조선 천지에 어디 있냐?"며 불효한 짓을 후회하며 울먹이고 있었다.

"지금은 폭행에 상해까지 하고 있잖아! 또 누가 알아, 네가 어머니로 인하여 우울증 증세를 보이고 있는데, 그 우울증이 심해져서 어머니를 살해할지도 모를 일이 아냐?", "지난여름 밤새 장맛비가 내리던 날 밤에, 어머니와 같이 팔뚝을 묶고 같이 뛰어내리려다 어머니에게 귀를 물리고 나서야 죽기를 멈춘 것처럼", "그러면 네가 쓰다가만 그 유서가 다시금 효력을 발휘 할 수도 있지 않을까?" 이미 썼다가 지워버린 유서를 생각하며 혼잣말로 중얼거리고 있었다.

나는 어머니의 손을 침대의 파이프에 부딪치게 한 것이 이내 마음에 걸려 소독을 계속하면서도 어머니의 손등을 보고 또 보고하였다.

어머니의 손등은 비닐처럼 아주 얇은 가죽만으로 덮이고, 파란 거머리처럼 달라붙은 혈관이 어머니의 손등의 가죽을 겨우 지탱해주는 듯했다. 아니나 다를까 어머니의 가냘픈 손등이 발갛게 되어 있는 것을 보고 또 혼자 또 중얼거리고 있었다.

"야 이 나쁜 놈아 어머니를 이렇게 학대하려면 모시지 말고 차라리 요양원이나 요양병원에 보내란 말이야, 더 불효하지 말고, 제발 왜 어머니께 잘해드리지도 못하면서 모신다고 주접을 떨고 있냐? 이 나쁜 놈아!"라고 자학하면서, 마치 미친 사람처럼 혼잣말로 중얼거리고 있었다. 그러면서 어머니가 긁어서 피가 나는 욕창 환부에 다시 약을 바르고, 거즈로 환부를 덮고 기저귀를 채웠다.

욕창의 환부가 점점 커져 내 손으로 치료하기에는 한계가 있어, 인근의 병원을 매일같이 어머니를 휠체어로 모시고 다니며 하루에 한 번씩 통원치료를 해보지만, 쉽게 완치를 기대하기는 어려웠다. 욕창이라는 것이 한번 생기면 쉽게 낫지도 않지만, 낫는다고 하더라도 장시간 누워 있고 대소변에 항상 젖어 있음으로, 결국은 어느 틈엔가 상처가 금방 재발하여 살갗 깊숙이 괴사가 일어난다. 그 여러 종류의 병균이 척추나 꼬리뼈에 침투되어 전이되면 흔히 말하는 패혈증으로 사망에 이르는 것이다. 사실상 따지고 보면 어머니는 돌아가실 날을 받아놓은 밥상이나 마찬가지이나, 자식은 최후의 발악으로 최선을 다할 뿐이다.

어머니가 속히 돌아가실 조건은 한 가지가 더 있었다. 사람은 먹어야 사는데, 특히 우리 어머니는 요즘 들어서 식사를 거부하므로 욕창으로 인한 사망보다도 먼저 굶어서 돌아가실 수 있기 때문이다. 요즈음 어머니를 식사를 시키려면 진땀이 나다못해 짜증이 나기 일쑤였다.

밥 먹이기 전쟁을 하는 것이다. 밥 먹이기 전에 물이나 두유를 숟가락으로 떠 넣으면 영락없이 입에 물고는, 한 시간이고 두 시간이고 그대로 있는 것이다. 어떤 때는 그 상태로 잠이 들기도 한다. 그렇다고 강제로 먹일 수도 없는 일이고, 설득도 통하지 않는다. 의사소통이 되지 않기 때문이다. 그것도 이가 없으니 잇몸으로 밥도 아니고 죽도 아닌 곤죽인데, 그것도 매일같이 메뉴를 달리한다고는 하지만 거의 유사한 음식을 드리다시피 하니, 건강한 사람들도 먹기 힘든 음식을 먹이려 하는 것이다.

방법을 찾다 못해 빈 그릇을 가져다가 입에 대고, 입에 물고 있는 것을 뱉어내라고 재촉을 하나, 어머니는 그것마저도 거부한다. 어떻게든 먹여야 하는데… 숟가락에 곤죽을 떠서 달래도 보고, 애원도 해보고, 어떤 때는 짜증도 내보고, 모든 수단을 동원해보지만 달리 방법이 없다. 무조건 인내를 가지고 기다리는 것만이 최선책이다. 어머니가 입을 벌리고 음식물을 받아먹을 때까지 말이다. 지성이면 감천이라 하였던가? 드디어 어머니는 입을 벌리고 음식을 받아먹기 시작했다. 이때가 중요했다. 계속 어머니를 칭찬하는 것이다. "아이고 착해라, 우리엄니 잘도 드시네, 우리 어머니 최고네, 이렇게 잘 드시면 얼마나 좋을까, 매일 아들이 업어줘야겠다."라면서 착하다고 칭찬이라도 하면 정색을 하고 "그려?" 하면서 좋아한다. 그야말로 어린애가 따로 없었다.

그렇게 하여 어머니의 식사 시간은 아무리 빨라야 두 시간이고, 보통 세네 시간이 걸린다. 암튼 특히 치매 환자인 경우에 환자를 이해하고 사랑으로 감싸 주지 않는 이상은, 자기 부모라 할지라도 장기간 병시중을 하다 보면, 자기 의사와는 달리 부모에게 짜증 부리고 소리 지르고 차라리 죽는 게 낫다는 등 학대하기에 십상이다. 이 길고 긴 터널의 끝은 과연 어디쯤일까?

8장

그녀와 어머니

어느 날, 현관문을 열고 들어서니 놀라운 일이 벌어지고 있었다. 요양보호사, 마유숙이 이미 병간호를 마치고 돌아갔어야 할 시간인데도, 이렇게 늦은 시간까지도 변비로 고생하며 누워있는 어머니의 항문에서 비닐장갑을 낀 손가락으로 똥을 파내고 있는 현장을 목격한 것이다. 아니! 어찌 이런 일이!

평소 나는 어머니의 병간호를 하는 마유숙과 마주치지 않으려고 무척이나 애썼다. 내 어머니를 나나 내 가족이 돌보지 못하고 남에게 맡기고 의지하는 것이 미안하고, 한편으로는 부끄러운 일로 생각되어 얼굴을 들 수 없었기 때문이었다.

자식과 며느리들이 여럿이 있어도 누구 하나 병든 어머니를 제집에서 저들이 모시지 못하고 별도로 집을 얻어서 홀로 모셔놓은 데대한 죄책감도 상당했다.

또는 그에 대한 이웃의 비난 눈초리나 며느리들이 하나같이 들여다보지 않는 데 대한 창피함, 형제간이나 가족 간에 화목하지 못한 가정사 등등의 여러 가지 일들을 오랫동안 어머니를 병간호를 해온 마유숙은 일일이 거론하지 않더라도 우리의 가정사를 훤히 꿰뚫고 있다.

그보다도 그가 어머니를 열심히 돌보고 있는데도 오히려 자기가 감시받는 듯한 인상을 주어서는 안 되기 때문이기도 했다.

그녀는 어머니를 케어 하러 오는 시간은 늦지 않고 비교적 정확했으나 케어를 마치고 나갈 때는 제시간에 나가는 일이 거의 없었다. 나가는 시간은 일정치 않았고 오히려 더 늦었다. 어머니를 위해 시간을 더 할애하고 있었다. 그러던 어느 날 이미 근무시간이 많이 지났으므로 마유숙이 나간 줄 알고, 집에 온 적이 있었는데, 그때까지도 어머니의 세탁물을 널고 있었다. 그래서 깜짝 놀라 "왜? 아직도 안 가셨습니까?"라고 하였더니 '수상한 가정부'의 주인공처럼 흐트러짐 없는 딱딱한 어조로 "할 일이 남아 있습니다."라고 아주 지극히 사무적이고도 냉랭한 어조로 대답하고는 뒤돌아보지도 않았다. 더 물어볼 수도 말을 걸 수도 없는 상황으로 변해버리기 일쑤였다. 오히려 미안하여 금고 안에 있던 필요한 서류를 꺼내서 도망치듯이 나온 적이 있고 난 뒤로는, 절대 그녀가 일하고 있는 시간에는 집에 들어가지 않았다.

복도식 아파트였으므로, 그녀가 있을 때는 아파트의 계단이나 위층의 난간에서 내려다보고, 마유숙이 출입문을 나와 밖으로 난 가스 밸브를 잠그고, 저만큼 멀리 가는 것을 확인하고 나서야 집에 들어가곤 하였다.

나중에 안 일이지만 마유숙은 지식인이었다. 특히 글 쓰는 재주도 있어 소설과 시를 써서 신춘문예에 등단한 아주 훌륭한 문인이기도 했다. 왠지 첫인상부터가 예사롭지 않았다. 치매 노인에 대한 연구를 하는 것인지, 아니면 노인복지사업을 하기 위한 연구를 하는 것인지는 알 수는 없으나, 암튼 마유숙은 다른 병간호인이나 요양보호사와는 사뭇 다른 데가 있었다. 좋은 학벌과 좋은 집안의 환경을 가지고 있는 여인이 왜 이런 힘든 일을 할까? 라고 생각을 했으나 물어볼 수도 없고, 더는 누구에게 알아볼 수도 없었다.

자식인 나도 혼자 하기 힘든 일. 또는 며느리들도 단 한 번도 해보지 않은 어머니를 목욕시키는 일. 오줌똥 싼 기저귀를 갈아입히는 일. 특히 오늘같이 변비가 걸려 여러 날 변을 못 보는 내 어머니의 똥을 손가락으로 직접 파내는 일 등을 자연스럽게 하는 것을 본 나는 그 여인으로부터 마치 혈육처럼 남다른 연정마저 느끼고 있었다. 어쩌면 저럴 수가? 그야말로 감동 그 자체로 천사가 따로 없어 보였다. 천사가 아니고서는 어떻게 저런 일을 저렇게 할 수 있을까? 나는 그 상황을 보고 어떻게 해야 할지를 잠시 고민하고 있었다.

저 여인의 옆으로 가서 어머니의 항문에서 똥 파내는 일을 거들어야 할지, 아니면 모른 척하고 있어야 할지를 말이다. 순간적으로 나는 저렇게 고생하는 저 여인을 도와줘야 한다고 생각한 나머지, 여인에게 다가서며 "제가 도와 드릴 수 있는 일이 있나요?"라며 접근하려 하였으나 "오지 마세요!"라며 영락없는 수상한 가정부의 주인공처럼 아주 냉정하고 지극히 사무적인 말투였다.

그 이유는 두 가지의 생각을 하게 하였다. 한 가지는 아무리 늙고 병든 어머니지만, 똥을 파내기 위해 하체를 벗겨놓은 어머니의 하체를 보이는 것이 같은 여자 입장에서 창피하다는 생각이 들 수도 있겠고, 또 하나는 이일은 자기 일이니까 자기 일을 방해하지 말라는 뜻도 있겠으나 "오지 마세요!"라는 단호한 그의 말에 나는 다가설 수도 물러설 수도 없이, 그냥 그 자리에 엉거주춤 얼어붙게 하였다.

오늘은 이미 내가 귀가하여 그녀와 마주쳤으니, 그녀가 나가기 전까지 밖을 나가서 교대 시간이 임박한 초병처럼 서성거릴 수도, 아니면 가만히 앉아 있을 수도, 이럴 수도 저럴 수도 없이, 어정쩡하고 멋쩍게 몸 둘 바를 몰라 하다가, 컴퓨터가 있는 내 방으로 들어가 필요 없는 동작으로 서성일 뿐, 아무 일도 손에 잡히지 않았다. 나는 잠시 여러 생각을 하고 있었다. "차라도 한잔 드시고 가시지요."라고 해볼까? 그럴 때 흔쾌히 "네."라고 응하면 다행이지만, 이번에도 수상한 가정부의 말처럼 "아닙니다."라고 딱 잘라버리면 무안하기도 할 것이고, 또한 집안에는 어머니가 있지만 치매 상태이어서 아무런 가림막이 되지 못하는 단둘이 있는 공간에서, 잘못하면 치근덕거림으로 받아들여지지나 않을까를 우려하고 있었다.

지난 설 명절의 일이었다. 그간 마유숙이 어머니를 병간호하느라 고생도 많이 했고, 특히 명절이기도 하여 고마운 마음을 전하고자, 백화점 상품권 두 장이든 봉투를 그녀에게 주었다. 하지만 그녀는 "내가 이것을 받을 명분이 없다."라며 한사코 거절하는 것을 달리 방법이 없어, 그녀 몰래 어머니 방 벽에 걸린 그녀의 외투의 주머니 속에 넣어 준 적이 있었다.

며칠 후, 바지 옷걸이의 집게에 상품권이 든 봉투를 물려서 어머니의 침대 모서리에 걸어놓고 퇴근하여 황당했던 기억이 있으므로, 모든 행동거지가 더욱 조심스러웠다.

꽤 오랜 시간이 지나자 그녀가 나가는 인기척이 들렸다. 나는 기다렸다는 듯이 엘리베이터 앞까지라도 배웅하려고 뒤따라가자, 그녀는 이상하다는 듯이 뒤돌아보며 "무슨 할 말이라도 있나요?"라고 물었다. 나는 간단하게 "아, 아닙니다."라며 멋쩍게 엉거주춤 멈추어 서 있었다. 그렇게 서로 아무 말도 없이 엘리베이터 출입문이 열렸다 닫히면서 눈인사도 할 사이 없이 서로 헤어졌다.

나는 마치 큰 행사를 마치고 돌아가는 귀하고 높은 VIP를 배웅하는 양, 혹은 귀한 자식 놈의 안사돈을 배웅하고 돌아서는 듯이 긴장된 마음이었다.

아니면 마치 군에서 해안가 분초에 근무하는 초병들의 총기 자체 사고로 여러 명의 부하직원을 잃은 연대장을 책임 추궁하러 헬기로 현장에 왔다가 많은 인명피해를 낸 연대장이 못마땅하여 다리를 꼬고 앉아서 보고를 받다 말고 "당신 젊어서는 상당히 미남이었겠어!"라며 브리핑 도중에 화가 나서 돌아가는 사단장을 배웅하고 돌아서는 연대장의 마음처럼 쓸쓸한 기분이기도 했다.

나는 부지런히 방으로 들어와 아파트 베란다의 창문을 열어 그녀가 가는 뒷모습을 지켜보고 있었다. 그녀는 벌써 앞마당 주차장을 가로질러 미련 없이 뒤도 돌아보지 않고, 석양의 마지막 햇살을 받아 양지바른 앞 동의 아파트 모퉁이를 돌아 내 시야에서 이내 사라졌다.

나는 그녀가 홀연히 사라진 뒷모습의 허공에 얹었던 시선을 한참 만에 수습하여 돌아서서, 베란다의 창문을 닫고 어수선한 마음을 달래며, 어머니가 누워있는 침대에 걸터앉아 "엄니 오늘이 며칠이지?" 하고 물었다. 어머니는 여전히 말없이 웃기만 하고 있었다. 나는 마유숙을 사랑하고 있었다.

- 그리움과 사랑 사이 -

그대를 그리면
마음이 편안해집니다.
아무런 조건 없이
그저 행복한 마음입니다.

그대는 내 영혼을

맑게 해주는 사랑이 있습니다.

그대가 소식이 없으면
궁금해집니다.
아예 그리워집니다.

만나면 편안하고
바라만 보아도 좋고
손잡고 거닐면
더욱더 좋습니다.

내 마음을 말하지 않아도
그대가 알고 있어 좋고

봄 비 오는 날 도란도란 걷던
그 길이 내겐 추억입니다.

무엇이든 아깝지 않은 마음입니다
그게 사랑인가 봅니다.

9장

부모와 자식 간의 관계

어느 날 아들에게서 전화가 왔다.

"아버지 시간이 있으세요?"

"응, 그럼, 왜?"

"무슨 일이 있냐?"

"아니요. 무슨 일은요, 아무 일도 없어요."

지가 무슨 일이 있을 때를 제외하고는 언제나 내가 먼저 제게 전화를 하였지, 지가 먼저 내게 전화를 한 적은 거의 없었다.

안 그래도 전화 통화 한 지가 오래되어 이리저리 궁금하던 차였다. "지가 먼저 전화 좀 하지, 꼭 이 아비가 먼저 전화를 해야 하나?"라며 은근히 아들이 궁금하고 보고 싶어지자, 행복한 투정을 하고 있던 터였다.

이 아이가 어릴 적에 다른 아이들은 유치원에도 보내고, 몇 군데

씩의 학원을 뛰는데도, 나는 아이가 가고 싶어 하는 그 흔한 학원이나 과외 한번 시킨 적이 없어 늘 미안한 마음이 내 가슴 한구석에 차돌처럼 단단히 웅어리져 있다.

그런데도 저 혼자 공부하여 일류 대학은 아니나 집에서 다닐 수 있는 대학을 들어간 게 내게는 큰 다행이었고, 휴학하고 군에도 자진 입대하여 다련장多連裝의 사수射手로 의무복무를 훌륭히 다 마치고 늠름하게 건강한 몸으로 예비역 육군 병장으로 때맞춰 만기 제대하여 복학도 제때 하여 무사히 대학도 졸업했다. 따라서 몇 번의 낙방을 거듭한 끝에, 아주 좋지는 아니하나 그런대로 괜찮은 직장에도 들어갔다. 내 맘속에는 언제나 착하고 성실하고 대견한 내 아들이었다.

"술 한잔하실래요?"

"술? 좋지!"

날짜와 시간과 장소를 정하고 전화를 끊었다.

기분이 참 묘했다. 참으로 좋았다. 날아갈 듯이 좋았다.

자식을 키운 보람이라는 게 이런 건가?

"야 좋다!" "참 좋다!"

아들과 단둘이 마주 앉아 술을 한다 하니 기분이 참 묘하고 날아갈 듯 참으로 좋았다.

우리 아이가 벌써 제가 벌어서 제 돈으로 내게 술을 산다?

참으로 내가 이기적이라는 생각이 들었다.

그깟 거 술 한잔에 이렇게 기분이 좋단 말인가?

아니다. 그게 아니다. 아들에게 술을 얻어먹어서 기분이 좋은 것이 아니다.

그전에 아이가 입대 시 제 친구들과 입대 회식을 할 때도, 군 복무 중 휴가를 나왔을 때도, 가족들과 외식을 할 때도, 술잔을 주고받으며 술을 한 잔씩 할 때도 있었다.

하지만 이번엔 '술 한 잔'의 의미는 그것과는 확연히 달랐다.

그전에는 한잔이던 두 잔이던 내 주머니에서 돈이 나갔다.

그러나 이번에는 내 주머니가 아니고 아이 주머니에서 나와서 내 입으로 들어간다는 점에서 그 의미는 확연히 다를 수밖에는 없었다.

또한 반드시 누구의 주머니가 중요한 것도 아니었다.

더군다나 직장상사나 동료와의 약속도 아니고 '아들과의 술 약속!' 내게는 예쁜 애인이라도 만나는 듯이 참으로 가슴 설레는 일이었다.

더군다나 "무슨 일이 있느냐?"라고 물었을 때 "아니요."라고 했다.

일단은 어떤 근심이나 걱정이나 고민거리 같은 부담을 안고 만나는 것이 아니기 때문이었다.

아이가 엉금엉금 기다가 겨우 벽이나 내 무릎을 짚고 홀로 일어서서 한 발짝씩 내디딜 때 신기한 것처럼 이제는 나를 의지하지 않고 자기가 벌어서 자기가 혼자 먹고살 수 있구나 하는 홀로 섰다는 대견함과 신기함 때문일 것이다.

"뭐 드시고 싶으세요?"

"좋은 거로 드시지요."

"그냥 아무거나 먹지 뭐!"

"제가 잘 아는 참치집이 있는데요."

"잘 나와요. 거기."

뭐? 지가 잘 아는 참치집이 있다고?

나는 속으로 흐뭇했다.

메뉴 자체가 참치여서가 아니었다.

우리 아이가 벌써 이렇게 커서 직장생활을 하며 사회의 일원으로 성인이 되어 단골로 다니는 참치집이 있다고?

참으로 대견하다는 생각에 기분이 너무 좋았다.

약속한 그 날이 되어 마치 진정 사랑하는 애인을 만나는 듯 설레는 마음으로 전철에서 내려 마중 나온 아이의 안내로 전철역에서 머지않은 고즈넉한 참치 집으로 들어갔다.

예약이 된 듯 참치가 그려진 하얀 종이로 된 일회용 식탁 매트 위에 두 사람 몫의 젓가락과 두 개가 같이 붙은 예쁜 간장 종지가 가지런히 놓여있었다.

종업원 대신 아이가 내 윗옷을 받아 구석에 세워진 옷걸이에 걸었다.

"오실 때 복잡하지 않으셨어요? 퇴근 시간이라서."

"아니 그리 복잡하지 않던데."

"그래 직장엔 별일 없냐?"

"네."

"아이들도 잘 있고?"

"네 잘 있어요."

"새아기는?"

"네 잘 있어요."

"그래 다행이다. 왜 같이 나오지 그랬니?"

"그 사람은 퇴근 전이에요."

"아 참 그렇지!"

그제 서야 며느리가 직장에 다니는 것을 알면서도 까마득히 잊고 나도 모르게 물었다는 것을 알아차렸다.

그냥 반가운 마음에 흥분되어 이말 저말 하는 사이에 기초 메뉴부터 들어오기 시작을 했다.

아들이 물었다.

"술은 어떤 거로…?"

"응? 빨간 걸로 하지 뭐…."

아이가 "맞아 참 울 아버지는 빨간 거만 드시지!" 잘 알면서도 잊어버렸다는 듯 "하하" 웃으면서 음식을 들이는 종업원에게 "빨간 거로 주세요."라고 속삭이듯 작은 소리로 말했다.

들릴 듯 말 듯 대답을 하고 나간 종업원이 가져온 소주병을 그냥 따라도 되는데 굳이 흔들어 회오리를 일으켜 비틀었다. "아버지! 잔 받으세요."라며 내 잔에 두 손으로 술을 따르면서 혀끝을 입천

장에 부딪쳐서 입으로 경쾌한 술 따르는 소리를 내고, 술병에서도 술 따르는 소리가 또또또또또…. 하고 났다.

깜짝 놀라 입을 보니 아무런 표정도 없이 입에서 복화술로 혀끝으로 경쾌한 소리를 내고 있었다.

그 소리에 나도 웃고 저도 따라 웃었다.

그 바람에 좀 흥분되어 어색했던 자리가 금방 분위기가 더욱더 편해졌다.

'아, 우리 아이가 이런 멋진 면도 있구나!'라는 생각이 들면서 더 흥분되었다.

한바탕 웃고 나서는 "그래 고맙다. 한잔하자", "넵 고맙습니다."라며 서로 첫 잔을 부딪치고 마시는 사이 본 메뉴가 나왔다. 생각보다 좋은 상차림으로 보아 공연히 나 때문에 아이가 돈을 많이 쓰는 것이 아닌가 하고 은근히 부담이 갔다.

술을 마실 적마다 아버지 앞이라고 번번이 고개를 돌려 손으로 가리고 마시는 것이 참으로 대견하면서도 고마웠다. 서로 기분 좋게 직장 이야기, 집안 이야기 이런저런 이야기로 화기애애한 분위기로 시간이 흐를 즈음.

"할머니는 좀 어떠세요?"

"늘 그러시지 뭐…."

"지금은 병원에 계시는 거지요?"

"응 며칠 전에 또 입원하셨어!"

"아버지께서 고생이 많으십니다."

"고생은 뭐…. 할머니가 더 고생이시지."

"정말로 할머니가 안쓰럽기만 해요!"

"자주 못 찾아뵈어서 죄송해요. 아버지."

"아니다 너는 신경 쓰지 마라."

순간 가정생활도 잘하고 직장생활도 열심히 잘하는 자식에게까지 어머니를 신경 쓰게 해서는 안 된다는 생각에 화두를 돌리려는데,

"아버지!"

"응?"

"저는 참 행복해요."

"무슨 소리야? 그게?"

직장 동료 중 경제적 능력이 없는 부모를 부양하는 많은 동료를 보면서 저는 아버지인 내가 제게 손을 벌리지 않고, 앞으로도 손 벌릴 일이 없으니 다행이고 행복하게 생각한다고 했다.

다시 말해서 제가 나를 부양 안 해도 되니 행복하다는 말이었다.

"그래? 나도 참 행복하다."

"너를 단 한 번도 학원도 못 보내고, 과외수업도 시켜준 일이 없는데도 네 힘으로 열심히 하여 이렇게 좋은 직장도 다니고, 결혼하여 아이들 낳고 행복하게 잘 살아줘서 나는 네게 늘 고맙고 행복하게 생각한다."

"네가 집을 살 때도 은행 융자가 많은 것을 뻔히 알면서도 내가 도와주지도 못하고 있는 내가 항상 네게 미안한 마음뿐이다."

"요즘 자식이 능력이 없어서 부모가 늙은 자식 먹여 살리는 캥거루족이 얼마나 많은데."

"이런저런 생각을 하면 내가 네게 더 고맙지."

"아녜요. 아버지 제가 감사합니다."

"그래 고맙다. 울 아들 덕분에 이리 호강도 하고 참 기쁘다. 한잔하자!"

이렇게 하여 아들과의 행복했던 시간이 지나고 전철로 귀가하려고 하였으나 아이가 "술 드셔서 전철로는 절대 안 된다."라며 극구 지나가는 택시를 불러 태웠다.

나는 못이기는 척 택시를 올라타고, 아이는 택시기사에게 돈 이만 원을 주면서 "잘 좀 모셔다드리세요."라며 신신당부를 했다.

-아니 이게 누구여! 테스 형!

"아이고 형님! 여기서 뵙다니, 건강하시지요?"

-아니 어찌 여기까지?

"아, 네 울 아이하고 술 한잔했습니다."

-아! 몇 해 전에 결혼시킨 아들?

-아이구 참 보기 좋습니다.

"형님! 말씀 낮추세요."

"형수님도 평안하시지요?"

-아니요. 많이 아파요.

사실 이 택시를 운전하는 이 사람은 한 사무실에서 여러 해 같이 근무한 적이 있는 우리 직장의 대 선배이다.

과거에 우리는 부모가 자식을 노후대책으로 여기고 자식에게 모든 것을 올인했다. 옛날에는 그랬다. 자식 하나만 잘 키워 놓으면 그 자식이 부모를 평생 부양할 줄로 알고 자식 하나 공부시키느라고 모든 것을 전부 쏟아붓는 것이 일반적이었다.

이 선배도 마찬가지였다. 아들이 괜찮은 의과대학을 졸업하고 바로 그 대학 부속 병원의 정형외과 닥터로 들어갔다. 같은 병원의 여의사와 결혼하여 의사 며느리를 얻었다고 좋아했고, 남들도 모두 부러워했다.

그러나 그것도 잠시 사돈집이 본래 잘사는 집안으로 사돈 간의 인식 차이가 너무 간극이 심할 뿐만 아니라 의사로서 바쁘기도 했지만, 안사돈이나 며느리가 시집 식구들을 깔보아 시집에는 두문불출하고 사돈 간에도 일체 얼굴 한번 볼 수 없다고 했다. 그러다가 손주가 하나 생기자 아이를 길러 달라며 데려다 놓아 못한다고 할 수도 없어 울며 겨자 먹기로 부인이 아이를 보다가 단독주택 계단에서 넘어져 허리를 심하게 다쳐 오랫동안 병석에 있어 곧 죽을지도 모른다며 울먹였다. 퇴직금도 일반대학보다 학업 기간이 긴 의과대학 학자금 대출을 변제하고 나니 퇴직연금도 줄어 팔십이 다 되도록 운전대를 놓지 못하고 있다고 했다. 그 소리를 들으니 남의 일 같지 않았다. 그리고 과거 같은 사무실의 여러 선배의 얼굴이 떠올랐다. "참 좋은 사람들이었는데…."

또 한 선배 중에는 말단 직원이면서 자식이 모 지방법원 부장판사도 있었다.

들리는 바에 의하면 부장판사인 아들이 평판사 시절에 아주 잘사는 부유한 집의 데릴사위로 들어가 살면서 며느리가 시집과 수준이 맞지 않는다고 시집을 깔보아 명절이고, 시부모의 생일이고, 일체 왕래가 없다는 것이었다.

딸이 그러면 제대로 된 부모라면 딸을 타 일어서라도 서로 왕래를 하게 하여 부모가 든든한 자식을 둔 보람을 가지고 평생을 즐거운 마음으로 살 수도 있으련만, 그 나물에 그 밥이라고 부모마저도 그러하지 못하여 아쉬움이 남는 대목이다.

또한, 주변에 속 모르는 사람들은 명절이고 생일이고 집에는 안와도 좋으니 내 자식이 부장판사이고, 내 자식이 의사였으면 좋겠다고 역설을 늘어놓는 사람도 있었다.

부모와 자식 간의 인연이란 억지로 못하고 또한 서로 부담이 안되어야만 원만한 관계가 이루어지는 시대가 도래하였으니 자식에게 너무 올인하고 기대는 것도, 또는 자식도 제구실 못 하고 부모에게 너무 기대어 캥거루족이 되는 것도 모두가 마땅치 않은 어려운 관계인 것 같다는 생각이다. 나와 어머니의 관계도 마찬가지였다.

나는 일반인들이라면 겪어보지 못할 온갖 일들을 수없이 접하고, 눈으로 보고, 손으로 만지고, 가슴으로 느끼면서 살아왔다. 하루는 당직 날 구내식당에서 점심을 먹고 있는데 관내에서 변사가 발생했다고 급히 연락이 왔다.

몇 숟갈이나 떴을까? 그냥 팽개치고 나왔다. 변사? 또 뭐지? 변사자라 함은, 명을 다하고 늙어 죽는 자연사나, 병원에서 병마와 싸워 병마를 이기지 못하고 죽는 병사를 제외한 사인 불명으로, 이유 없이 뜻밖에 죽은 자를 말한다. 다시 말해 의문사의 총체적인 일컬음의 죽음을 말한다. 변사變死… 왜? 왜? 이렇게 갑자기 많은 물음표를? … 다소 의아해 할지 모르나 죽음에는 원인과 이유가 있어야 하기 때문이다.

사인死因이 무엇이고 죽게 된 이유가 무엇인지를 명쾌하게 밝히는 게 가장 중요한 일이다. 타살인지, 자살인지, 자연사인지, 병사인지, 안전사고사인지를 명쾌하게 밝혀내야 하기 때문이다. 단, 교통사망사고는 본인의 의사나 인과 관계없이 발생하는 사건이므로 별론으로 하고자 한다.

너, 나 할 것 없이 모든 사람은 이 세상에 태어나서 부귀영화를 한껏 누리고 살다가 이 세상을 마감하기를 원한다. 남자라면 아름답고 지성 있고 마음씨가 곱고 약간 섹시한 여인을 아내로 삼아 살기를 원할 것이고, 여성이라면 잘생기고, 멋지고, 남자답고, 자상하며 돈 많고 정력이 넘치는 남자를 만나 서로 죽도록 사랑하며, 자식도 한둘 낳아 잘 기르고, 가족들과 화목하게 오래오래 천수를 누리며 죽는 날까지 병 없이 살다가 미련 없이 생을 마감하기를 누구나 바랄 것이다.

그러나 그것이 인간의 마음과 뜻대로 잘 되지 않으므로 흔히들 '올 때는 순서가 있으나, 갈 때는 순서가 없다'고 하는 말이 여기서 유래 된 것 같다는 생각이 든다.

여기서 굳이 자살, 타살, 병사, 자연사, 안전 사고사에 대한 설명이 필요 없을 것으로 생각된다.

암튼 나는 언제나처럼, 사건이 배당된 형사와 현장 감식 반원을 대동하고 급히 사건 현장으로 나갔다. 복도식 임대 아파트의 중간 층쯤이었는데 이웃 주민으로 보이는 아낙네들 서너 명이 팔짱을 끼고 주변을 서성거리며 자기네들끼리 쑥덕거리고 있었다. 우선 탐문 수사부터 해야 했다.

이 집에는 약 칠십 대 중반의 남자 혼자 살고 있었고, 시집 못 간 나이 많은 딸들이 둘이나 있었는데 아예 왕래를 안 한다는 것이고, 지난 초봄에 투표하던 날 보고는 그 뒤로 두 달여 동안, 한 번도 보지 못했다고 했다. 문을 열려 하니 안팎으로 잠기어 열쇠 수리공을 불러서 일단 잠긴 문은 열었으나, 안쪽으로 고리에 걸려 있었다. 순간 일단은 안심이 되었다. 안쪽으로 걸려 있다는 것은 외부의 침입자가 없다는 것을 의미하기 때문에, 아주 중요한 단서가 된다. 다시 말해서 이 변사 사건은 범죄에 기인한 타살 혐의가 없다는 것을 입증해주기 때문이다. 언제나처럼 안으로 잠긴 고리를 자연스럽게 열고 들어가자, 전기가 켜진 전기장판 위에 반듯하게 누워있는 사체가 심하게 부패하고 있었다.

그 역한 냄새는 일반인은 좀처럼 냄새 맡기 어려워 말로는 형언할 수 없는 그런 고약한 냄새였다. 처음 접하는 비위가 약한 초임형사는, 영화 〈투캅스〉에 나오는 배우처럼 웩웩 소리를 내며 구역질을 해대는 형사도 있다. 물론 나도 처음엔 그랬다. 안으로 들어서자마자 사체가 부패하면서 생기는 황화 가스, 암모니아, 프레온, 벤젠 등의 가스가 생성되어 혼합된 가스 냄새가 방안으로 하나 가득한 가스에 불을 붙이면 금방이라도 불이 붙을 듯했다. 우선 문부터 있는 대로 전부 열어놓아 맞바람이 치게 했다. 그러자 밖에 있는 산소가 안으로 들어와 사체에 닿으면서, 시커멓게 부패하는 피부 전체에 탁구공만 한 기포가 여기저기 생겼다. 커질 대로 커지다가 피이 피이 소리를 내면서 저절로 기포가 터지는 모양을 눈으로도 확인 할 수 있었다. 사실 여러 번 접해보지만, 열 번이면 열 번 다 그 고약한 냄새는 며칠간이나 어머니의 오줌 냄새처럼 코에 남아있는 듯하고, 옷에 한번 배면 며칠씩 가는 듯이 역겨운 냄새였다.

　　사람이 사망 후 세 시간이 지나면 시반(혈액침하 현상)이라 하여, 바닥에서부터 옅은 자색(일명 가지색)의 반점이 빈 병에 물을 부으면 수평으로 물이 차오르는 모양처럼, 붉은 반점이 바닥으로부터 수평으로 나타난다. 나중에는 점점 검은색으로 변하면서 사체 전체에 나타나는데, 이것이 곧 사체의 부패 시작이다. 물론 실내와 실외, 또는 험한 산이나 들판 공사장 등, 사체의 부패속도는 주변 환경과 온도에 따라 각기 다르다. 날이 찬 겨울에는 부패속도가 느리고, 온도가 높은 여름에는 부패속도가 빠르다. 같은 온도에서는 실내보다는 실외가 부패속도가 빠르다고 보면 된다. 아마도 이 사체는 부패한 상태로 보아 사망 일자는 약 사십 여일 전에 사망한 것으로 추정되었다.

사체를 일일이 검안하고, 사진 촬영하고, 소지품으로 인적사항과 유서나 음독자살한 약물 병 등이 있는지를 확인했다. 일부 형사들은 이웃 주민들을 상대로 탐문 수사를 하여, 변사자의 가족관계, 생활환경, 또는 기저질환이나 지병이 있었는지의 유무 하며, 평소 왕래하는 사람이 누구인지 등, 유족을 찾는 데 전념해야 했다. 팔짱을 끼고 그 앞에서 아파트 복도를 서성이던 말이 많게 생긴 오십 대 중반의 여인이 말문을 열었다. 수사하다 보면 자기에게 조금이라도 피해가 갈까 봐 알면서도 모른다며 말을 아끼는 사람보다는, 무슨 이야기든지 해주고 싶어 하는 사람이 있게 마련이고, 꼭 필요하기 마련이다.

그의 말에 의하면, 본래 이 변사자는 북한 원산이 고향이라고 했다. 일사 후퇴 때 홀 홀 단신으로 넘어와 갖은 고생을 다 하다가, 구청의 말단 기능직 공무원으로 근무했다고 한다.

결혼하여 딸을 둘을 낳았는데, 두 명의 아이들이 모두 두뇌가 총명하고 공부를 남달리 뛰어나게 잘하여, 늘 수석을 놓치는 일이 별로 없었다고 했다.

우등생으로, 공부를 잘하는 것이 아버지 된 입장에서 너무도 대견하고 고마웠다. 이 사람은 본래 기술이 좋아 퇴근 후에는 야간에만 하는 또 다른 공사 현장에서 일당을 받는 일을 마다하지 않았다.

이토록 최선을 다하여 돈을 벌어 그 돈으로 두 명을 모두 서울에 있는 일류 대학을 졸업시켰다고 한다. 아이들이 공부를 더 하기를 원하여 대학원까지 졸업을 시키고, 혼기가 닥쳐 여기저기서 중매가 들어왔다.

상대방 신랑감 남자의 부모는 큰 회사의 사장인 경우도 있었고, 또 다른 사師,事,士자字 들어가는 자리도 많이 있었으나, 신부 쪽 아버지(변사자)의 직업이 문제가 되었다고 했다. 신부 측의 아버지가 어느 구청의 기관실에 근무한다고 하니 그 자리에서 혼사가 성사되지 않았다고 한다. 또한 신랑 측에서 신부 측의 학력을 물으면, 어느 일류대학을 졸업하고 그 대학원을 졸업했다고 하자, 사돈 될 사람의 직업이 변변치 못하고, 여자가 너무 많이 배우고 지나치게 똑똑해 보인다는 이유로 모두 부담을 느껴 불편해하는 등, 번번이 혼사가 이루어지지 않았다고 한다.

여느 평범한 사람들 같으면, 아버지가 북에서 홀 홀 단신으로 내려와 온갖 고생을 다 해가며 자기들을 길러주고 가르쳐 준 아버지에 대하여 감사하고 애틋한 마음으로 아버지를 불쌍히 여기고 효심으로 대해야 하는 것이 보통이었다.

하지만 이 집은 그렇지 않았다. 그런 감사한 마음은 고사하고라도, 오히려 시집 못 가는 이유가 다른 사람들은 사장이고, 고위공직자가 될 때까지 아버지는 그동안에 뭐하고 말단 기능직 공무원이라서 자기네들을 시집도 못 가게 앞길을 막느냐고 앙탈을 부렸다고 한다.

그의 부인도 매한가지였다. 보통의 부인 같으면 "고생한 아버지한 테 그리하면 안 된다."라고 아이들을 타일러서 아버지와 딸 간의 교량 역할이나 부녀 사이의 완충 역할을 해야 했다. 그러나 모전여전 인지 아니면 과년한 딸들이 시집 못 가는 것이 안쓰러워서 그랬는 지는 모를 일이나, 변사자의 부인마저 딸들과 한패가 되어 남편을 공격하고 미워하며 따돌렸다고 한다.

변사자는 한편으로는 괘씸하면서도 자신이 못나서 아이들의 혼 사 길을 가로막는가 싶은 자책감에, 구청 기관실에서 온종일 힘든 일을 하고 퇴근하거나, 공휴일이나 쉬는 날에는 언제나 혼자였다고 했다. 가족들이 외출하거나 집에 있더라도 골방에 처박혀 두문불 출하며 가족들이 상대해주지 않으므로, 퇴근길에 어려서 즐겨먹던 옥수수를 튀긴 강냉이 한 봉지와 맥주 한 병을 사서 집으로 가져 와, 자기 방에서 티브이를 보며 강냉이를 안주로 술을 마시는 것이 유일한 낙이었다고 했다. 그러다 보니 어느덧 아이들이 오십이 다 되어가는 노처녀가 되어 혼기를 놓쳤으므로, 이제는 중매조차도 안 들어왔고, 그렇다고 후처로 들어갈 수도 없는 일이어서 이제는 아예 시집갈 생각도 하지 않는다고 했다.

그러다가 변사자는 정년퇴직하게 되었는데 그 당시에, 퇴직금을 전액 공무원 퇴직 연금으로 돌리면 많지 않은 액수이기는 하나, 생 활비는 되리라 생각되어 퇴직연금으로 받고 싶었으나 딸들과 부인은 반론을 제기했다. "그까짓 쥐꼬리만 한 연금으로 어떻게 먹고사느냐?" 하며 일시불로 받아서 돼지국밥 장사라도 해야 한다고 강력히 주장하는 바람에, 할 수 없이 퇴직금을 일시불로 수령했다고 한다. 그 돈 전부를 부인에게 건네주고는, 수중에는 돈 한 푼 없이 우울증에 시달리다가 집에서 쫓겨나와 홀로 임대아파트로 들어 온 지 얼마 되지 않았다고 했다.

수중에는 돈도 없지, 혼자 식사도 제대로 하지 못하고 빈속에 깡술만 먹어대다가 간에 부하가 걸려, 부검 결과 사인은 간 경화 및 동맥경화의 합병증으로 인한 병사로 판명된 것이다.

그 변사자는 최선을 다하여 처자식을 위해 희생하였지만, 결국은 그렇게 홀로 고독한 삶을 마감한 것처럼, 우리 어머니도 자식들을 위해 최선을 다하였지만, 결국은 혼자 남게 되자 외로운 삶으로 저리되었을 것이다.

10장

부부간의 관계

애비야! 내가 '똥' 이야기를 하면 너는 겁부터 나지? 이번엔 그 '똥' 이야기가 아니고 다른 '똥' 이야기를 하려고 한다.

여행을 다니다 보면 별의 별사람들이 다 있게 마련이다. 나도 내 칠순 때 네가 일본과 동남아 등, 외국 여행을 보내주어 그때 겨우 해외여행이라는 것을 처음 가봤다. 그 당시 효도 관광이란 명목으로 패키지여행을 대부분 자식이 보내주는 그런 관광이었다.

관광이라고 하면 국내외를 막론하고 즐거운 마음으로 이곳저곳 다니며 색다른 문화를 체험하고 이색적인 거리의 풍경이나 또는 각 그 나라의 음식문화나 체험하고 돌아오면 될 것인데 미개한 국가의 국민처럼 그때만 해도 무슨 코끼리 밥통이니, 무슨 밥솥이니, 산다고 야단법석 떠는 것을 보니 한심스러운 생각도 들었다. 그 사람들은 돈이 많은 사람들인지는 모르겠으나 밥솥을 한사람이 여러 개를 사서 들어올 때, 여행을 같이 간 일행 중 한 젊은 부부가 꿍꿍이속이 있어서이었는지 모르지만 여행 중에 나에게 아주 친절하게 대해준 사람이 나더러도 입국 시에 짐을 하나 들어 달라고 해서 들어 준 적이 있었다.

나중에 네게 그런 이야기를 했더니, 그런 거 부탁해도 들어주면 안 된다며, 밀수품이나 마약 덩어리를 숨겨 가지고 들어오다 걸리면 공연히 망신당할 수 있다며 그런 심부름 해주지 말라고 하여, 네 말을 듣고서야 그 사람들이 왜 내게 밥솥을 들어달라고 했는지 이해가 되었다.

너도 언젠가 유럽에 갔을 때도 그런 사람들이 있었다며?

그런데 말이 그렇지 유럽 여행을 가려면 열한 시간이나 열두 시간을, 기합받는 자세로 기내의 좁디좁은 의자에 촘촘히 앉아서 논스톱으로 비행기를 타고가야 한다고 하는 데 여행도 좋지만 지루해서 어떻게 비행기를 타냐?

그리고 넓은 극장이나 강당처럼 그 큰 비행기가 사람을 가득 태우고, 발밑 비행기 뱃속 화물칸에는 여러 사람의 짐까지 잔뜩 싣고, 어찌 그렇게 오랫동안 공중에 떠 있을 수 있을까?

침대처럼 넓어서 다리를 쭉 펴고 이리 뒹굴 저리 뒹굴 해도 될 만큼 좌석이 넓은 비즈니스석도 있지만 돈을 많이 내야하고, 일반석은 다리가 쥐가 나도록 좁디좁은 간격이라서 다리를 잔뜩 오그리고 견디며 가야 하는데, 그래도 네가 그렇게라도 갈 수 있다는 것에 감사할 뿐이었지!

어려운 환경에서도 반듯하게 잘 자라주어서, 번듯한 회사에 취직한 네 아들이, 네 부부가 여행 잘 다녀오라고 여행경비도 유로화로 환전해서 봉투에 넣어 주었으니, 얼마나 기분이 좋고 행복했겠냐?

요즘 젊은이들이 취직도 잘 안 되고, 힘든 일은 안 하려고 하고, 부모 밑에 있으면 의식주는 해결되니 그것을 편하게 생각하고 부모만 의지하는 캥거루족이 얼마나 많은지 너도 잘 알지? 요즘 젊은 사람 중에는 대학을 안 나온 사람들이 어디 있어? 하지만 대학을 나오고도 취직을 못 해서 매일 같이 집에서 뒹굴뒹굴 놀면서 부모에게 용돈 뜯어다가 쓰는 속 썩이는 애들이 얼마나 많은데….

옛날 같으면 부모가 노후 대책으로 자식을 그만큼 기르고 가르쳐 놓았으면 부모를 부양해야 할 판인데도, 요즈음은 거꾸로 부모가 나이 든 자식을 부양하는 어처구니없는 시대가 왔으니 참말로 걱정스러운 세상이다. 그러니 네 아들이 얼마나 착하고 대견하냐?

너는 현직에 있을 때도, 야간 당직을 하거나 철야 근무로 밤을 꼬박 새울 때, 아무리 졸려도 사무실 의자에 앉아서는 절대로 잠을 못 자는 까칠한 체질이었다. 비좁고 불편하기 이를 데 없는 기내에서 잠을 자두어야 여행지에서 시차에 적응한다는 가이드에게서 들은 이야기도 있어서, 잠을 조금이라도 자서 충전을 해두어야 했는데도 말이다.

하지만 너는 억지로라도 잠을 자야 한다는 강박감에 자리도 비좁고 잠은 오지 않고 할 수 없이 술이라도 먹으면 잠이 들까 싶어, 기내 승무원에게 와인을 청해서 네 처의 술잔까지 잔을 비우고도 잠을 이루지 못하고 있었지…

논스톱으로 가는 도중 어디쯤 가고 있나 궁금하여 비행 안내 화면을 보면, 러시아 땅이 얼마나 넓은지 계속하여 몇 시간째 태평양 상공과 시베리아 상공, 우크라이나 상공에 떠 있다고 화면에 표시되고 있다.

날씨가 좋은 탓으로 미동조차 않는 기내의 비좁은 좌석에서 몸을 비비 꼬아가면서, 다리를 올렸다 내렸다, 오그렸다가 폈다가, 신발을 벗었다가 신기를 반복하며, 자는 것도 아니고, 안자는 것도 아닌, 비몽사몽 하다 보니 어느덧 목적지인 로마 다빈치 공항에 도착하였다.

낮에 출발한 비행기 안에 있던 것이 밤이었고, 다시 낮이 된 것이다. 그 와중에도 어떤 사람들은 체념이라도 한 듯 코를 골면서 잠도 잘 자더라만 너는 어이해서 그리 잠도 못 자냐? 하긴 너는 갓 난쟁이 때부터 잠도 푹 안 자고 툭하면 깨어 울곤 했었다. 내가 열일곱에 시집와서 열여덟에 너를 낳았다. 지금 같으면 중삼이나 고등학교 일학년쯤이나 될 것이구만…

근데 왜 진짜로 해야 할 '똥' 얘기는 하다가 마는 거냐?

패키지여행을 하다 보면 중간 중간에 가이드가 안내하는 코스를 돌게 마련인데 가이드들이 그냥 지나치지 않고 화장품 가게며, 무슨 자연산 유기농 비누라며 비누 가게, 그리고 건강 보조 식품 가게, 루이비'똥' 가게 등을 들리게 마련이지, 전부가 그런 건 아니겠지만, 일부는 머릿속은 텅텅 비어 머릿속이 먹물 대신 '똥물?'로 가득 찬 사람들이, 그것도 사전에 가이드에게 부탁하여 다른 일행들은 차 속에서 기다리게 하고, 미리 지정된 매장을 쇼핑하는 코스가 있는데, 중요한 것은 '루이비 똥?' 가방(이하 '똥' 가방) 때문에 웃지 못할 일까지 구경하고 왔다면서…?

요즈음은 살기 좋은 세상이라 해외여행을 많이 다닌다고는 하지만, 유럽을 가본 사람들보다는 안 가본 사람들이 더 많을 텐데, 유럽 여행을 간 것만으로도 감사한 마음으로 구경이나 잘하고 올 일이지, 아무리 '똥' 가방을 갖고 싶어도 어디 한두 푼이어야지, 그 비싼 돈을 주고 사서 꼭 들고 다녀야만 하는 건지, 자기네 부모에게는 용돈 한 푼 주는 것은 아까워하면서도 비싼 메이커만을 사서 걸치고, 차고, 들고, 메고 다니면 최고인 줄 아는 허영 속에 사는 사람들이 더러 있게 마련이다.

이번에 너도 대부분 부부동반으로 여행을 갔는데, 그 일행 중 유독 부부 한 쌍이 걸어가면서 계속 싸웠다며? 외국에 단체로 여행을 다니면서 대열에서 떨어지면 안 된다는 가이드의 주문대로 북조선의 인민군인들 모양으로 오와 열만 안 갖췄지, 좀처럼 대열에서 이탈하지 않으려고 떼로 몰려다니니까 가까이서 같이 걸어가면서 티격태격하였으므로, 그 부부가 무슨 일로 싸우는지 다 들리므로 그 느낌 아니까!

일정에 따라 관광하려면 이른 아침부터 숙소인 호텔에서 주로 관광버스로 이동을 하게 되는데, 그리고 그 부부는 아주 특이한 부부로 늘 박수를 받는 부부였다며?

박수를 받는다는 것도 무슨 말인지 그 느낌 알겠지? 다른 일행들은 부지런히 준비하여 여행사 버스에 미리 승차하여 정해진 시간에 출발하려 할 때, 매번 제일 늦게 대기 중인 버스에 오르는 그 부부를 향해 박수를 쳐주었다.

하지만 그 박수는 칭찬이나 환영의 박수가 아니라 야유일 수도, 욕을 하는 것일 수도, 비꼬는 것이라는 것을 그 부부는 알지 못하는 모양이지? 그러나 일행이 아무리 너그러운 사람들 일지라도 한두 번도 아니고, 무엇 때문에 늦는지 모르나 팔박구일 동안 매일 매번 늦는 부부를 향해 용서와 이해의 박수를 쳐 줄 수가 있을까? 성인군자도 아니고 자비로운 하나님이라도 마찬가지이었을 것이다. '집에서 새는 바가지가 들에 나가도 샌다.'고 여행하는 내내 싸우는 부부가 집에서는 얼마나 많이 싸우겠냐?

미국의 어느 대통령이 오찬 연설에서 '행복한 부부지간의 조건은 사랑이 삼십 프로이고, 용서가 칠십 프로'라고 말하자 그 옆에 앉아 있던 영부인이 벌떡 일어서며 말합니다. "아닙니다. 그렇지 않습니다. 사랑은 십 프로이고, 용서가 구십 프로입니다."라고 하였던 말과는 달리 이 부부는 사랑도 '영' 프로, 용서도 '영' 프로인 부부였나 보다. 그동안 어떻게 살았지?

그 부부는 관광하는 내내 부부가 다정히 손잡고 다니는 것을 일행들이 단 한 번도 본 적이 없다고 했다. 언제나 심하게 다투고 여자는 앞에, 남자는 뒤에 항상 걸어갔다. 외국이라서 혼자 개별적으로 돌아갈 수가 없어서 그렇지, 국내 같았으면 여행을 취소하고라도 그냥 돌아갈 듯이 그런 기세였다.

대화의 내용인즉 부인은 남들도 다 사는데 우리도 '똥' 가방을 카드로라도 사자는 주장이었고, 남편은 감사한 마음으로 즐겁게 여행이나 하면 되지 "한두 푼도 아니고 없는 사람들의 한 해 생계비나 되는 큰돈을 주고 그 비싼 가방을 뭐 하러 사려고 그러느냐?" 하는 것이었다.

"미리 계획된 일도 아니고, 예산도 없이 남이 사니까 너도 나도 산다는 식으로 생각 없이 즉흥적으로 카드로 사려는 것이냐? 카드는 돈이 아니냐? 지금제정신이냐?"라고 했다.

"머리에 먹물로 가득 찬 사람은 그런 '똥' 가방 말고 카피한 싸구려 가방을 들어도 멋있고, 예쁘고, 지적이고 당당해 보이지만, 머리에 '똥'으로 가득 찬 당신 같은 여자는 아무리 비싼 가방을 들어도 '짝퉁'이나 싸구려로 보이고 초라해 보인단 말이야!"라고 했다.

"똥 가방 살 생각 말고, 맨 날 늑장 부려 이동할 때 매번 박수나 받지 말라."라며 자기들 딴에는 작은 소리로 싸운다고는 하나, 밀집 대형으로 걸어가는 일행에게는 생생하게 전부 다 들렸다.

그리고 "일행 여자 중에서도 제일 못생겼고, 키도 제일 작은 것이 꼴값을 떤다.", "다시 말하지만, 당신 대가리 속에는 '똥물'로 가득

차 있어!", "차라리 홈쇼핑으로 빚이나 산더미같이 지지 말던지!"라며 "여행 끝나고 돌아가면 광화문네거리에 있는 대형문고에 가서 요즘 베스트셀러로 유명한 '똥 가방에 미친 그녀'라는 제목의 책이나 한 권 사서 읽어봐라!"라고 참다못해 노상에서 여자보고 버럭 소리 질렀다. 여행이 끝나고 돌아가면 금방 이혼이라도 하려는 듯. 마치 이별 여행이라도 온 것처럼 살벌했던 부부가 있었는데 혹시 너희 부부 아니니? 도대체 그놈의 '똥' 가방에는 금덩어리가 들어 있는 것도 아니고, 그 안에 뭐가 들어 있기에 그리도 비싼 거냐? 그리고 그 비싼 가방만 들고 다니면 밥을 안 먹어도 배가 부른가보다. 나 원 참! 모처럼 간 여행 싸우지 말고 감사한 마음으로 구경이나 잘하고 올 일이지! 쯧쯧….

11장

불효자는 웁니다.

나는 그동안 그토록 힘겹게 움켜쥐고 있던, 어머니의 끈을 끝내 놓치고 말았다. 평생을 내게 사랑을 주기만하 고 아끼던 자식을, 어머니는 입을 꼭 다문 채 아무 말도 없이, 그렇게도 무심하게 자식을 뒤로하고 허공에 초점 없는 시선을 고정한 채, 사이렌을 울리며 내달리는 앰뷸런스에 몸을 맡기고, 아무렇게나 흔들리는 대로 자식이 뒤를 따라오던 말던 상관하지 않았다.

나는 어머니가 치매 외에는 달리 병이 없고 전부가 건강하므로, 식사만 잘하면 오랫동안 살 수 있다고 생각했다. 하지만 요즘 들어 식사를 안 하고 입에만 물고 있고, 일체 목구멍으로 음식물을 넘기려 하지 않으니, 노인이 곡기를 끊으면 죽는 일밖에 없다는 것은 불 보듯 뻔한 일이었다. 어떻게든 먹여보려 별의별 방법을 다 동원해보았지만, 며칠 전부터 식사를 전혀 하지 못해서 눈이 풀어져 초점을 잃고, 침대에 상반신을 일으켜 앉혀 놓아도 몸을 가누지 못했다. 요즈음 들어 더욱 건강이 극도로 안 좋아지므로, 하는 수 없이 최후의 수단으로 요양병원에서 콧줄(유동식 공급 줄)을 삽입하더라도 어머니를 살려야 한다는 것이 내 생각이었다. 그 반면에 몇 안 되는 형제들 사이에서는 콧줄을 삽입하는 것 자체마저도 바람직하지 않다는 의견을 내고 있었다. 그래도 산목숨을 그냥 끊을 수는 없다는 것이 나의 주장이었다.

전번에 입원했던 요양병원으로 다시 입원시킬 결심을 한 나는 입원시키기 위해 불러놓은 병원 앰뷸런스에 오르기 전, 갑자기 추워진 날씨에 어머니가 감기라도 걸릴세라, 두꺼운 바지와 점퍼를 입히고 머리에는 털모자를 깊게 눌러 씌우고, 찬바람이 들지 않게 긴 목도리를 여러 번 둘러 입과 코까지 덮이게 하고는, 앰뷸런스 침대에다 눕혀 요양병원 관계자에게 인계를 하고 뒤따라갔다.

예상했던 대로 지난번처럼 다인실이었다. 방 하나에 침대 열개를 놓아, 양쪽 벽으로 머리를 두고 전부 누워 있었다. 그야말로 콧줄을 낀 노인, 팔다리가 묶여 풀어달라고 고함치는 노인, 기저귀만 차고 쪼그리고 앉아서 게걸스럽게 밥을 먹으며 김치를 더 안 준다고 소리를 지르는 노인, 이미 저세상 사람이 된 남편을 찾는 노인 등, 전부 안노인(할머니)들이었다. 그중에서도 내가 가장 관심 깊게 본 사람은 어머니와는 달리, 기저귀만 차고, 앉아서 밥을 맛나게 먹으며, 김치를 더 달라는 노인이 눈에 들어왔다. 물론 정신이 정상은 아니었으나 "어머니가 식사를 저 정도로 잘만 한다면 얼마나 좋을까?"라며, 부러운 눈빛으로 바라보고 있었다. 그중에 어머니를 비롯하여 살아서 걸어 나갈 사람은 아무도 없어 보였다.

모두가 아무 삶의 의미도 없이, 고통을 동반하고 죽음을 기다리는 인생의 마지막 코스에 온 사람들뿐이었다. 이렇게 철 침대에 콧줄을 끼우거나 산소마스크를 쓰고 식물인간으로 누워서 앓는 기간도 삶의 기간으로 쳐서 고령사회에 진입하였다고 평균연령 통계를 낸다는 것은, 누워있는 이 사람들에게는 너무도 억울한 통계라는 생각이 들었다.

병실 가운데 침대를 차지한 어머니는 이틀을 굶어, 집에서는 초점도 없이 흰자위 뿐이던 눈동자가, 병원에 도착해서는 유난히도 반짝거렸다. 아이러니하게도 어린아이가 사람의 얼굴을 처음으로 알아볼 때처럼 초롱한 눈망울로, 큰아들인 나와 몇 안 되는 형제를 번갈아 가며 뚫어져라 쳐다보고 있는 것이 아닌가? 나는 갑자기 갈등하기 시작했다. 나는 동생을 향해 "얘야 어머니의 눈망울을 한 번 봐라, 초점이 없던 눈동자가 빛나고 있지 않니? 그냥 다시 집으로 모서 갈까? 이런 눈으로 우릴 보고 있는데 어떻게 그냥 두고 가지?"라고 정말 다시 집으로 데려가고 싶은 충동을 느끼며 큰 소리로 말했다. 그러자 동생은 싸늘한 얼굴로 "식사를 해야 말이지!"라며 냉랭한 목소리로 말했다. 그 말에 다시금 잠시 잊었던 어머니의 상황을 알아차리고 냉정을 되찾아 그로 하여금 올바른 판단을 하게 하였다. "그래 맞아! 식사를 안 하지!"라며 잠깐 갈등하던 나는, 동생의 뜻대로 어머니를 두고 냉정하게 등을 돌려 집으로 향했다.

어머니를 병원에 두고 집에 돌아온 나는, 어머니가 누워있던 방 안의 벽에 걸린 어머니의 사진을 바라보며 한참 동안을 멍하니 서 있었다. 이제까지 웃고 있던 줄만 알았던 벽에 걸린 어머니의 사진은 아무리 다시 쳐다봐도, 오늘은 분명히 울고 있었다. 그 사진을 보고 있던 나도 조용히 흐느끼고 있었다. 입에 음식을 한입 물고 뱉지도 삼키지도 않고, 아들의 속을 있는 대로 태우던 어머니가 사용하던 철 침대가, 덩그러니 방 한가운데 쓸모도 없이 흉물스럽게 널브러져 있고, 어머니의 욕창을 치료할 때 쓰던 각종 약병이며, 붕대, 거즈, 가위, 그리고 트럭으로 한 대분도 족히 더 먹었을 두유를 딸아 떠먹이던 숟가락이 담긴 그릇이며, 모두가 어머니와 관련된 물건들이 어지럽게 여기저기 나뒹굴고 있었다. 그러나 더는 어머니가 이 철 침대를 다시 사용하기는 어려워 보였다.

드디어 힘겹게도 붙잡고 있던 어머니의 끈을 끝내 놓쳐버리고 말았다. 그동안 육십여 년이 넘도록 어머니의 사랑을 받고 살던 자식이, 어머니를 살아생전 호강 시켜 드리겠다고 한 약속도 지키지 못하고 겨우 십 년도 안 되는 짧은 몇 해를 모시면서도 그렇게 죽고 싶도록 힘들어해야만 했는지? 웃으면서 즐거운 마음으로 어머니를 병간호할 수는 없었던 것일까? 정말로 후회스럽고 나 자신이 너무도 미웠다.

어머니가 없는 방 한가운데 한참 동안을 넋을 잃고 서 있던 나는, 어떻게 하던 이 공허함을 빨리 털어버려야겠다고 생각을 했다.

그러지 않으면 나 자신도 어머니로 하여금 잘못될 수가 있지 않을까? 라고 두려운 생각을 하며 어머니가 덮던 이불을 세탁기에 넣으려다 말고 벽에 걸린 십자가를 붙잡고는, 음식물을 입에 물고 있어도 좋으니 어머니가 다시 돌아와서 이 침대를 다시 사용하게 해달라고 통곡하며 간절히 기도했다.

- 불효자 -

마음이 허전하여
길을 나섰다.

어머니와 거닐던
그 길을…

돌아가신 어머니가
저만치 보인다.

어머니가 오늘은
또 어디를 가시나

빠른 걸음으로
따라잡아 본다.

이리 보고 저리 보고
아무리 뜯어보아도

머리 모양도
걸음걸이도

자색 바지와 분홍색 윗옷마저도
어쩜 저리 똑같을까

이내 실망하여
발길을 돌린다.

눈을 들어 하늘 가득
눈물을 담는다.

흐려지는 눈앞에
땅이 움푹 패인다.

세월이 흐르고
검은 머리가 퇴색되어도

돌아가신
어머니가 보고 싶다.

다시 태어나도
어머니 아들로
태어나고 싶습니다.

불효자는 웁니다.

나는 어머니의 임종이 마치 무슨 큰 의식인 줄만 알았다. 사실상 나는 아버지의 임종을 지켜보지 못했기 때문이었다. 내게 일은 하지 않고 공부만 한다고 지게 작대기며 닥치는 대로 집어 던지며 구박하던 아버지가 소천하던 어느 이른 아침이었다.

약 백여 킬로미터도 더 떨어진 산속의 요양병원에 입원 중인 아버지가 위독하다는 전화를 받고 달려가는 내내, 담당 간호사는 물론 심지어는 의사까지도 직접 전화를 하는 등 필요 이상으로 여러 번의 전화가 걸려 왔다. "지금 어디쯤 오느냐? 앞으로 얼마나 더 걸리느냐?"라며 쉴 새 없이 숨이 넘어가도록 다그치는 바람에 아버지가 정말 위독한가 보다 하고 엑셀러레이터를 있는 대로 밟아, 우리 형제가 병원에 급히 도착했을 때는 이미 늦었다.

의사가 보는 앞에서 정결하지 않은 때 묻은 하늘색 가운을 입은 남자 물리치료사가 간밤에 이미 소천 한 아버지 배 위에 올라가, 양손을 모아 뼈만 앙상하게 남은 가슴을 눌러대며 생쇼를 하고 있었다. 맥을 짚어보니 온기라고는 하나 없는 차디찬 손목에 이미 심장은 멈춰 있었고, 몸은 굳어 사망 시간이 세 시간이 넘어 시반屍斑이 생기기 시작한 것으로 보아, 아마도 밤사이 사망한 것도 모르고 있다가 뒤늦게 아침에서야 발견하고는, 늦게 발견한 책임을 모면하기 위해 그토록 전화질을 해대고, 생난리를 떨며 애꿎은 아버지의 시신만 훼손하며 개수작을 떨고 있었다.

아버지의 맥을 짚어본 나는 "뭐 하는 짓이야? 당장 내려오지 못해?"라며 당장 내려오라고 소리쳤다. 나는 홧김에 의사를 향해 버럭 소리를 질렀다. "당신 의사가 맞아? 이미 시반이 생기는데도, 시신을 올라타고 심폐소생술을 하는 척해?", "이미 심정지 상태인데 의사가 그것도 몰라?"

유족이 도착하자 공연히 제 팔목의 시계를 들여다보며 "지금시간이 사망 시간이다."라며 간호사에게 "받아 적어라."라고 호들갑을 떨며 생쇼를 하던 의사는 "당신 의사가 맞아?"라는 나의 고함에 멈칫하여 아무런 말도 하지 못하고 콧잔등으로 흘러내리는 안경만 위로 올리며 조용해졌다. 그래서 아버지의 임종은커녕 아버지의 사망진단서에는 의사가 사망 날짜와 시간까지도 허위로, 제멋대로 조작 기재한 기록만 남아 있었다. 그래도 나는 더 문제삼지는 않았다.

이제 더는 집으로 돌아오지 못할 어머니의 등에 생긴 등창(욕창)

은, 흡사 속을 다 발라먹은 붉은 홍게 껍데기를 박아놓은 것처럼, 어린아이의 손바닥이라도 들어가고도 남을만한 크기의, 차마 눈 뜨고 볼 수 없는 처참한 모양의 욕창을 지닌 채, 집에서 가까운 요양병원에서 오랜 기간을 콧줄의 유동식으로 연명하던 중, 위독하다는 담당 간호사의 숨 넘어 가는듯한 연락을 받고 돌아가시는 줄 알고 동생들에게도 일일이 연락을 하여 모두 달려왔다가 "이제 막 위기를 넘기고 정상을 되찾았으니 돌아가도 좋다." 하는 의사나 간호사들의 말에 되돌아가기를 여러 번 하였다. 오늘도 어머니의 상태가 위기를 넘기고 정상을 되찾으면, 다시 돌아가면 된다는 안이한 생각으로 병원으로 달려왔다. 이번엔 막내와 셋째는 아예 오지도 않았다.

어머니는 대소변도 가리지 못하고, 음식도 삼키지 않고 입에 물고만 있다고, 자식으로부터 그동안 숱한 구박을 받아 서운했다거나, 너더러 내 동생이라고 해서 미안하다거나, 잘하진 못했으나 그동안 돌보느라고 고마웠다거나, 수고했다거나, 앞으로 형제들 간에 의좋게 잘 지내라거나, 아버지로부터 물려받은 숨겨놓은 돈이 어디에 얼마가 있으니 사이좋게 나눠 가지라거나, 등 하고 싶은 말이 무수히 많았을 텐데도, 떠날 때는 아무 한마디의 말도 없었다. 어머니는 산소마스크를 쓰고도 숨을 들이마시는 것조차 힘들어하며 괴로운 듯, 마지막 남은 핸드폰의 배터리 잔량의 에너지가 소진되는 것처럼, 눈을 심하게 깜빡거리다 끝내 '자식을 동생으로' 여기고, 이내 팔십오 년간의 길고도 험하고도 모질었던 먼 인생길을 뒤로하고, 미련 없이 그렇게 생을 마감하였다.

이것으로 거의 칠십여 년 가까이 이어져 온 어머니와 나의 부모
와 자식 간의 관계가 청산되는 임종의 순간이었다.

현관문 열고 들어섰다. 여느 때처럼 의자에 앉아서 백발 머리를
반쯤 내보이며 문을 열고 들어서는 나를 보고 어머니는 활짝 웃었
다. "엄니 저 왔어요." 하며 방으로 들어가니 휑하니 방안에는 아무
도 없었다. 늘 방 한가운데 길게 깔려있던 전기장판도 거추장스럽
던 철 침대도 모두 보이지 않았다. 허상이었다. 오줌, 똥을 못 가린
다고 자식 놈한테 늘 구박받던 나의 어머니…. 그 어머니가 이 의
자에 없다.

자식 놈이 들어오든 말든, 높은 층의 아파트 베란다에 앉아서 아
파트의 넓은 주차장에 세워진 차를 온종일 내려다보며 세고 또 세
던, 그런 어머니가 이 방에 없다.

기저귀만 입고 맨몸으로 돌아다닌다고 내게 숱한 핀잔을 받던 어
머니….

화장실 슬리퍼를 신고 이 방 저 방을 누비던
그 어머니가 이 방에 없다.
베란다며, 현관이며, 안방이며
가리지 않고 신발을 신고 저벅저벅 방안을 돌아다니던 어머니가

이제는 여기에 없다.

옷을 갈아입힐 때 의자에 앉아서
오줌을 줄줄 싸서 방바닥을 흥건하게 한강으로 만들던
그 어머니가 여기에 없다.
온종일 집안에서 얼마나 외로웠으면
소싯적부터 모아둔 두껍고 얇은 목도리를
온종일 접었다 개고 또 폈다가 다시 개던
그 어머니가 이 방에 없다.

온종일 집안에 혼자 가두어 놓아도
불평 한마디 없이 언제나 밝은 미소로
늘 자식을 용서하던 그 어머니가 지금은 없다.

온종일 집에 갇혀 있으면서 얼마나 외로웠을까?
그래도 어머니는…
그 자식이 어떤 서운한 말을 해도
그래도 어머니는…
대 소변을 못 가린다고 자식에게 숱한 구박을 받으면서도
그래도 어머니는…
불효한 자식을 용서만 하며 언제나 활짝 웃었다.
이런저런 일로 자식한테 온갖 구박을 다 받던…

그런데 그 어머니가 이 자리에 없다...

화분에 피어있는 꽃이라는 꽃송이는 모조리 따서 신문지에 널어 놓던

그 어머니가 지금은 그 어디에도 없다.

이제는 봄이 되어도, 여름이 되어도, 가을 겨울이 되어도 어머니의 깡마른 찬 손을 잡고 산책길을 다시 걸을 수도 없다.

그동안 좋으니 그르니 해도 힘없이 철 침대에 누워만 있더라도, 어머니가 버티고 있어 돌기둥처럼 든든했었는데...

이제는 두 분 다 아무도 없으니 누구를 의지하고 살아야 합니까?

화장실 슬리퍼 신고 이 방 저 방을 이리저리 누비고 다니더라도,

아니 대소변을 질질 흘리고 돌아다니더라도,

그 어머니가 있었으면 좋겠다고,

어머니의 이불에 얼굴을 파묻고 소리 내어 한없이 울었다.

작가의 말

작가의 말?

이번에 탈고를 마치면서

작가? 작가? 작가?

아무리 입 밖으로 소리 내어 읊어보아도 나 자신을 과연 '작가?' 라고 표현을 해도 되는지 마냥 쑥스럽고 민망할 따름이다.

아주 훌륭한 작가님들의 귀한 작품을 접할 때마다 어쩌면 이리도 주옥같은 글을 썼을까 하는 감동으로 읽고 나면 끝부분에 꼭 '작가의 말'이 쓰여 있었다.

나는 오로지 신춘문예에 당선되어 등단하거나 각종 문학상에서 수상한 유명한 작가분들만 '작가'라고 쓰는가보다고 생각했었다. 하지만 "내가 계속하여 다시 책을 또 낼 수 있을까?" 하는 의구심 때문에 나도 그냥 구색을 갖추어 '작가'라고 표현은 하지만 내가 책을 펴낸다는 것이 설레면서도 여간 부끄럽고, 마치 몸에 맞지 않는 옷을 입고 맞선을 보러 가기라도 한 듯이 어색하기 이를 데 없다.

장르 자체도 어떤 대목에서는 소설이요, 어느 대목에서는 수필 같기도 하다. 글 쓰는 방법을 누구에게 들어 본 적도 없고, 배워본 적은 더욱더 없다. 신춘문예에 당선된 글들을 보면 하나같이 보석처럼 빛날 뿐만 아니라 전부 유능한 문창과 출신들의 젊은이들이 대부분이어서, 미리 겁에 질려 책을 펴낸다는 것은 아예 꿈도 꾸지 못하고 있었다.

나이가 들어가면서 그 전에 시간이 날 때마다 조금씩 독수리 타법으로 뚝딱(끄적)거려 처박아 놓은 것들을 그냥 버리기에는 너무도 아깝다는 생각에 십여 년 이상을 처박아 놓았다가 칠십이 넘은 늦은 나이에 부끄러움을 무릅쓰고 용기를 내, 끄집어내어 책을 만들어보기로 한 것이다.

"엄마의 동생"이라는 주제를 정한 후 많은 고민에 빠졌다.

어머니가 저리되기 전 시골에서 두 분이 함께하던 중 읍내에 농약을 사러 나갔다가 교통사고를 당해 오랜 기간 병석에 누워있는 아버지를 어머니 혼자 약 십여 년간 병간호하며 고생 고생하다가 아버지가 소천하여 장례를 치른 후 동생들은 생업으로 빠르게 복귀했고 나는 때 마침 정년퇴직한 직후라서 고향으로 내려가 어머니와 함께 집 안 구석구석을 치우고 쓸고 닦고 하였다. 동네 어귀의 삼거리 공터로 오랜 기간 아버지가 쓰던 유품이며 못 쓰는 물건들을 리어카로 실어다가 불에 태웠다. 어머니는 자식 앞이라 겉으로는 의연한 모습을 보이려 애썼지만, 당신 칠순 잔치에 같이 맞춰 입고 춤추며 즐거워하던 아직도 깨끗해 보이는 아버지의 호박색 비단 바지저고리를 태울 때는 어머니의 눈시울이 붉어지는 것을 보았다. 악착같이 일만 하며 고생만 하다 돌아가신 아버지 생각에 울컥하는 듯했다. 나도 덩달아 촉촉해진 눈가가 타오르는 뜨거운 불기운에 마르고, 불에 타는 아버지의 옷을 빨리 타서 어머니 눈에 안 보이게 하려고 작대기로 일부러 들쑤셔댔다. 그 옷이 다 타고 안보여야만 어머니의 눈물도 쉬이 마를 것이라는 생각에서였다.

그날 저녁 식사를 마치고 나서 이런저런 이야기를 하다가 자리에 누웠는데 나는 앞으로의 어머니에 대한 걱정에 뒤척였고, 젊은 시절 '유난히도 속눈썹이 길어 초저녁잠이 많다'며 할머니로부터 가혹한 시집살이 했던 어머니는 초저녁잠마저 잃었는지 늦은 밤까지도 잠들지 못하고 오랫동안 뒤척이셨다. 이렇게 어머니가 외로워할 때는 멋대가리 없는 아들놈보다는 친구 같은 딸이 더 필요할 것 같다는 생각이 처음으로 들었다.

그러고도 다음날 내가 이른 아침잠을 깼을 때는 어머니는 이미 아침밥을 다해놓고 어질러지지 않은 마당을 쓸고 있었다.

"어머니 일찍 일어나셨네요?", "왜 더 자지 않고서?", "많이 잤어요.", "어서 씻어라, 아침먹자.", "네."

어머니는 이내 부엌으로 들어가셨다.

아침을 먹고 나서 어머니는 "목욕탕을 가고 싶다."라고 했다. 약 오리가 되지 않는 거리의 서낭당 넘어 큰길가 주유소가 있는 휴게소 내의 대중탕으로 차로 모셔다드리며 "한 시간 후에 모시러 오겠다."라고 하고 집에 와서 이것저것 정리를 하고 있는데 불과 얼마 되지도 않아서 걸어서 오셨다. "왜 벌써 오셨어요?", "답답해서 일찍 나왔다."라고 했다. "아무리 답답해도 그렇지…."

나중에 안 일이지만 어머니는 아버지 병시중으로 오랜 기간 힘들었어도 아버지를 저세상으로 보낸 것이 많이 힘들었던지 무덥고 습기가 많은 대중탕이 답답하고 숨이 막혀 대강 씻는 둥 마는 둥 하고 나오신 듯했다.

어려서 석탄 차 화물칸에 몰래 올라타고 가출한 후로 이렇게 여러 날을 어머니와 함께한 것이 처음이었다.

어머니는 "이제 되었으니 그만 올라가도 된다. 애에미도 기다릴 터이니!"라고 재촉했다. 사실 며칠 지내자 딱히 할 일도 없고, 한 달도 안 되어 지루해지기 시작했다.

그러면 일단 올라갔다가 다시 내려오면 되겠다 싶어서 "다녀오겠습니다." 하고는 올라갔지만, 특별히 하는 일이 없이 빈둥거리면서도 어머니에 대한 대책은 마누라의 눈치를 보다가 무방비상태로 어머니 혼자 외롭게 두어서 저리되게 큰일을 저질러 놓은 것을 뒤늦게 후회하며 효도를 해보려고 안간힘을 다해보려 하지만, 모든 것이 때늦은 후회였다.

사실 치매란 예로부터 '노망'이라 치부하여 늙어서 오래 살면 누구에게나 으레 찾아오는 병으로 알고 있지만, 직접 당하는 가족 외에는 '벽에 똥칠하는 병'으로 대수롭지 않게 여겼으나, 당하는 당사자나 그 가족만이 겪는 특별한 상황을 추측만 할 뿐 실제는 '악몽' 같은 사실을 쉬쉬하고 말기 때문에 그 상황을 실감치 못할 것이다.

"엄마의 동생"을 집필하면서 '똥'에 대한 실제 상황에 근접한 묘사만으로는 독자들이 지루해하고 식상해 할 것 같아 다소라도 숨을 쉴 수 있는 틈을 마련하고자 무수한 노력을 기울였으나, 앞으로 초고령사회를 맞으면서 누구에게나 마냥 자유롭지만 않은 일이기에 치매 실제상황을 디테일하게 널리 알리고, 치매 당사자나 그 가족들에게 이해를 구하고 실제상황을 공감하는 편이 공익적 가치가 더 크다는 생각에 전력을 다하였고, 누군가로부터 전해 듣고 내가 직접 겪은 이야기를 이 글에 용기를 내어 기교를 부려본 것이다.

치매란?

-뇌 신경이 파괴(자연감소)되는 퇴행성 노인 뇌 질환으로, 수족은 멀쩡하나 정신이 온전치 못하여 사람을 몰라보고 의사소통이 어려운 점이 특징이다.

파킨슨병이나 뇌졸중(중풍)이란?

-치매와는 반대로 정신은 있으나, 언어 구사가 어렵고, 뇌 신경이 파괴(자연감소)되는 퇴행성 뇌 질환으로, 운동장애로 인해 몸을 떨고 보행 장애나 언어장애를 수반하는 질환으로 치매와는 확연히 구별된다.

암튼 뇌졸중이나, 파킨슨병은 수족이 불편하나 사람은 알아볼 수 있다는 점이고, 치매는 수족은 멀쩡하나 사람을 몰라보고, 의사소통되지 않는 점 등에서 치매와 파킨슨병은 구별되고, 파킨슨병은 뇌졸중(중풍)과 유사한 질병이라는 점이다.

그러면 치매는 과연 치료되는 병인가?

전문 의학자들로부터 무식하다고 욕먹을지 모르지만.

필자는 감히 단호히 말한다.

치매는 절대 치료될 수 있는 질환이 아니라고.

'왜냐?'고 묻는다면…

'치매는?'

세균 질환이 아니기 때문이다.

세균 질환이어야 세균을 배양도 하고, 멸균도 할 수 있는 임상시험을 하여, 치료제를 개발하여 치매를 정복하거나 백신을 개발 하여 미리 치매를 예방 할 수 있겠지만, 치매는 노인의 뇌세포가 서서히 자연 감소하는 일종의 퇴행성 뇌 질환이기 때문에 치료가 불가능하다는 것이다.

그러면 어떻게 해야 할 것인가?

구제 방법은 없는 것일까? 꼭 승진시험의 주관식 문제처럼…?

정답은 바로 가족이나 보호자가 자연스럽게 받아들여야 한다는 점이다.

이해와 사랑으로 말이다.

혼자서는 정말 어렵다. 온 가족이 또는 사회가 힘을 합쳐야 한다. 말은 쉽지만 이행하기가 어려운 문제임엔 틀림이 없다.

혼자 외롭게 사는 노인에게 쉽게 찾아온다고 했다. 노년에 외롭지 않게 살도록 본인도 노력해야 하고 가족들도 외롭지 않게 해주어야 할 것이다. 참으로 어려운 숙제이어서 답안지엔 딱 부러지는 정답은 없다.

효도도 젊고 건강할 때 해야 한다. 늙고 병들어 효도한답시고 모시게 되면 오히려 '긴병에 효자 없다'는 이 말은 '긴병에 힘에겨워 불효한다.'는 뜻이라는 것을 뼈저리게 통감하였기 때문이다.

이 세상의 어느 부모가 자기 자식을 사랑하지 않고 애지중지하지 않는 이가 어디 있을 것이며, 어느 자식이 자기 부모를 사랑하지 않고 공경하지 않는 이가 또한 어디에 있을까마는 너무도 어려운 시절에 태어나 어려운 환경을 경험한 내게는 많은 것들이 가슴에 한으로만 남았다. 누구나 그러하겠지만 특히 울 어머니는 내게는 아직도 곱고도 어진 단아한 모습의 어머니가 몹쓸 병에 걸려 오염된 옷을 갈아입힐 때 자식 앞에서 아무런 부끄러움도 모르고 아무렇지도 않게 알몸으로 이 방 저 방으로 오가는 어머니를 보면서 "참으로 무서운 병도 다 있구나!" 싶어 더욱더 안타까운 마음이었다. 뒤늦게 최선을 다하려했지만 결국은 십년도 채 안 되는 짧은 기간을 그렇게도 힘들어하며, 길고 긴 터널을 지나는 아주 지루한 느낌으로 1 스스로 만들어 모시면서 어머니에게 잘못한 것이 오히려 상처가 되어 돌아서서 가슴을 치고 후회하는 안타까운 심정을 그리기에 부족함이 많았음에 너무도 아쉬운 마음이고 못난 자식이 쓴 이글을 어머니께 바칩니다.

2021년 마지막 달력을 넘기며

한상용